U0611254

厉彦林 著

赤脚走在
田野上

厉彦林散文选

山东人民出版社·济南

国家一级出版社 全国百佳图书出版单位

图书在版编目（CIP）数据

赤脚走在田野上：厉彦林散文选/厉彦林著.--济南：
山东人民出版社，2020.5（2022.9重印）
ISBN 978-7-209-12524-6

Ⅰ.①赤… Ⅱ.①厉… Ⅲ.①散文集－中国－当代
Ⅳ.①I267

中国版本图书馆CIP数据核字(2019)第270885号

赤脚走在田野上：厉彦林散文选

CHIJIAO ZOUZAI TIANYESHANG LIYANLIN SANWENXUAN

厉彦林　著

主管单位　山东出版传媒股份有限公司
出版发行　山东人民出版社
出 版 人　胡长青
社　　址　济南市市中区舜耕路517号
邮　　编　250003
电　　话　总编室（0531）82098914
　　　　　市场部（0531）82098027
网　　址　http://www.sd-book.com.cn
印　　装　济南万方盛景印刷有限公司
经　　销　新华书店

规　　格　16开（169mm×239mm）
印　　张　16.25
字　　数　121千字
版　　次　2020年5月第1版
印　　次　2022年9月第2次
ISBN 978-7-209-12524-6
定　　价　32.00元
　　　　　如有印装质量问题，请与出版社总编室联系调换。

沂蒙之子的『赤脚散文』

　　山东人民出版社推出厉彦林的散文集《赤脚走在田野上》，让我眼前一亮。"赤脚散文"是当代散文的一个重要现象，是新时代文学的一抹靓色。山东人民出版社标举"赤脚散文"，是一大创举。

　　厉彦林扎根沂蒙故土，讴歌乡情，坚持"赤脚散文"创作，在文学界定位颇高，原因是他的人品和文品俱佳，赢得大家敬佩：从农村孩子到乡村教师，再到党的机关担任领导角色，那么，怎样看待和把握这之间的联系，也可以这样发问，为什么走进机关大院的厉彦林还在不弃不离地书写沂蒙山村的祖祖辈辈、山山水水？他是那样的真诚，那样的深情，他笔下的文字化为链接昔日和今天的彩虹，勾连省城和偏僻沂蒙山村的纽带，走进无论是农村的还是城市的人们的心里，像是春雨洒在馥郁的大地上，人们同作者一道被感染陶醉了；陶醉的不仅有与作者差不多经历的中年人，还有奔走在人生旅途的青年人，更有众多中小学的莘莘学子；他的散文很受学校师生欢迎，他的亲情，他的感受，他的语言，普普通通又含着人生滋味和泥土芳香，于是，有了共鸣，有了愉悦，有了感动，有了品味，有了甜蜜的且苦涩的泪水。乍看起来，这有些不可思议，在矫情发酵的商业文化里却有着如此的实话实说的"赤脚散文"大获成功；在煽情的文学丛林里，却有这等不露声色的人生画面大放异彩。

"赤脚"，即光着脚，与土地零距离接触，往往喻义恋土和乡情。"赤脚"在汉语里是一个符号，自古以来为我们不厌其烦地引用，或褒或贬："赤脚大仙""赤脚医生"，不一而足。在佛教典故中有"赤脚观音"的传说。"平民"诗人杜甫在《早秋苦热堆案相仍》中留下过"安得赤脚踏层冰"的诗句。近几年，网络文学"赤脚奔跑"、草根作者崛起。"赤脚散文"根植乡土，关注民众，质朴天然，去伪存真，若漫山遍野的草木，恣意生长。

厉彦林在文学创作里也引用"赤脚"，他是写实的："每次下地，必须先把鞋脱了。爷爷说，地是通人性的，不能用鞋踏的。如果踏了，地就喘不动气了，庄稼也就不爱长了。"这样的写实，写"我"跟着爷爷"赤脚走在田野上"，不只是辛苦劳作，还有田野嬉戏："休息时，我爷爷撅着一把山羊胡，吸着那根很长的旱烟袋，微闭着双眼，好像喝了二两二锅头酒，是那么的惬意和陶醉。我有时悄悄走上前拽拽爷爷的胡须，爷爷笑着打我一巴掌，竟是那么亲切。我高兴极了，干脆躺在地上，或者打上几个滚，与土地亲如一家，柔柔的，暖暖的……"赤脚与土地，祖孙两代人，这是一幅社会主义乡野的画面，这是赤脚走在田野上的老少两代人至亲的亲情，土地是"命根子"。结末处就那么一句抒情："我盼望赤脚走在田野上，寻找回亲近土地的感觉。"言已尽，意未尽。好在前边有一句理在其中、情在其中的文字："土地是富有灵性和感情的，也是很有性格和脾气的。"于是，我们又感悟田野土地的亲情，感悟着"我"爷爷的"赤脚"的深意和深情。厉彦林用"赤脚"把一腔乡情融于土地里边了，岂止是符号，简直是神来之笔。"赤脚散文"意味着脚踏实地，是扎根大地、滋养田野的艺术佳品。

如果"赤脚"的实质在于实和真，在于朴素的美感，在于来自故乡的深情感受，它是独特的，因而也是世界的，那么，我们有理由期待"赤脚散文"走向文坛，走向世界。这是乡情的表达，这是站在现代文明高处的艺术家的人生表白。"赤脚"的审美超越，让平凡闪光，真情感人，善良正人，美好化人，"赤脚"再也不是一般的符号，而是审美创造，是想象性经验和想象性活动所表现的恒久的、崇高的、梦乡的优美情怀。

"赤脚"且生成审美的翅膀，任凭散文在文学的天空翱翔。

作为沂蒙之子的厉彦林，他的散文作品始终脚踏沂蒙大地，倾注真心真情，饱含亲情乡情，坚守沂蒙精神的根与魂，继承和坚持现实主义创作手法，追求朴素自然、亲切感人的艺术效果。

我们的读者需要厉彦林创作的"赤脚散文"，沂蒙派文学作家群理应在散文领域拥有新的奉献。我们期待"赤脚散文"落地生根，萌发时代华章。

厉彦林的散文别具一格，以短篇散文为主，但是这并不意味着他只能写短篇散文。其实他的一文一题、专情简议的短篇散文中已经渗透开放的情怀，眼观六路耳听八方，恰如他发表在《人民日报》的一篇散文《出类拔萃的秘密》。写竹子从南方来到北方，一时之间水土不服，竟然枯萎了，难道就这样寿终正寝了？园丁却说"竹子扎根三年不起身，憋着劲布根"，三年后就会有新竹钻出地面，这是因为竹子虽然枝叶干枯，但它的根却在地底下悄悄生长，甚至盘根错节；事实是果如其然，过了五六个年头，春雨霏霏之后，新的竹芽争相出土，到夏秋季节已然郁郁葱葱长成一片竹林。

这篇散文寄寓了"赤脚散文"翱翔的愿景，隐喻着厉彦林的散文会像竹根一样生长，铺散开来，写成长篇散文。其中有几篇散文反响极大，譬如，《故乡》《土地》《人民》在《北京文学》发表后，《散文（海外版）》和《红旗文摘》《新华文摘》《新华月报》等相继转载。篇幅扩张到近万字，字里行间仍然浸润着对沂蒙故乡土地和乡亲的一往情深。不妨说，在厉彦林的散文里，"土地"和"人民"这两大主题自然而然地伸展开来，毫不生硬。短篇散文里早已孕育着的土地和人民的情结，终于找到了喷吐的机会，一发而不可收，洋洋洒洒，比起短篇散文丰富了，充分了，大有一吐为快的抒情效果。崇高境界，豪情澎湃，洋溢着沂蒙作家特有的文化自信。这样的长篇散文，取题就很正，是沂蒙精神的铁证，它有根，根在人民；它有本，本在土地。

这是"寻梦"时代的土地，一旦进入长篇的文学散文，就超越了一家一户的小本土地，而步入现代化的广袤原野。但是，再广再大，到底还是沂蒙精神的体现。厉彦林的长篇散文没有飘忽感，不作秀，不造作，描画的是脚下的土地，歌吟的是沂蒙的亲人，句句实在，笔笔有情。他的长篇散文决不故作高深，决不作呼风唤雨之态，抒情发自自身，说理有现代沂蒙人的胸怀，又有高屋建瓴的境界。

"赤脚散文"的精髓在沂蒙精神，厉彦林的文学创作的魂在沂蒙大地，凸显了"沂蒙之子"崇尚真实和忠诚的沂蒙人性格。

当年，沂蒙老百姓用小推车迎来新中国的旭日，现在沂蒙文学理所当然地用诗意和想象重铸沂蒙精神；沂蒙精神锻冶了文学精灵，文学又用自己的诗篇回报沂蒙精神。厉彦林赤脚走在沂蒙的田野上，"感觉自己就是一株根须紧抓大地的庄稼"。"大地"是他散文的根本。厉彦林是文学的，沂蒙精神聚焦在厉彦林的文学创作之中。

有一次在闲聊时，厉彦林谈起沂蒙精神与其他革命老区精神内涵的共性和个性，共性在于都体现了中国共产党的领导核心之所以成为历史和人民选择的文化根源，个性在于："军民水乳交融、生死与共铸就的沂蒙精神"，其价值和意义不仅在战争年代老百姓"用小推车把革命推向胜利"，更能体现新时代中国共产党扎根人民、以人民为中心的执政理念。这是沂蒙派文学的现实意义，是与我党的执政理念相契合的革命文化的精髓。他的"赤脚散文"的"小"与新时代的"大"格局杂糅在一起，情和理密不可分。他总是在文学的创作里不停息地思考着、探索着，他是沂蒙精神的追随者、受益者，又是在新时代的传递者、讴歌者。

当前，文坛热议"沂蒙派文学作家群"，厉彦林担当着新时代"沂蒙派文学作家群"的代表人物的角色，"赤脚散文"理所当然是闪光的文学品牌。

深深感谢新时代、新生活，激发了厉彦林的文学才情，在"赤脚散文"园地走出一条铺满阳光的道路；同时感谢山东人民出版社以及责编对"赤脚散文"的钟情，呵护和支持"赤脚散文"创作。祝愿厉彦林迸发才华，拓展创作之路，奉献更多、更美、更高质量的文学作品。

王万森

2019年5月7日于山东师范大学

目　录

注：大部分散文被各种语文教辅选用，标题前加"★"的曾入选过各地
　　中高考试题或模拟试题。

一 彩色童年

童年，是人生乐章中最动听的音符，生命画卷中最美丽的风景。童年那悠扬的钟声，一缕缕铭刻在灵魂深处和生命履历中……

赤脚走在田野上

厉彦林散文选

春天来敲门

沉睡一冬，季节忘记带钥匙，敲起春天的门环。门刚被推开一条缝儿，春天就踮着脚尖，顽皮活泼地踏进门槛。金黄的连翘花早早开口："春天来了，春天来了……"

2018年春节前立春，"春脖子长"，北方大地缺雪少雨，冬天早已失去威风。最早敲春天门的是风，轻轻地，悄悄地，春天淡粉浅黛，袅袅婷婷走来，叩动人心弦。开门一看，春光已经行走在村庄田野上。春风从袖筒、裤腿里钻进来，柔柔地触摸。人们开始祭春、咬春、鞭春、踏春、忙春、颂春，脸腔红扑扑的孩童奔跑着、雀跃着，农人犁耙和良种下地，在家的主人唤鸡狗、赶鹅鸭，一幅质朴温馨的中国乡村风景画，闪耀岁月亮光。

大地和大地上的植物开始苏醒，山冈原野到处闪动奔跑着春天顽皮的身影。杏树、桃树、梨树听到温暖的敲门声，忙着吐露新嫩与鲜美的花蕾。"春到人间万物鲜"，荠菜醒来，萌发簇簇新绿，被村姑村妇灵巧的手，一棵棵采摘进竹提篮。荠菜、马兰、山蕨、水芹、苦菜、香椿、马齿苋等各种野菜，为餐桌增添了鲜嫩与清香。最开心的当数孩子，折一截柳枝，轻轻拧动，抽出雪白的茎，用剥下来的嫩皮做成筒状的柳笛，吹响阔别一冬的恣肆，声音悠扬。街头巷尾弥漫着春草和小米粥缕缕的清香。

动物伴随春天脚步活泼起来。温暖的阳光下，蜂蝶抖动翅膀溅飞淡淡的草香花香，大红公鸡站在麦秸垛上引颈高唱，黄鹂鸟站在树杈上欢鸣，黑白相间的燕子，衔着春泥，拖儿携女栖落老屋木梁上的燕窝，一会又在街巷和村边麦田上自由地飞翔，偶尔会眼前耳畔箭一般掠过。夜里燕窝里又传出低声细气的呢喃。春江水暖鸭先知。你看，那河畔的鸭群，只见第一只先抖起翅膀、贴着水面腾飞，接着是第二只、第三只……湖面上划出层层涟漪……

松软的大地滚过悠远而沉闷的春雷声，土地温煦而松软。春风吹在脸颊上，痒痒的，舒服极了。抬头看看天空，雾霾已经少见影踪，蓝天点缀着飘逸的白云。深深吸一口早春的空气，顿感周身充满青春活力。春雨后的沂蒙大地一片繁忙，悠扬的《沂蒙山小调》唱出渴望丰收的满腔热情和厚重底气。结伴劳作的人眯缝着眼，看晨雾冉冉飘向空中，侧耳聆听冰消雪融的声音，分明听懂了大地急促的心跳。

咚、咚、咚……乡村回响着春天持续的敲门声，新时代的鼓点回荡在希望田野上。在春天的敲门声中，英俊挺拔的白杨树举起绿叶片"哗哗"鼓掌，簇簇花朵张开嘴巴齐声喝彩，温暖的阳光飘飘洒洒，松软的大地萌发着彩色的笑容与希望。

青石小巷

天又在下雨。眼前闪动着一幅古朴而苍茫的景色：那是一条青石垒铺的小巷，高低起伏，错错落落。两旁青石砌的房屋，经过风雨洗礼和岁月雕琢，沧桑悠远，甚而有一丝铁青的冷峻深邃。石块的缝隙中，偶尔长出的青苔和没有名字的野草，也给小巷抹上了淡淡的绿意。

走进古老幽静的青石小巷，伸手触摸斑驳黝黑的墙皮，街口清风拂面，酣畅而惬意。脚步轻缓，裸露而光滑的青石上传来寂寞的回声。

那是一条悠长而熟悉的小巷，曾经走了无数趟的小巷。多少次寒风吹起我的衣角，吹动我的青涩童年和五彩梦想。

站在小巷中央，默默沐浴着雨丝，或者依偎在墙角，微合双眼，静心倾听一页页吹起的尘封的记忆。风如佛手，柔柔地摩挲路边的草木，没有声响。叫不出名字的鸟儿栖落在树枝上，静静梳理新长出的沾着水珠儿的羽毛。一切都如此静谧，好似怕惊扰了一个遥远的梦。

依稀记得多少个这样的傍晚，太阳渐渐西沉，小巷里飘起母亲长一声短一声催我回家的呼唤。熟悉的乡语土音，终生难忘的土腥味、牛粪味、灶烟味儿扑面而来。我，还有鸡、鸭、狗、羊，都朝着炊烟笼罩的老屋奔去，踏碎了小巷里的残阳。

如今，老屋的炊烟依然飘动，山柴炖的饭菜依然清香。我真想像孩提时代那样，迈着轻巧的脚步，踏着青石小巷一溜烟儿跑进老屋，俏皮地站在娘的身旁。

空中飘来一丝优雅的琴音，那跳动的音符在耳畔萦绕回荡。我倾心聆听，悠扬的旋律中，分明有几声轻叹，正如游子归家时热泪沾襟的感伤。忽而，一群孩童从远处跑来，脖子上系着鲜艳的红领巾，小巷里顿时满是童稚的歌声和幸福的笑脸。

曾几何时，我也是这般无忧无虑的少年，在小巷中追逐打闹，享受稚嫩单纯的美好时光。不知不觉，那个蹦蹦跳跳的少年，已经被岁月的风霜染白鬓发；那个不谙世事的少年，已经伤感得泪流满面……

生命只有一次，没有循环往复。人生就是一段旅程，每一步成长、每一次相聚都是唯一，因而必须懂得珍惜。只有品味世态炎凉，体味人间风雨雪霜，人生才会趋于完美，也才会着上成熟的颜色。

回眸青石小巷，我捡拾童年的记忆，寻找那勤勉与善良的根基……

童年钟声

　　童年，是人生乐章中最动听的音符，生命画卷中最美丽的风景。童年那悠扬的钟声，一缕缕铭刻在灵魂深处和生命履历中……

　　多少次，我情不自禁地驻足在幼儿园或小学院墙边，痴情地盯着孩子们嬉戏打闹的身影，静心倾听悠扬的钟声、铃声，细心品赏孩童们清朗的读书声，默默分享那份天真快乐、幸福时光。

　　20世纪六七十年代，我们这个年龄段的人刚刚上小学。当时各村大都在村头上建有小学。山村校园的清晨来得早，是被那清脆的钟声和孩子童稚的朗读声唤醒的。那普通的农村小学，既让我们在钟声和读书声中慢慢长大，又让我们学会了怎样去面对生活中的风和雨。

　　我们村的学校在村北边，后边就是一片树林子，密密匝匝地长满榆树、萍柳、杨树和各种灌木。春天，清晨的空气格外清爽，树林里异常幽静、舒适。树叶正由鹅黄变碧绿，阳光透过那稀稀疏疏的树叶，在地上映出凌乱的光斑。林中的鸟儿活跃起来，"叽叽喳喳"地叫个不停。清风摇动满树的绿叶在鼓掌。流水潺潺，鸟啼声清脆悦耳，一只只蝴蝶在灌木丛中盘旋嬉闹、比翼齐飞，一群蜻蜓好像飞机特技表演队，在空中滑翔俯冲。活泼机灵的小鸟，在刚换上春装的大树上蹦来跳去，比赛似的歌唱。林中蜿蜒幽静的小路，时而响起学生的脚步声和读书声。鸟儿们顿时像遵守纪律的孩子，鸦雀无声。孩子们摇头晃脑，抑扬顿挫，诵读得如痴如醉。那清脆的读书声，童稚的歌声，爽朗的鸟鸣声，潺潺的溪水声，合奏出优美和谐的天籁之声。那天人合一的仙境，梦幻一般，让人陶醉。

当年村里穷，小学的设施简陋，用不起木制的课桌，就用土坯垒上几排土台子，凳子也是从各家捎来的，可大家读书、学习十分卖力。同学们半闭着眼，摇头晃脑地朗读课文。墙南脚竖着一根又粗又高的竹竿当旗杆。每当重要的节日，都要升五星红旗，同学们穿着五花八门、衣服各式各样，在五星红旗下庄重地行注目礼，顿感一股暖流在胸中流动。清风下轻轻摆动着的红旗，是那么鲜艳动人。最让人难以忘怀的就是钟声了。起初是铁铸的钟，后来换成一截炮弹壳，用一根粗钢筋勾着挂在树上，敲起来"当当"响，声音清脆还有余音。清晨，孩子们听见钟声，立刻背起书包跑出家门，追逐着，嬉闹着，笑声一路铺洒到校园。学校没有体育设施，孩子们自力更生，玩弹玻璃球、打梭、打陀螺、跳高、跳绳……同样玩得兴奋、痛快！

那时农村贫穷，村里和学校都没钱，学校就组织"勤工俭学"。春天，让我们排着队去山冈沟底撸刺槐树叶；秋天，去田野翻地捡地瓜、花生。更有趣的是去山上挖山蝎子和土鳖。那时山上蝎子多。搬动大的石头块，会发现有蝎子高扬尾刺与你对视，或直往石缝里钻。我们就迅速用筷子夹起来，放进准备好的玻璃瓶中。一只二分钱，抓上半天能卖几毛钱，高兴得一蹦老高。

刚从童年的学校毕业，人生的学校就在岁月急促的钟声中开学啦……

中年、青年人都已远离了童年，少了那份纯真，多了几份责任。面对工作和生活的双重压力，在现实生活的磨炼中变得更加成熟与智慧，童年时期的童心、童趣却越来越淡，儿时那些最简单的辨别是非、美丑的标准也逐渐变得模糊。当我们不遗余力地追求美好幸福生活的时候，会顿悟：曾经给我们带来无限快乐的那份纯真和简单，原来是最稀缺、最珍贵的东西。

　　童年是一盘永恒的录像带，是一幅永不褪色的风景画。既是人生的独版，又是绝版。如果人生能重复，谁都渴望再经历一次纯粹金色的童年。童年那余音袅袅的钟声，留下刻骨铭心的记忆，依然回荡在耳畔和心田。

树上童年

记得小时候，房前屋后、村里庄外、田间坡头，那一棵棵或高大、或粗壮、或繁茂、或遒劲的树木，给了我幸福而欢乐的树上童年！

记得我们那个躲藏在沂蒙山区东部的小山村曾拥有很多树，都是些普通的树。什么梧桐树、槐树、柳树、苹柳树、楝树、苹果树、桃树、梨树、李树、枣树等，为我的村庄撑起了一片绿荫，构成了一个蓬勃向上、绿意盎然的家园。那些树生长在村庄里，杂乱无章，像水墨大师随意点缀和勾描。村前村后、倒屋场上、院子里、屋背山上，到处都是树木，可谓一树一世界，一树一风景。

那些树何年何月何人所栽，已无法考证。我只知道，围绕那些树，我的村庄曾发生过许多有趣的事情，伴我度过了开心愉快的童年和少年时代，树木留给孩子们快乐、美好的记忆，幸福的童年时光。春天采花，夏天捕蝉，秋天摘梨、柿子、板栗，冬天掏鸟窝……淡忘省略了那一串串艰辛、饥饿与苦难。

那个时候，农村日子穷，春天榆树叶、榆树钱和刺槐花都是垫饥的美食。尤其是刺槐花开放的时节，沟底岭膀一片洁白，阵阵香气扑鼻，小村沉浸在清香的槐花里。每当这时候，我们就在长竹竿上绑个小铁钩，钩住一束槐花，用力一拧，那束槐花就掉下来了。还有那时学校搞勤工俭学，盛夏时节同学们三五成群地去撸刺槐叶子卖，据说能染军装用。有时还会不小心捅了马蜂窝，孩子们被马蜂追着在树林中又喊又叫地奔跑。

盛夏正午是捕蝉的最好时机。可以悄悄地爬上树杈，用细竹竿系上细牛鬃去套，也可以用新小麦粒嚼出黏糊糊的面筋去粘。举着长竹竿的手不能抖，眼力好，盯得准，循声搜寻鸣蝉的位置，出手还要快。竹竿稳定而准确地伸向蝉的翅膀，一只只鸣叫不已的蝉，被你套住或粘住了，扑腾了几下，鸣叫了三两声，挣扎无望，便乖乖地成了囊中之物。

走在乡间小路上，凝望房前屋后、沟边路旁成片的树木，眼前再现童年的记忆。那棵柳树是我小时候折柳做笛的那棵吧！高高杨树那枝丫上的鸟巢，是我们曾捉过一对小喜鹊的旧巢吧！远远的那棵楝树，你的果实还能做儿时小伙伴的子弹吗？还有枝干虬曲的杏树、石榴树、枣树……那五颜六色花朵、水果，给我们的童年抹上了甜蜜的色彩和味道。

在童年时，我还亲眼目睹了我家院中那棵老槐树被雷电击中的情景。那棵树算得上是我们村庄里树木家族的元老，粗大、苍老、沧桑、盘根错节，老人说，快百岁了，足足有两搂粗。遭雷电击时，只见一道闪电从天而降，那声响雷震耳欲聋，眨眼间，粗壮的树干被撕得皮一缕、肉一块，扔了满院子，院里飘起一股浓烈的硫黄味。

无论我走到哪儿，面对陌生的树木，如同看见我的乡亲和我的童年伙伴，回忆起自己成长的历程。不知不觉哼起罗大佑那首《童年》的歌曲："池塘边的榕树上，知了在声声叫着夏天；操场边的秋千上，只有蝴蝶停在上面……"树上快乐的童年，依然根扎我们这代人的心窝。

不同年代的人都有打着时代烙印的"童年史"。我庆幸我经历了20世纪六七十年代我们国家那段贫困的岁月，为我保存了纯真、天然的童年底版，让我时常能感觉到那个时代的纯洁和体温。

童年卫士

我童年的卫士，就是我家那条老黄狗。

小的时候，我家住在离村庄接近两华里村的东岭上。那条弯弯曲曲、坑坑洼洼的沙土路，像是一根黄鞋带，拴系着村庄和我的家。路两边是茂密的树林和庄稼地。

那还是20世纪60年代中期，我刚上小学，那树林子还特别茂密，什么柞树、松树、槐树、柏树，都长得很壮、很旺，树下是叫不上名字的灌木、杂草和野花，还有柴胡、桔梗等中药材。那树枝、树叶不动声色、比赛似的伸展，虽然很拥挤，但平和谦让，因而林子越来越密，树荫也越来越厚重。走在林中小路上，感到异常凉爽且阴森森的。

那时候学校抓得很紧，晚上有自习课。因我家住在山岭上，每天最让我犯愁的事，就是晚上放学后独自穿过那片树林回家。

夏天，月光下的山是有层次感的，天空就像一块深蓝色的布，点缀着闪烁的星星。群山千姿百态，远望黑黝黝的，像拉练的队伍，近处的树荫竟然像一个个的黑洞，阴森森的。林里的各种小动物，金蝉、蟋蟀、青蛙、野兔、黄鼠狼、蛇等，时而在身边弄出点声响来。风穿过林子，树叶一阵躁动，就连地里那茁壮的高粱、玉米也惊吓得你推我揉，沙沙作响。那树叶、庄稼叶沙沙的声响与脚步声，纠缠在一起，好像有人跟随在身后。有时，脚下踩上一只软乎乎的蛤蟆，会被吓得一蹦老高，拔腿飞快地跑。但不管跑得多快，那声音依然紧跟在身后。

　　我清楚地记得，那是一个伸手不见五指的黑夜，下着雷雨，闪电在天空飞舞，那路已被水冲得沟沟壑壑。我背着书包往家跑，脚底和腿上沾满泥浆。山路的南侧是一片林地，簇拥着无数的坟头。据老人们讲，那鬼火是死人的灵魂在游荡。许多人在坟林里走迷了路，被鬼火领着在一个地方来回转圈。坟边和坟头上长着许多灌木，有的像站立的人在晃动。想起那些鬼怪故事，望望周围的景物，听听林中的鸟叫和水流声，只觉得头皮发麻，全身打颤，举步维艰，泪水悄然涌上眼眶。这时，有一个黑乎乎的东西，在路边的树棵里窜动，我迅速弯腰摸起一块大石头。肯定是遇上狼了，老人们常讲，狼是最爱吃小孩子的。我的心一下子提到了嗓子眼，站在那里不敢动了，只等着与狼拼命。突然，狼冲出来了！我正要扔石头，却听到熟悉的汪汪的叫声，是我家那条老黄狗?！我疑惑地大喊一声"黄——"？正在我犹豫之时，老黄狗已跑到我跟前。我定神一看，老黄狗早已被雨淋透了。它摇摇身上的水，竟然伸出前爪扑到我身上，嗅了嗅，用舌头舔了舔我的脸，然后哼哼地叫着，摇着尾巴，围着我转了几圈。这真出乎我的预料。我顺手扔掉石头，用力抚摸着它的头，说不出有多高兴。那狗特别懂事，可能是担心惊吓了我，为了表示歉意，竟用嘴从我身上扯下书包，叼起来跑在我的前边，为我开路。没走出几步，远处山岭上传来狼的叫声。那叫声令人毛骨悚然，竟然让我在那炎热的夏天，感到刺骨的凉。老黄狗也有几分惧怕，跑回来，把书包扔给我，贴着我的身，伸直了尾巴，一边汪汪地叫着，一边急匆匆地伴我往家赶。等我们回到家中，我的衣服上已浇满雨水、汗水，全身有些颤抖。那老黄狗也躺在地上，抽动着长舌头，喘着粗气。

从那以后，老黄狗每天晚上都要到村东头去接我。村东头有口老水井，等我放学出来，它早已坐在井旁了。有几次，我到井旁时，却找不到它。谁知它就藏在周围的树丛中或墙角跟。它调皮地跟我捉迷藏，突然给我一个惊喜。这时，我把书包挂在它的脖子上，它就跑一会，坐在路当中等我一会。等我赶上来了，它再跑一会，然后再等我一会。有时我抚着它，理顺着它软绵绵的毛，一块往回走。从此，我走夜路不再寂寞，也不再害怕，路上还增添了几分童趣和坦然。

老黄狗成了我的好朋友、好伙伴。无论是春夏秋冬，还是风霜雨雪，无论是月光明媚，还是伸手不见五指，在那林间的小路上，老黄狗像一位忠诚的卫士，护送着我度过了那段难忘的学习生涯。

狗重情义，也通人性。人与植物、动物相逢、相遇、相识都有缘。珍惜平等相处的时光，就会留下美好的记忆和温馨的情感。

春燕归来

乡下是我的老家，也是燕子的故乡。

"小燕子、穿花衣，年年春天来这里。我问燕子为啥来，燕子说：这里的春天最美丽。"孩子唱着《小燕子》这首儿歌放风筝的时候，春天就迈着灵巧而蹒跚的步子来了，那一群群身着燕尾服的燕子也潇洒地从南方回家了。山村因此增添了诸多风景与情趣。

你看那燕子，身材修长而短小，光滑精美的栗色翎羽，雪白无瑕的胸毛，剪刀式的长尾巴，黄黄的嘴巴，机灵的眼睛，敏捷活泼的神态，与人为邻、以人为亲的品行，真可谓活脱脱的春精灵。那巢是恩爱成双的燕子，用口衔的泥巴和草屑，再混上自己的唾液，一点一点砌成的，多筑农家堂屋屋顶北侧的横梁上，那样子就像半个泥罐、半个碗，像是粗糙的工艺品。巢筑成了，再从外边叼来一些碎草和羽毛铺垫一番，就在上面哺养子女，尽享天伦之乐。"不知细叶谁裁出，二月春风似剪刀。"贺知章先生笔下的"剪刀"分明是燕子的尾巴。燕子"剪刀"般的尾巴飞舞着，伴随那优美的旋律，剪掉多少深冬的寒冷，剪来多少崇尚春天的梦幻，剪得春雨细细柔柔、如丝如缕、洋洋洒洒，剪得绿草如织、溪涧潺潺、翠柳飞舞，剪得山里人唱起粗犷的赶牛调、躬身耕耘。中国历代思想家讲究天人合一，如今又强调社会和谐，这种人文传统和时代精神在燕子与农户的相处中表现得淋漓尽致、融洽默契。

　　清晨的山乡素雅、恬静、温馨，绿油油的麦田，葱郁繁茂的树木，简洁质朴的农家小院，还有袅袅升腾的缕缕炊烟……仿佛是一团披着薄薄轻纱、朦朦胧胧的梦。睡醒的燕子展开双翅、轻盈地飞出窝巢，一只，两只，又一只……叽叽喳喳的叫声划破山野的寂静，一会儿工夫，绿树丛中，农舍屋顶，到处都是燕子飞翔的身影。这些可爱的小燕子，时而在蓝天中箭一般上下翻飞，冲散片片白云和缕缕炊烟；时而栖落屋顶、门前，轻松漫步，迈着方步悠闲地四处张望。有时，远处长长的电线上布满黑色的密密麻麻的小点，像一串歌唱山乡风光的五线谱，又像一排孩子在听着口令做早操，那景致别有一番韵味。怪不得孩子们都喜欢电视连续剧《还珠格格》中赵薇扮演的小燕子，那聪明、活泼、自由、俏皮的性格，正是燕子和孩子相通的天性。

　　燕子恋人、恋家。无论贫富，不管房子高矮，只要选中谁家、在谁家筑了巢，明年春天必定不远千里万里，不顾风雨飘摇，历经磨难，继续回到老房东家。进门一看，那屋梁上的燕巢也必定保存得完整如初。相传春秋时吴王的宫女，晋代的傅咸先生，曾剪去燕子的一只脚爪，检验燕子明年是否如期而归。这残酷的办法，让人愤怒，是对燕子品德和能力的污辱。山乡虽然每年都有新燕子来，可主人与新燕子的父母是老旧识、老邻居。燕子与农家相敬如宾，相处和睦，共同度过这段美好的时光。

　　春天是农家最繁忙的时节，庄稼人天不亮就下地，耕田、播种、除草，如果遇上旱天更是累上加累，没白没夜地辛勤劳作。这个时候，到山村看看，你会发现一个奇特的现象：许多农户家的大门紧锁着，而堂屋的门却大敞着。原来主人担心妨碍燕子出出进进，下地劳作时干脆把门开着。谁家住着燕子，谁家能把堂屋的门开着，谁家就住着福气和吉祥，就守候着丰收和喜庆的消息。

那是个非常安谧的上午，春风轻拂，吹在身上暖洋洋的。我坐在院子里的那棵大槐树底下静静地读书。忽然一阵燕语自天而降。住在我家的那窝活泼伶俐的燕子外出觅食归来，在进屋之前先栖落在我家那棵梧桐树上，兴奋地讨论着什么。那话一句接一句，又急切，又欢快，像一群春游归来的小学生，喋喋不休地争抢着倾诉所见所闻。老燕子看着小燕子日渐老练，心情激动，飞上飞下，手舞足蹈。我听不懂它们的话，但我分明感受到它们的快乐。我目不转睛地欣赏着，突然那只小燕子竟然悄悄落在我学习的桌子上。我屏住呼吸，小心翼翼地仔细端详着，忍不住轻轻地、微微地笑了。与这小生灵如此近距离地接触，竟让我十分激动，紧张和欣喜迅速传遍了我的每一根脉络。我能看清它的每一根羽毛，刚刚长出的乳毛细细密密的，还黑白相间呢。那眼睛黑黑的、亮亮的，嘴唇黄黄的，小脑袋摇来摇去，还用嫩黄的小嘴巴啄了几下我的书本。透出几分天真和调皮。那叽叽喳喳的叫声，是在问我什么？还是想告诉我什么？还是在转告它的母亲我在看什么书？我们没法用语言沟通，但我读得懂了它那单纯、友善的目光。我鼓鼓嘴，轻轻吹吹口哨，它竟然高兴地点点头。我们像是一对好朋友，用彼此的真诚和善意，守候着这短暂而美妙的时光。在那充满快乐和感激的对视中，我异常轻松，心中沉积了多日的疲倦和郁闷，随着小燕子的身影飘散了。

春天的山间田野，花争红，柳吐绿。燕子们争相展示优美的舞姿，感受着春光的爱抚和生活的乐趣。它们与人和睦相处，捕食昆虫，保护农作物，守候农家的收成。那时我没出过远门，对外面的世界一无所知，常常羡慕小巧的燕子志向高远、见多识广。那翅膀一展就是十里八里，可以与风儿对话，与百鸟交流，仰视宇宙，俯察万物，看尽崇山峻岭、山川河流、人间沧桑，那小脑袋里一定装着无数的趣闻，刻着丰富的生活阅历。它们生活简单，在可信赖的人家屋里垒一个巢，就自由自在地生活；秋天凉了，又携带子女迁徙富庶的南方；春天来了，又飞回风和日丽的北方。一生专挑好地方。随着对燕子的深入了解，我才渐渐体味出它们的艰辛，它们的喜怒哀乐，甚至在生活中蕴藏着的惊险和无奈。

燕子是鸟类家族中典型的"游牧族"。为了生计，必须带领子女跋山涉水、长途旅行，抵抗暴风雨的淫威和烈日的暴晒，甚至耗尽生命。因而更懂得珍惜生活，一旦安顿下来，总是恩爱和睦，小燕子们享尽长辈无限的疼爱。燕子从南方回来不久，小燕子就降生了。这时的老燕子异常勤快，忙着捉来许多叫不上名字、活蹦乱跳的小虫子，有时一嘴能叼来几只。老燕子刚飞进屋，那几只小燕子就张开黄黄的小嘴，喳喳地叫喊争抢。小燕子吃饱了就开始撒娇，头在老燕子身上拱来拱去，然后安静地睡觉。小燕子渐渐长大了，应当学飞了。记得有一只小燕子胆子特别小，别的兄弟姐妹都会外出觅食了，而它仍然胆怯地叫着，扑棱着翅膀就是不敢从巢里往外飞。燕子妈妈急了，一翅膀把它打出了燕巢。谁料这只小燕子忽忽悠悠地飞了几下，掉在了我家堂屋的地上。这时小燕子急了，咧着嘴大声惊叫着，恳求妈妈解救。老燕子担心孩子受到意外伤害，惊恐万状，那叫声近乎凄惨和绝望，一边在屋里七上八下地翻飞着、示范着，一边急切地催促着、鼓励着，竟几次想把小燕子叼起来。小燕子急中生智，扑棱了几下翅膀，歪歪扭扭地飞到了院子里，落到树上。小燕子没有责怪妈妈，反而兴高采烈地唱着、跳着，那分明在说：多亏妈妈一翅膀，才让自己长大，学会了飞翔。老燕子见小燕子有惊无险，欣慰中又透出一份难割难舍。小燕子的飞翔和独立，是老燕子的殷切期望，也是孩子脱离家庭、走向独立的开始。燕子们就是这样在爱与恨、聚与散、别与离、生与死之间一辈辈承接和繁衍。从此我懂得了，为什么山村那些曾经仰望着燕子和体味过燕子品格的少年，都学会像燕子一样，敢于冲出封闭的山寨，到外面的世界去寻求另一个春天、另一番风景……

燕子最体谅人、最关心人，从不给农家添麻烦。窝里的垃圾一点点地叼在野外，从不在屋里留下任何脏物。主人在家时，躲在燕窝里呢喃细语，温文尔雅。天要下雨，燕子们总是喳喳叫着，在你的面前反复低飞，给你预报气象，提醒你该下地给庄稼排水防涝，出远门别忘带上蓑衣或雨伞。即使下雨天羽毛被淋湿了，总是在进屋之前先抖抖翅膀。一场秋雨一场寒，燕子们必须在霜降前恋恋不舍地飞向南方。它们不愿惊动邻居，也不愿邻居因它们离去而伤心，总是选在夜深人静、明月当空的夜晚迁徙，走得无声无息，不留任何声响和只言片语，甚至连一支轻柔的羽毛也不留下……只把一种期待留下，一种美好的记忆留下。

"年年此时燕归来。"上几岁年纪的人总是盼着儿女早早像小燕子一样长硬翅膀飞上蓝天，然后又盼着孩子像飞出的鸟儿一样常常回归母巢团聚，你一言我一语诉说辛酸与幸福。离乡久了，见到回归的燕子，胸中自然涌动思乡、回乡的情感，渴望如同燕子年年飞走、年年回来。叶落归根，总得回到自己在南方或北方的旧巢。

"无可奈何花落去，似曾相识燕归来。"冬已过去，春暖花开，我们该像那美丽勇敢、感恩重情的燕子，义无反顾地飞回老家……

欢唱的麻雀

　　身材娇小、爱跳爱唱的麻雀，一直跟随人类迁徙居住，是与人类最亲近的鸟。

　　每天清晨，窗外鸟语花香，桂花、玉兰树上就有灵巧的麻雀，叽叽喳喳地叫个不停，在草坪上一蹦一跳地觅食。往远处看，成群结队的麻雀散落在高压电线上，像一行五线谱，他们或跳跃飞翔，或打闹嬉戏。那情那景，悄然把我带回童年和少年时代。

　　麻雀头圆，翅小尾短，嘴圆锥形，小脑袋摇来晃去，擅于跳跃，特精明机灵，看到人会立刻一跃而起，在空中划出精美的弧线，然而又落叶般落地，可谓一哄而起，一哄而散。麻雀生性活泼，成天叽叽喳喳，无论在地下、在树上，时常互相梳理羽毛，呢喃，叽叽喳喳唱个不停，甚至笑作一团。在乡下，空旷的田野上、草垛旁、场院里、老土屋屋檐下，总有家雀扑扑棱棱的身影和唧唧啾啾的鸣啼。幼麻雀的叫声纤弱稚嫩，老麻雀的叫声清亮略带厚重，大小麻雀的叫声重叠交织在一起，分明是多重奏或多声部的大合唱。

　　麻雀喜欢在收割的庄稼地和打谷场、麦场边上偷嘴。我依然记得少年时期掏雀、罩雀、打雀、玩雀的诸多趣事。20世纪六七十年代，农村大都是低矮的草房、瓦屋。麻雀晚上就住在屋檐下、墙缝里，尤其土坯墙的缝隙最适合做窝。伸手一探，很容易发现成窝的雀蛋或热乎柔软、全身粉红透明、还没长羽毛的雏雀。房前屋后时常能看到麻雀出窝，老麻雀在教小麻雀们学习觅食和飞翔。我也曾经在漆黑的夜晚拿着手电筒踩着凳子或者梯子掏过麻雀窝。麻雀的眼睛怕光，晚上用手电筒一照，它就一动不动地被你抓。深冬大雪后，便在小院里逮麻雀，玩法与鲁迅先生小时候差不多。用一截木棒支撑起箩筛，箩筛下面撒上谷物，然后握着拴在木棒底端的细绳，躲在虚掩的木门后等待着。机灵的麻雀不会轻易飞到箩筛底下，吞一粒，四处张望一番，但最后经不住谷物的诱惑，会有一群麻雀一边观察一边跑进筛子底下啄食。突然拉动绳子，就把贪食的麻雀扣在箩筛里。蹲在箩筛旁，透过筛眼看见几只麻雀伸直脖子，拼命张着小黄嘴，羽毛都炸开了，惊恐万分地扑棱翅膀，发出凄婉哀伤的鸣叫，此时真不忍心伤害它，便掀起箩筛还她自由，去与家人团聚。

麻雀是鸟类中一介"平民"，也是生物链中的一个链条。在那个物资匮乏的年代，山村树多草多，各种鸟也多，什么喜鹊、斑鸠、鹌鹑、布谷鸟、啄木鸟、白头翁、猫头鹰等。唯独弱小的麻雀因与人争食，被视作"阶级敌鸟"。我依稀记得驱赶麻雀的壮观场面，房顶上，田野间，小河边，院里院外，到处都是高声呐喊的人群，或敲打锣鼓铁盆，或燃放鞭炮，或挥动彩旗，甚至爬上房顶歇斯底里地吆喝，强迫麻雀拼命飞翔。很多麻雀又惊又累，飞着飞着，突然坠地身亡。这是人类历史上绝无仅有的对麻雀的大屠杀。麻雀最终被"平反"，摘了"四害"帽子，但数量陡然减少，差点种族灭绝。

人类认识到麻雀是益鸟经历了一个过程。麻雀栖息于居民区和田野附近，又名家雀，喜欢在庄稼和树木的枝条间跳来跳去，以吃草籽、虫子等为生。夏天是繁殖的季节，育雏更是以食虫为主，以维护生态平衡。庄稼人为防麻雀偷嘴，会在田间和晒场边插上稻草人和旗幡。麻雀还能预告天气。清晨，麻雀鸣唱表示天气转晴，越晴叫得越欢。多日阴雨后，麻雀鸣叫，雨就要停了。麻雀羽翼上呈黑斑纹，老人们警告孩子：麻雀不能吃，吃了脸上会长雀斑。美国和澳大利亚为灭庄稼、果树害虫，曾从国外引进过麻雀。就连格林童话和屠格涅夫、老舍散文中也都飞翔着麻雀的身影。试问，如果人类连小小麻雀都保护、挽救不了，何谈保护凤凰和大熊猫！

这些年，我国城乡面貌变化大，生态、生存环境改善，麻雀们纷纷迁进城市，尝试着与高楼、与城里人亲近。上下班路上，经常看见麻雀在悠闲地唱歌觅食。有趣的是麻雀似乎知道人们不会伤害它，走近时，它那小眼睛滴溜溜转，歪着头观察，似乎在逗你玩。

麻雀是人类的朋友，相信人，依恋人。在我们的家园，在我们身边，叽叽喳喳地叫着幸福吉祥，唱着人与麻雀的自由平等，唱出人与自然的和谐共荣。

萤火虫

那是一个天气闷热的夏夜，我陪妻子踏着皎洁的月光，在地处济南高新区的宿舍西院里散步，突然发现草丛中有微弱的光在闪烁，若明若暗的。鼓鼓掌，那小小的亮点竟然飞到了我们的身边。是萤火虫？仔细一看，的确是尾巴亮着绿莹莹"小灯笼"的萤火虫！那场景，让我们兴奋不已，至今难以忘怀。萤火虫是一种能发光的萤科甲虫。她对生活环境非常挑剔，只喜欢植被茂盛、水质干净、空气清新的河边或农田。她好像是灵敏的报警器，能够精确地显示出生存环境的优劣。

在我的记忆里，因有了流萤飞火的装扮，恬静的乡村夏夜平添了几分温馨而浪漫的韵味。晚饭后，村民喜欢扛着苫子，到生产队摊晒粮食的场院里打地铺、乘凉、闲谈、睡觉。天一黑，也不用人招呼，村里男女老少，就三三两两地拿着麦秸或竹篾编的凉席，摇着蒲扇，热情地相互打着招呼，陆续聚到场院里。有的小孩子性急，为了赶热闹，来不及吃完饭，手里还握着馒头或煎饼卷就往人群里凑。那时候田野里有狼，狼的叫声令人毛骨悚然，大家自动分好地盘，女人带着孩子通常在较靠里的位置，麦秸做的苫子贴着路边紧挨着竖着排开，再铺上毯子，地铺就打好了。小孩子们最兴奋，从这个铺跳到那个铺，又喊又叫，追逐打闹，笑声传得很遥远。

阵阵凉风吹走了夏夜的燥热，天南地北的闲谈消解了一天的劳累。草丛里的昆虫此起彼落地吟唱着，偶尔，有萤火虫挑着灯笼飞过。我喜欢靠在家长身边，听着大人们拉呱、讲故事，看着天上行走的云朵，数着天上闪烁的星星。看着云彩变幻着形状，看着月亮在云中钻进钻出，不知不觉进入梦乡。

我对萤火虫的美好回忆，是从儿时捕捉萤火虫开始的。盛夏的夜晚，我和小伙伴们经常在小河边的青草丛里玩耍，伴随着我们的嬉闹声，萤火虫尾巴一闪一闪的，在空旷黝黑的夜空中舞蹈着、飞翔着。我们边鼓掌还边唱儿歌："萤火虫，萤火虫，找媳妇打灯笼，飞到西飞到东，忽忽悠悠做美梦……"伴随欢声笑语，场院的上空飞来了萤火虫，孩童们像追梦似的在星空下奔跑、追逐，奋力地捕捉。用芭蕉扇扑打，萤火虫会忽上忽下地躲避。有的萤火虫被打晕，落到草丛里，尾部还闪烁着荧光。捉住它，带着草尖上的露水一起装进瓶子里。眼睛紧紧盯着瓶里一闪一闪的萤火虫，回想着场院里老人讲的故事，说萤火虫是天上美丽的仙女变的，如果她围在你身边、落到你头上，将来就会娶到美丽贤惠的媳妇。有时干脆将蚊帐放下，旋开瓶盖，放出这些小家伙，让它们用微弱的光亮装扮着这块小天地，照耀我童年那数不清的梦想。随着年龄的增长，我又知道了"车胤囊萤"的故事。使我在热浪滚滚的暑假依然能坐在昏暗的灯光下，经受住了汗流浃背、虫叮蚊咬的煎熬，如饥似渴地静心读书。

其实，萤火虫每时每刻都在创造大自然的奇观，给人们的生活带来无穷无尽的乐趣。据说，马来西亚有条"萤火虫河"，大量的萤火虫依附在雪兰莪河两岸的树丛里，在夜色降临的时候，形成极其美丽和罕见的自然景观。还有资料记载，新西兰有个如梦如幻般的"萤火虫洞"，成千上万的萤火虫在岩洞内熠熠生辉，灿若繁星，有人将这种奇观称为世界第九大奇迹。而日本还举办过世上独一无二的萤火虫节，在炎热的夏季黄昏，把笼中的萤火虫放出，任其自由飞翔，人们可与萤火虫一起嬉戏，天上的月光、星光，与飞动的萤光和湖水的波光，交相辉映，扑朔迷离，美不胜收。

只可惜，在我们不断追求物质富有、现代文明的同时，那五光十色的灯光，参差林立的高楼，川流不息的马路，喧嚣嘈杂的噪声，恣意排放的污水，过度喷施的农药……悄然破坏了恬然、温馨、原生态的自然环境，给萤火虫以致命的打击。

夏夜，当我们坐在桥头，摇着大蒲扇，听孩子们吟诵杜牧"银烛秋光冷画屏，轻罗小扇扑流萤。天阶夜色凉如水，坐看牵牛织女星"的诗句时，却再也找不到萤火虫那惹人喜爱的小精灵的身影了。没有了萤火虫的飘忽闪烁，轻盈曼舞，这夏夜显得单调和沉闷，缺少了飘动的浪漫和童趣。孩子们眼睛看到的是高楼大厦、霓虹闪烁，听到的是繁弦急管、汽笛争鸣，哪里还有一方属于他们自己的天地，哪里还能看到湛蓝透彻、萤火飞舞的夜空？缠绕在我们这些做长辈的心头的不仅是失望和后悔，而且还有悲悯与忧思。人与自然和谐，滋养童真梦想。田野、河畔、草丛……曾经留下了许多自然天使亮丽的身影。无论是城市还是乡下的孩子，那一双双纯情明亮的大眼睛，渴望见到那充满天真童趣的萤火虫！

乡下乘凉

　　一轮又圆又大的明月，照耀着青山、溪流、庄稼和一片虫鸣与蛙鼓，照耀着村口巷尾一群摇芭蕉扇的山民：那是记忆中乡下夏夜乘凉的独特景象。

　　一年四季，夏天最难熬，特别是到了三伏天，毒日头当空，大地像个蒸笼，没有一丝风，庄稼卷起叶子，树木低垂着脑袋，无精打采。狗也卧在墙角或大门过道里，伸着长舌头，喘着粗气。庄稼人赶忙从野地里回到树下或者院中，喝着阔叶茶，摇着芭蕉扇凉快。扇来的依然是热风，汗珠子一个劲儿地从脸上、脊背上、胸脯上往下滚。在那个没有电视、电影、电脑和风扇、空调的年代，在那十分燥热的夏天，人们渴望入夜纳凉，望着月色和星星，享受安谧凉爽的夜色。

　　待猪进圈、鸡上窝、一家老少吃完饭，女人们赶忙收拾碗筷，青壮年男子则三三两两跑到水库、池塘去洗澡，让清凉洗涤劳作时留在身上的尘土和汗渍，驱赶满身的疲劳和炎热。老人饭后一边剔着牙，一边摇把大蒲扇，遇上哪家还没吃完饭，便找个凳子坐下来，开始闲聊。为了图凉快，许多家庭把饭桌搬到场院里。有的老汉还喝几盅烈性白干，月下喝酒交谈，颇有几分"把酒话桑麻"的古风。一会工夫，人们就陆续带着纳凉的凉席、凳子，聚集到村口或门前的树下纳凉了。有的甚至把床抬到树下，撑上蚊帐，在月光下消夏。

夜空中寥寥无几的星星眨着眼睛，草丛中蛐蛐不知疲倦、忽高忽低地合奏着。人们盼着凉爽的夜风光顾，可树梢一动不动，只有蝉声此起彼伏、塘边蛙鼓虫鸣。如有一丝风吹过，白天被阳光灼晒过的树叶婆娑起来，还发出哗啦啦的响声。老大爷们每人口中一根旱烟袋，"我这烟劲大，来一袋吧"，"我这烟袋包里的烟是刚搓的，新鲜"，一闪一闪的旱烟换了一锅又一锅，只见头顶上是一片袅袅升腾的烟雾。中年男人最爱讨论的就是地种什么、收成如何，偶尔也谈论古代的逸闻趣事和国事大事，大都凭空而想，无法考证。中年妇女挎篮子玉米棒，一边剥着玉米棒子一边闲聊，好像有拉不完的家长里短、谈不完的琐碎事。孩子们有的穿个小裤衩，有的干脆光着屁股，你追我赶，在大人的空隙中奔跑嬉戏。跑累了便带着浓浓的倦意躺在凉床上，望着天上的繁星，逼着大人讲那老掉牙的故事。

夏夜里孩子最高兴的事，就是相互约在一起，拿着玻璃瓶去花生地或地瓜地捉萤火虫。乡间空气湿润凉爽，散发着淡淡的清香。孩子们躲在田头的树丛中，屏住呼吸，翘首期盼萤火虫由远及近地飞来。等萤火虫靠近了，大家拼命地鼓掌，谁拍的声音大，萤火虫就顺着谁的声音飞过来。等到它飞到可以捕捉的高度，大家一拥而上，用手或者用薄衣服轻轻一罩，那闪着幽蓝亮光的萤火虫便落在草丛中。我们迅速把它捉着关到透明的玻璃瓶子里，夜深了，大家也累了，干脆打开瓶盖，让成群的萤火虫一闪一闪地飞向深邃的夜空，那幼小的心也随着它们在夏夜里飘忽不定。

夏季雨水大、草木繁茂，蚊子也自然多。蚊子最会凑热闹，哪里有人往哪里钻。它们哼着"嗡嗡"的小曲在你的头顶飞，一会在你的左耳边，一会儿又飞到了右耳边。当歌声停止时，它早已在你的胳膊、大腿或脊背上下口。当你用手或芭蕉扇狠狠地拍打，灵巧狡猾的蚊子迅速跑掉。最恨的是不声不响的花脚大蚊子，当你感到疼时，它已喝饱了你的血。拍死一个，就是一片血。山里人想出了对付它们的土办法，在乘凉的场边的风口上堆起一堆潮湿的乱草或乱树叶，如果干了就洒上些水，然后点燃，让那股浓烟在周围扩散，随微风向人群飘散。带着焦味的烟雾虽然也呛人，可蚊子却被这片狼烟熏跑了。有的老人把艾草晒干，捶打几遍，编成艾草辫，点着后，既燃不起火焰又灭不了，那烟味还透出一缕清香，是放在头顶熏蚊子的好东西。夏夜的场院里许多人坐着或躺着，人堆里不时有缕缕艾草烟升起飘浮。这场景被月光一照，是那么古老宁静而美妙和谐。

夜深了。大人们聊困了，小孩们玩倦了，村庄也很快进入梦乡。后半夜凉，露水大，需要盖些被单一类的东西，或者用件衣服盖在肚子上。那时山野里有狼，夜间常会听到狼的嗥叫声。夜深人静，狼叫声真让人毛骨悚然。小孩子不管睡树下还是睡瓜棚，都蜷缩着身子紧紧贴在大人身边，沉醉在温馨甜美的梦乡里。夏季多雨，打雷了、天边长云彩了，经常突然下起雨来。老老少少赶忙拿着随手带的物品往家跑，有时还没有跑回家，那雨停了或当头泼下来了……

在乡下那静谧的夏夜，有溶溶月光洒下，繁杂之中透出几分清雅，幽暗之中藏几丝光亮，乘凉的人聚在一起，给小山村添了几分生机与欢乐。枕一缕山风坦然酣睡，安享那乡风民风淳朴、乡情亲情相融、欢声笑语如潮的夏夜，别有一番兴致和情趣。

赊小鸡

乡下人说话算数，落地砸个坑。我的故乡沂蒙山区，更是人实诚，民风好。在我童年的记忆中，最有趣、最典型的就是"赊小鸡"的故事了。

20世纪六七十年代，刚开春，树刚冒芽儿，村头就响起"赊小鸡来——赊小鸡"的吆喝声。所谓"赊小鸡"，就是农家春天买小雏鸡、秋后还账的办法。卖雏鸡的商贩挑着两个大箩筐，或用自行车驮个大箩筐，颤悠颤悠的，翻山越岭、走村串巷，从村这头吆喝到村那头，哪村哪家什么日子赊了多少鸡崽，他一一记在小本子上，秋后他再捎着那个皱巴巴的小本子来收钱，谁家如果实在没钱，也可拿鸡蛋来顶账。当时我就琢磨，假如赊鸡的人不认账怎么办？那小本子弄丢了可咋办？

商贩一落担，最先围拢过来的是我们这些蹦蹦跳跳的孩子。孩子们调皮地学着卖力吆喝，"赊小鸡唠——赊小鸡呦——"！婶子大娘们赶过来了，商贩赶忙招呼说："婶子大娘，这头茬鸡便宜买。母鸡两毛，公鸡一毛五。"大家围着箩筐，问明赊法，便围着箩筐像一群小鸡一样叽叽喳喳地挑选。笊篱里满满的鸡崽，鹅黄色、绒绒球似的，张着黄黄的小嘴，发出"叽叽"细弱嘈杂的叫声。小雏鸡一边鸣叫着，一边拼命往边上挤，煞是可爱。伸手触摸，柔软舒服、心里暖洋洋的。

我娘挑雏鸡，我大都跟着当勤务，主要是挎着竹提篮盛小鸡。只见上了年纪的老奶奶眯缝着眼挑小鸡，一边挑还一边讨着赊鸡的价钱。娘先在大笊篱边观察，看哪几只叫得欢。然后伸手在笊篱里挑，把挺精神的几只，拿出来放在脚前的地上，让它们跑、让它们叫。那些不活泼的，顺手又送回笊篱里，再换出几只。有一只特别调皮，放在地下就往远处跑，娘笑嘻嘻把它捉回来。嘴里嘟囔着："我让你跑！""我让你跑！"一把抓起来，放进自家的提篮里。

挑出品质好的雏鸡，然后再辨公母。那个生活困难的年代，各家各户养鸡主要是下蛋，以便换取针线、火柴、食盐等生活的必需品，因而小公鸡并不吃香。轻轻拿起"叽叽"叫的小鸡，仔细端详它的爪子、屁股和鸡冠子，十有八九能认准公母，实在没看准，收款时可以再作说明。没顾上回家拿工具的，就直接用簸箕、竹筐或者褂子的前襟兜着。挑选够数后，主动让赊小鸡的过数、记账。

新赊的小鸡，刚出壳没几天，不敢散养，一般放在肚口大而深的竹提篮或者圆口簸箕里养着，底下还要铺上干净柔软的布。定时喂些泡过的新小米，有时还拌上些又嫩又碎的白菜叶，用布罩起来挂在屋梁上或者挂在院子里，主要是怕小鸡跳出来跌伤，还怕被猫、黄鼠狼吃了，等小鸡长出翅膀、有了自我保护意识，能听懂呼唤声时才能撒开。

我曾经问娘有人赖账怎么办？娘说，不会的，咱村没有这样的人。真要是赖账，会被人戳脊梁骨，唾沫星子也会把他淹死，孩子们在村里就抬不起头来。记得有一年我娘挑了二十只雏鸡，可没养了三天就死了四五只，秋天商贩来收款时，按规矩可以扣除死去的几只，可娘竟然全额付了钱，我忍不住问："小鸡死了也收钱？"商贩睁大眼睛问我娘。娘瞪我一眼："别听孩子瞎说。"事后，娘告诉我，人家赊小鸡的挺不容易，咱不让人家吃亏。各家各户的小鸡，大都会兴旺发达、长大成鸡，但有的被黄鼠狼叼走了，有的被猫吃了，有的拉肚子拉死了；有的人家只剩下两三只，还有的甚至"全军覆没"。秋后都会按当初谈好的价格十分爽快地把钱交给赊小鸡的商贩，没有赖账的。当然赊小鸡的也会区别不同情况，给予适当优惠、照顾。

我儿子五六岁时候，每年开春来了赊小鸡的，他总会赖在箩筐边上用小手抚摸着那些可爱的毛茸茸的小鸡仔，久久不肯离去，非要自己也养几只。我娘每年都专门挑上二十只小公鸡。专选小公鸡，精心哺养到暑假，每只都长到一斤左右，儿子放暑假回家，娘每天宰一只，犒劳她那馋孙子。娘说：吃小公鸡，孩子长得结实。前不久，我们全家陪父母逛天安门，儿子用轮椅推着他奶奶，累得满头是汗。目睹此景，我夫人感慨道："那小公鸡真是没白吃。他奶奶没白疼呀！"

弹指一挥间，半个世纪匆匆而过，"赊小鸡"的行当虽然消失，可回想起那充满诚心善心的淳朴民风，依然温暖心窝。

煤油灯

煤油灯似乎离我们的生活已经很久远了，许多孩子只有在博物馆、纪念馆才能见到它的身影。偶尔停电，大家也是用蜡烛替代照明。在我记忆深处，那如萤的煤油灯，依然跳跃在乡村那漆黑的夜晚，远逝的岁月也都深藏在那橘黄色的背景之中。

我的家乡就挂在一个山套里，房子无规则地散落着。岁月如歌，人间沧桑。记忆中的小山村，白天有刺眼的阳光，傍晚有燃烧的夕阳，晚上有亮晶晶的月光，黑夜有跳动的磷火、飞舞的流萤，并不缺光。那时山村没有电，祖传的照明工具就是煤油灯，印象最深的是那煤油灯的光芒。油灯那跳动着的微弱的光芒，给遥远而亲切的山村和山民涂抹上昏黄神秘的颜色，也给我的童年升起了一道生命的霞光。

20世纪六七十年代，煤油灯是乡村必需的生活用品。家境好一些的用罩子灯，多数家庭用自造的煤油灯。用一个装过西药的小玻璃瓶或墨水瓶子，找个铁瓶盖或铁片，在中心打一个小圆孔，然后穿上一根用铁皮卷成的小筒，再用纸或布或棉花搓成细捻穿透其中，上端露出少许，下端留上较长的一段供吸油用，倒上煤油，把盖拧紧，油灯就做成了。待煤油顺着细捻慢慢吸上来，用火柴或火石点着，灯芯就跳出扁长的火苗，还散发出淡淡的煤油味……

煤油灯可以放在很多地方，譬如书桌上、窗台上，也可挂在墙上、门框上。煤油灯的光线其实很微弱，甚至有些昏暗。由于煤油紧缺且价钱贵，点灯用油非常注意节省。天黑透了，月亮也不亮了，各家才陆续点起煤油灯。为了节约，灯芯拨得很小，灯发出如豆的光芒，连灯下的人也模模糊糊。灯光星星点点，飘闪飘闪。忙碌奔波了一天的庄稼人，望见家里从门窗里透出来的煤油灯光，疲倦与辛苦荡然无存。

晚饭以后，院子里光线已经暗了，娘才点起煤油灯，我便开始在灯下做作业。有时我也利用灯光的影子，将五个手指做出喜鹊张嘴、大雁展翅的形状照在土墙上，哈哈乐上一阵子。母亲总是坐在我身旁，忙活针线活，缝衣裳，纳鞋底，一言不发地陪伴我。母亲那时眼睛好使，尽管在昏黄的油灯下且离得较远，但母亲总能把鞋底上的针线排列得比我书写的文字还要整齐。春夏秋冬，二十四节气，娘一直在忙着纺呀、织呀、纳呀，把辛劳和疲倦织纳进娘的额头、眼角。漫长的冬夜，窗外北风呼啸，伴随油灯捻子的噼啪声，娘在用自己的黑发银丝缝制希望，把幸福、喜悦一缕缕纳成对子女的期待。为了能让我看得清楚，娘常常悄悄把灯芯调大，让那灯光把书桌和屋子照得透亮。有时候，我正做着作业却进入了梦乡，醒来时却发现柔和昏黄的灯光映着母亲慈祥的面容，识不了几个字的母亲正在灯下翻阅我的作业本。

童年难以忘怀的记忆，都与煤油灯有着直接的联系。在煤油灯下，我懵懵懂懂地学到了知识，体会到了长辈的辛苦，更多的是品尝到了亲情的温暖。煤油灯，一次次感动着我，一次次驱散我的劳累与寂寞。

出类拔萃的秘密

　　至今还清晰地记得，深秋时节的那天，宿舍院里的园丁师傅忙着把小竹林四周刨开，逐一斩断竹根，刨出近半米深的沟，用砖垒砌围堵竹根的砖墙。我蹲在一边帮助整理刨出的竹根，听他口里念叨着："要不抓紧围截，明年这周围全是竹子了。"

　　十年前，我搬进位于城郊的新宿舍时，门外的这片竹子刚栽上，长得干干巴巴的，既无生机，又少灵气。我真担心栽不活。谁知道，仅几年的工夫，这簇竹子潇洒地长起来了。开春那竹竿由枯黄变成草绿，冒出淡黄稚嫩的芽尖。盛夏撑一片翠绿，秋冬依然挥舞着生命的绿手掌。清晨，我走在院内的石径小路上，竹林里传出啁啁啾啾的鸟鸣声和麻雀的打闹声，真有几分"采菊东篱下，悠然见南山"的雅趣。

　　竹子靠窜根繁育生长，喜欢温和湿润的气候，主要生长在南方。20世纪60年代末，山东等地南竹北移成功，竹子被移植在山地、水源、沟渠、田边、路旁，大大改善了自然生态环境。品种多是早园竹、淡竹、斑竹等。

　　我见证了这簇竹子的成长过程。栽植的前三年没看出生长，到了第五六年雨季过后，周围的土皮被拱出了裂缝，地上竟然冒出手指粗黝黑的笋芽，咧开小嘴喝着雨水，每天能蹿半掌高，到秋季竟然已长到三四米高，成为竹林中的长子。但新竹生长之后，它周围方圆几米内的其它植物好像停止了生长。我问园丁师傅，原来新栽的竹子前三年不是没长，甚至没少长，只不过是以一种不易被人们觉察的方式在地下长根。根憋着劲，在地下向四周默默铺开成系。这也是竹子只要栽上大地，很少枯死的缘由。经过三年多的地下生长，一株还未向上发芽的竹子，根已经在地下伸展了十多米，真可谓"博大精深"。有时一整片竹林实际上是根连在一起的"一棵竹子"，地下的茎根盘成一个疙瘩，分不清头尾。当新竹开始蹿芽生长时，周围的各类植物都望尘莫及。

我仔细观察竹林里当年冒出的新竹，深秋时大都高过往年的旧竹。那日我问园丁师傅，他擦拭一下额头上的汗珠告诉我："竹子扎根三年不起身，憋着劲布根，为后代积蓄能量。笋芽一旦破土，就底气十足，高过老竹子啦。"

人的成长，也要学习竹子的耐性，先脚踏实地，发达根系，再破土发力，拔节蹿高。

二

亲情温暖

亲情无价，真爱不朽。经过心贴心的呵护和培养，孩子走出父母的怀抱，像破土而出的嫩树苗，洋溢着蓬勃的生命气息和青春活力。

因为拥有被爱包围和守护的童年、青年时代，相信孩子会健壮地走向中年，直至更远……

赤脚走在田野上

厉彦林散文选

祖孙四代求学梦

记得陆游在《剑南诗稿》中有这么一首诗:"吾家世守农桑田,一朝挂衣即力耕;汝但从师勤学问,不须念我叱牛声。"这诗充分折射出自古以来我国民众的生存状态和美好追求。新中国成立以后特别是改革开放以来,普通百姓受益最大的不是衣食住行的改善,而是受教育程度的提高。我家祖孙四代的求学历程,就生动记录着这一历史巨变的坎坷轨迹。

在新中国成立前那漫长的岁月里,虽然被尊为万世师表的孔子和诸多开明的帝王将相一贯倡导重视兴办教育、教化民众,但受教育的其实都是那些王孙贵族,最起码也得是地主富农。平民百姓没有这种经济实力与权力,只能望学兴叹。

我爷爷生不逢时,喝着旧社会的苦水长大。当时家里穷得叮当响,虚岁刚七岁,就被迫到邻村的地主家当了放牛娃。看着地主家的孩子吃饱饭就坐在屋里,听私塾先生摇头晃脑地讲什么"人之初,性本善"一类的东西,羡慕得不得了。有一次趴在黑乎乎的窗子上,偷听了几句,竟被老地主劈头盖脸狠揍一顿,脸上和身上留下道道血口子，心中发狠砸锅卖铁也要上学，可这个梦想在那个年代是根本不现实的。新中国成立后，我爷爷参加过村办扫盲班，也让我们手把手教他识字，可惜已错过读书的年龄。爷爷虽然大字不识，可为人厚道、实在、没有私心，竟在大队里当了十几年的保管员，队里出出进进的东西，全靠只有自己认识的画图和画杠杠来记录。直到他离开这个世界，也只能认识自己的名字和几个简单的数码。但他老人家的苦难经历和他关于好好读书的衷心劝诫，却深深地刻在了我的脑海里。

中国人有个传统，长辈自己没有实现的愿望，往往会加倍倾注到下一辈身上。我父亲长到该上学的时候，新中国虽然还没有成立，但我老家沂蒙山区这一带已是解放区了。喜气洋洋的农民分了地、勉强填饱肚皮以后，首先想到的是让孩子学文化、长见识。政府也提倡办教育，于是几个村联合办了一所小学，大大小小的孩子混编在一个班里。我父亲也成为其中幸运的一位，我家祖祖辈辈有了第一个上学的。可谁知天有不测风云，我奶奶因病突然谢世。我父亲含着眼泪把没有学完的课本包着掖藏起来，默默帮家里干起了农活，帮着照料当时刚几岁的我的姑和叔。老师舍不得爱学习的好学生，曾连续几次到我家做我父亲返校的工作，但由于家境所困，最终我父亲再也没有重返那充满笑声、歌声和美好憧憬的校园。即使这样，当时比起斗大的字识不了两箩筐的乡亲们，我父亲也算是"秀才"啦。

等到我上学的时候已经是六十年代中期，农民刚刚渡过三年困难时期，铁青的脸上红润了许多。这时大多数村庄都有了学校，多数孩子都能进学堂了。我家祖辈上为了给地主看林子养家糊口，一直住在村东的山岭上。我清楚地记得我上学的第一天，父亲一直背着我把我送到村里的小学里，交给了一个胡须花白的张老师。这其中有多少寄托和祝愿，我当时体味不到，也理解不了，但我从家人那期盼的目光里感受到了一种信心和力量。上学第一天中午放学后，我小跑着回家，坐在院子里的大槐树底下，扒上一碗饭，就第一个跑回学校。学校条件很差，一个教室有四排用土坯垒的土台子，那就是课桌，一排就是一个年级的学生，老师进行"复式"教学，教完了这边再教那边。学校抓得挺紧，有时还坚持上晚自习。可教室房子太破，一到下雨天，屋里就摆上接水的盆子。雨下大了，老师担心教室倒塌，干脆给我们放假。冬天，那土台子凉得刺骨头，外面下大雪，教室里下小雪，学生们衣裳单薄，老师经常停下课，组织孩子们集体踩脚、搓手，拍打身上的雪花，然后再上课。那时，家家的日子贫寒。孩子们在课堂上用石板写字做练习，那石板可以反复擦、反复用，确实很节约。放学后，我们首先要帮家里拾草、剁菜、放牛、放羊，然后再用五分钱一本的作业本做作业，本子的正面用完了再用反面，或者第一遍用铅笔，第二遍用钢笔。虽然这样，大家还是学得很开心。那时无师资可言，老师从刚毕业的中学生中选，有的竟然小学毕业就教初中，许多生字都是念半边，念出错别字实属家常便饭。等我上高中时，出了"白卷先生"，爱学习不吃香了，学习好也没用了，图书馆的好多图书也不准看了。不久又开门办学，我们那个班的同学先后参加过拖拉机班、种植班、畜牧班和美术班、新闻班，后来又吃住到我们村，唱着革命歌曲帮着填水库、造大寨田，每天2角钱的生活补助，半天劳动半天学报纸。考试就考课本上的例题，并且还开卷，虽然次次考百分，可心里总觉得对不起每周那包家里人舍不得吃的地瓜干煎饼。

七十年代末，中国大地炸响恢复高考制度的惊雷。现在回想起来，这一决策确是一种胆略、一种挽救、一种解放，激发了千万莘莘学子的读书热情，调整了国家发展的速度和方向。从孩子都已上学的"老三届"，到刚刚毕业的中学生，共同做起了大学梦。我们这些正巧在"文革"期间读书的学生命运很惨。没法子,只好翻出高中课本,自己再从头重啃一遍。等到我再一次参加高考时,我的老师、我和我教过的学生竟然编在同一个考场。我比较幸运,接到了录取通知书,达到了转户口、吃"皇粮"的目的,着实让家人和亲戚朋友高兴了一阵子。毕业走向工作岗位,通过接触贤人才子,终于明白了"学无止境"的深刻道理。不久,国家扩大办学渠道,开始办电大、函大、职大,凡是没有进过正规大学或有学习愿望的,不管年龄大小,都有了重新学习的机会。因而我在工作之余坚持着业余学习,一次次了却了学习的心愿。

这些年,城乡面貌发生了亘古未有的巨变。享受改革开放成果最多的还是孩子们,他们的生活条件和上学环境都大大改善了。我的儿子从入托到上小学、上中学,教室都是宽敞明亮的楼房,教师也都是科班行家,教学质量提高了百倍。孩子们吃讲营养,穿讲美观,学习用品也现代化起来了。家长拼命给孩子施"速效肥",帮助报这种班那种班,培养各种特长。我的父母无论什么时候打电话,必定问孩子学习情况;孩子回到家,家长首先问的,还是在校的表现和学习。希望孩子能够珍惜这个好条件、这段好时光,潜心读书学习,将来成为有用的人才。2019年我儿子终于攻读完博士学位,成为我们家的最高学历,圆了几代人的求学梦想。

巴尔扎克说过:"人生最美好的主旨和人类生活最幸福的结果,无过于学习了。"如今,多数读完高中的孩子可以跨进大学校门,虽然费用高了些,但能圆大学梦了!对一个农民家庭来讲,出个大学生就有了了解外面世界的人,受了委屈或遭遇不公正,就有了懂道理的明白人,免了被人欺负。对一个民族和国家而言,那是走向文明、发展和繁荣的基石。

旱烟袋

我对山村老人的印象，是从旱烟袋开始的。有许多反映农村生活的电影、电视剧，包括一些摄影图片，往往都有手握旱烟袋、胡须花白的老人。旱烟袋成了农村老人的象征，也是一段历史的道具与见证。

飞扬的烟灰、盘旋的烟圈、弹指间的潇洒；有时只是点着，看袅袅青烟悠然摇摆，解除无聊和烦恼。常言道：烟酒不分家。曾几何时，不管什么地方、什么场合，敬人抽烟是基本礼节，而且不能落下在场的每一个人，否则会得罪人。在某些场合，劝"烟"和劝"酒"同等重要，甚至大有不达目的誓不罢休的劲头。

在我记忆中，在农村上了年纪的老人，无论是下地还是串门，都习惯把一支长长的旱烟袋用手握着或别在腰上。累了或休息的间隙，便坐在田间地头的苇笠蓑衣上，也可选择一处干净石头或草地，甚至也可干脆把锄头、镢头、犁耙等农具放倒，坐在它们光亮的木柄上。然后从腰间拿起烟袋，在身边石头上或者鞋底敲掉烟袋锅里残留的烟渣，再把烟袋锅插到烟包里麻利地按上一小撮旱烟丝，用布满岁月老茧的手指匀称地抚平，仔细端详一阵，慢悠悠地划着火柴把烟点燃。然后狠狠吸两口，一是把烟袋里的烟烧旺，二是能够真实而迅速地过把烟瘾。接下来，便可在吞云吐雾的过程中尽情地品尝烟的滋味。如果在家里，老人不会轻易用火柴点烟，而是直接把烟袋杆伸到灶底或者炉上将烟袋点燃，其他在座的同龄便把烟袋挤到一起，相互借火。

我爷爷一生秉性耿直、重情重义，乡里乡亲都很敬重他。无论是搞合作社还是整修水库，爷爷一直认真细致、公道实在，后来担任了十多年的大队保管。大队的仓库就在村前，仓库里来人少，爷爷忙碌完就用嘴衔着那根旱烟袋，狠劲地抽几口，因而抽烟也自然成了习惯。无论赶路还是做农活，那旱烟袋总不离身，大都别在腰后面。有时烟袋里没有烟丝了，还依然十分专注地吸上几口。碰到烦心事，也吸着烟，紧锁眉头，缓慢地吐着烟圈。有时，很长时间也不吸一口，只让烟袋熄后又燃，燃后又熄，以这种沉默无奈的姿势驱逐心里的忧愁。"啪嗒、啪嗒"的声响与腾起的烟雾配合得很默契，扑闪扑闪的烟袋在眼前极有规律地跳跃。我参加工作后，曾给爷爷买了个玉石的烟袋嘴，爷爷一边夸着，一边拧到了烟袋上，擦拭一番，又美滋滋地抽了一袋烟。有时我递上烟卷，爷爷总是说：这烟又贵，又没味。有时，还会把烟纸撕开把烟丝再装入光亮的烟袋锅里。有一次，爷爷把旱烟袋给我，让我吸一口。我把烟嘴放在嘴里猛吸一口，烈烈的烟味呛得我直咳嗽，心里直呼上当了。爷爷见状，嘿嘿地笑了，又接过烟袋啪嗒啪嗒地抽开了。

烟袋对于村里的老人来讲，那是形影不离、相伴四季的伙伴。长长的旱烟袋，既是身份、年龄、资历的象征，又承载着老人一生的沧桑和许多老掉牙的故事。烟袋升腾的浓浓烟雾里，有春耕秋收的辛劳与惬意，有谈天说地的沉思与感悟，有家庭和睦、子孙缠膝的幸福与满足，也有琐事扰心的愁怨，更有对生活、对生命、对风烛残年等字眼的真切感慨。

随着经济社会的发展和人们生活质量的提高，"吸烟有害健康"已成为大家的共识。戒烟成为一种新时尚。越来越多的人不再吞云吐雾，而是主动锻炼身体，享受健康快乐的人生。

仰望弯腰驼背的娘

时光穿梭，流年飞逝。我的老母亲已经腰弯了、背驼了。

娘弯腰驼背，是长年弯腰劳作的后果。记得我爷爷在世时，曾经夸我娘是我们家的有功之臣。我奶奶去世早，当时我的叔和姑才10岁左右，是我母亲既当嫂子又当娘，拉扯着他们长大，结婚，出嫁。那个年代队里靠工分分粮，我娘既要照料家，还要到队里干活。为了一家人的生计，精打细算，节衣缩食，还想尽办法，供应我们兄妹几个上学读书，给我们欢快幸福的童年。一天天，一年年，娘弯着腰择菜、炒菜、做饭、洗衣服、烙煎饼；弯着腰扫地、剁猪食，喂猪、喂鸡、喂狗；弯着腰翻地、锄草、挑水、担粮、割庄稼……娘比常人吃了更多的苦，流了更多的汗，尽管额头早早添了白发，可脸上绽放着自信的笑容和真实的满足。渐渐地，我也由仰望娘，到身高超过了娘。

娘是沂蒙山区普通地道的农民，虽然不识字，但无论干家务，还是种地、种菜园，都是一把好手，从不示弱服输，一言一行、一举一动都深深印在我的脑海中。

这些年，父母年龄越来越大，已说服他们把责任田转包了，只剩下半亩菜园地，一来有点事情可做，也算个锻炼项目，二是能够随时吃上新鲜的蔬菜。当然无论什么季节，也不会太忙太累、太让我们牵肠挂肚。记得那年中秋节，我照例回家看望娘。本认为母亲日子过得比较悠闲，谁知她却顶着凉飕飕的北风，正在别人刚收过的地里用镢头翻地瓜。地埂上的槐树叶子已经微黄，田野上只有零星的农民在劳作。远远地望见母亲满头白发被风吹起，像一团白云，斜阳从她的背后照过来，把弯曲孤单的黑色剪影叠印在地垄上。那情景让我一阵心痛。娘怕我们生气，笑着说："闲着难受呀。这么好的地瓜埋在地里，白瞎了！"

这些年，娘的身体大不如从前，我知道那都是年轻时辛苦、操劳留下的病根。娘几次生病，我们都是尽最大努力治疗。娘心疼儿女的钱，顽强地配合治疗，一次次创造着奇迹。可惜因长期风湿性关节炎，两条腿变了形，弯腰驼背了。

人一旦弯腰驼背，更显得老、显得矮，稍一活动就会气喘、气短、气急，甚至不停地咳嗽。多少个节假日，白发稀疏、躬腰驼背的娘，拄着拐杖，站在街口，弯着腰，眯缝着那昏花的老眼，像遍地挑黄豆一样盯着每一个行人，眼巴巴地盼着我们全家归来。为接待我们，娘有时提前打上止腿疼的针，即使疾病缠身，也硬撑着忙里忙外，还必须亲自炒菜、做饭。往往刚吃完早饭，就忙着盘算和准备午饭了。望着娘操劳的身影和飘动的白发，我愧疚地对娘说："本想回家看您，却净给娘添累了。"娘总是笑着说："高兴，高兴，再累也高兴。"如今生活好了，爹娘也老了，好东西也不敢多吃了，想起来，心里酸酸的……离家时，娘总是执意把我们送到大街口，有时还偷偷抹眼泪。看看爹娘日渐苍老的身影，我的心沉沉的，顿生几分伤感，不敢回头凝望……

　　每当清静下来，每当回到村口，我的耳畔就会真真切切地响起娘温馨的呼唤，刻骨铭心……

　　弯腰驼背的娘，已被岁月和辛劳夺走青春容颜，依然是我人生的依靠和灵魂的拐杖，时刻给我亲情、给我温暖向上的力量。

父爱

父亲是个老实巴交、憨厚地道的农民。他年轻的时候，正在解放区的学校读书，因奶奶突然病逝，不得不中途辍学。后因家境所困，最终父亲再也没有重返那充满笑声、歌声和美好憧憬的校园。即使这样，当时比起斗大的字识不了两箩筐的乡亲们，父亲也算是"秀才"啦。后来就在村里当起会计、信贷员，这两件事能始终如一、平淡无奇地干上一辈子，有的只是那种冷静、从容和平淡，那与世无争的品格、与人为善的人生态度。

沉言寡语的父亲，对我很疼爱，也很严厉。那年代贫瘠的山地，稀疏的庄稼，远远填不饱肚皮。但家长们勒紧腰带，从口里省出来给我们吃。有时一个锅里，老人竟能做出两种饭菜。日子虽然清苦，但我长得自由自在。儿时经常骑在父亲的肩头上，是那样的风光和得意。那时的冬天奇冷，山里人衣服单薄，除了筒子棉袄和棉裤，里边没有什么毛衣、衬衣，因而寒冬腊月常常冻得打哆嗦。有时父亲把他那厚棉袄披在我身上，只感到很沉，但很暖和，嗅到一种很熟悉、很亲切的汗味。

后来，到县城上学。麦假，我赶回去帮着收小麦。当空的烈日，就像粘在背上一样，割不上几垄小麦，就感到那镰迟钝了，腰也要断了。汗水搅拌上尘土、沙粒，流进被麦芒划破的小血口子里，钻心地痛痒。父亲割八行，我割五行，我拼命地挥舞镰刀往前赶，但仍然被越拉越远，腰痛得难以忍受，只好直直腰，喘口气，手心也被镰把磨出了血泡。我割着割着，竟然觉得越来越省力，很快赶上了父亲。这时，我陡然发现，实际上我只割了三行，那几行父亲早已替我割了。我望着父亲那黝黑的脸庞和累得直不起的腰，话到嘴边又咽了回去。此时此刻，有什么语言能够表达我的感情呢？父辈以这种默默无闻，宁愿自己吃苦，做千万件好事也不吭一声的行动，在我心里垒砌和树立起人生的标杆！

那年冬天，天气格外寒冷。校园里的树木被北风吹得吱吱作响，不时有冰凌和雪块从树上掉下来，让人有一种冷到骨头的感觉。一句熟悉且亲切、沙哑却真切的问话，惊醒了正坐在被窝里读书的我。我一边不自觉地应答着，一边噌地下床打开了宿舍的门。只见父亲提着一捆煎饼和煮熟的鸡蛋，脸冻得发紫，帽子和棉袄上挂满了雪花，口呼的热气在胡子上结了一层霜。我赶忙给父亲倒了一杯白开水。父亲双手捂着杯子，望望我，巡视一下我们室内的摆设，摸摸我的被子，伸手摸出了散发着体温的五十元钱。父亲是跟着村里那台12马力的拖拉机来县城的。现在已经很少见到那种拖拉机了，它是没有顶篷的。在那样寒冷的天气里，迎着飘舞的雪花和凛冽的寒风，在蜿蜒崎岖的山路上奔波上四五个小时，全身肯定冻麻木了，下拖拉机时腿一定站不起来。父亲没跟我说几句话，就要走了。望着父亲迈着蹒跚的步子，爬上那拖拉机消失在寒风中，我的泪水涌上了眼眶。在万物萧条、寒风刺骨的隆冬，那不言不语的父爱，是如此的温暖、如此的真挚、如此的炽热。父亲临走前那回头的目光，透出了世间最真情的嘱托和惦念……

记得我第一次拿到工资，先给母亲买了一块布，又给爷爷和父亲买了一塑料桶烈性的瓜干酒。我母亲异常高兴和忙活，专门做了几个好菜，其中有炒鸡蛋和炒芹菜。我给爷爷和父亲各倒上了一杯，那酒香立刻溢满了屋子。父亲端起酒杯，向地下奠了几滴，然后细心品了几口："哦，好，这酒味道纯正。"我发现父亲说话时手竟然有些颤抖。"终于喝上孩子买的酒了，来，干！"父亲硬是劝我也干了一杯。我放下杯子，发现父亲的眼圈有些红润，父亲忙说："这酒还真辣。"我知道，父亲是有些酒量的，度数再高的酒也不会嫌辣，那分明是难以掩藏内心的激动。我赶忙再给父亲倒上一杯，沙哑着嗓子哽咽地说："来，爸，咱再干一杯。"

几十年过去，父母都老了，岁月的风霜染白头发，脸上刻满沧桑，他们风里来雨里去共同支撑起一个家，平安祥和、相濡以沫地享受着晚年生活。这几年母亲身体不太好，为了让我母亲少操心、少劳作，多年来不善家务的父亲也开始做起了拿柴草、烧火、喂鸡、喂狗等家务活。刚强、善良、勤劳、能干的母亲变得好絮叨，沉默少语的父亲总是默默地听着，宽厚地忍让着。

而今，我虽然已经走出那山套，可永远走不出故乡的真情和父母那期待的目光。凌晨，听着窗外淅淅沥沥的雨声，又惦记起家乡的父母。父爱正如沂蒙山的清茶一般，不很清澈却也透明，虽含苦涩却清香，虽淡然却深刻。其实父爱的深沉与厚重就蕴涵在平淡如水的现实生活中，只有用心去品味才能感受到，并由此真正读懂人生。

父
爱

51

回家吃顿娘做的饭

　　节假日，回老家吃顿娘做的热乎乎的饭，是多少住在城里人的一种梦想，甚至是一种奢望。

　　每逢节假日，我们一家三口总有共同的愿望：那就是赶快回老家，一家老少团聚，吃几顿合口味的庄户饭，尽情享受其乐融融的家庭幸福，欣赏山乡没受任何污染的至真、至善、至美的自然景色，感悟宁静淡泊、淳朴温厚、慈善平和的心境。现代人在匆忙的生活中遗忘和失散了许多宝贵的东西，但唯一没有改变和遗失的是那浓浓的乡情与温热的亲情。平常没时间，那就在节假日还愿、如愿吧。

　　民以食为天，人来到这个世界，只有会吃东西，才能获得生存的权利。人赖以生存的，除了水、空气，便是食物了。大多数男士，结婚成家前，二十几年，一直吃着娘做的饭；婚后几十年如一日，吃妻子做的饭。天长日久，这饭有时可能显得单调，但却饱蘸感情、深藏厚意。我在外工作近30年，每次回老家，爹总是早早跑到集市上买回各种各样的食品，包括还沾着泥土、露水的蔬菜、水果等，娘总会做上满满一桌子饭菜，还反复地劝说："外边的饭不如家里的香，多吃点，多吃点！"岁月沧桑，地老天荒。一年年走过来，我和几个妹妹都长大了，爹娘也被岁月催老了。我深深地感到，只要献给爹娘一句温馨的问候，一个甜美的微笑，冷清的院子会立刻温暖起来，平淡的日子会顿感五彩缤纷。

当下，人们常谈论幸福，其实幸福很简单，回家吃顿娘做的饱含母爱、热气腾腾的饭就是一种幸福。这些年，春节放长假，有比较充足的时间回家过年。守着年迈的爹娘，仔细聆听母亲的唠叨，欣赏父亲下地耕作、打理菜园，放心地品尝、慢慢地咀嚼、尽情地回味娘做的饭。在家的日子，娘总会把积攒了一年的好东西纷纷拿出来，变着花样做给我们吃，顿顿都是七个碟子八个碗，像招待远方尊贵的客人。吃饱了，娘还逼着再多吃几口，恨不得把所有好吃的东西都塞进我们的肚子里。娘看着我们吃得打饱嗝或者满头大汗，便会开心地笑了。说实话，我这些年在外工作，也吃过一些山珍海味，有些娘肯定没见过、没听说过，更没吃过。可娘还是执拗地为我做她认为世上最好吃、我应该最爱吃的东西。多少次，我凝望着娘满头的银丝、满脸的坎坷与风霜，泪水相伴着感激与感动在眼眶里打转。情真意切的母爱刻骨铭心、魂牵梦萦。随着年龄的增长和生活阅历的增加，我更加牵挂和依赖亲人，更加珍惜与爹娘团聚的日子。

娘偶尔进城，我也曾多次动员娘到饭店吃顿饭，可总是被娘推辞了。有一年正月十五，老娘来济南检查身体，我们全家硬是把娘拖到饭店吃了一顿，总共花了200元钱，这可把娘心疼坏了，娘很不开心。回家时，还一边走一边念叨："你这孩子就是不听话，这要是自己做着吃，该吃多少顿呀！"

记得那年大年初三，全家大鱼大肉吃腻了，我就自告奋勇要炖萝卜吃。响应最快的是娘，其实娘又不相信我做的菜会好吃。自家过冬的大萝卜又大又脆，我洗净切成块状和排骨混在一起，用小火慢慢炖，出锅前放上些许辣椒、香菜和味精，趁热盛出来，口感确实不错。娘尝了几口，自豪地说："好吃，儿子白水煮萝卜也好吃！"言语中透出一种幸福和满足。年幼时体会不到在那贫寒的岁月，娘在烟熏火燎中忙碌着做饭的无奈与辛苦，当自己为人父母之后，对父母的恩情也有了更深刻的感受和体验，多少次劝告、提醒自己一定用心孝敬父母，但连偶尔为爹娘做顿饭这样简单的事都做不到，心中常怀愧意和歉疚。

节假日，回家吃顿娘做的饭，是一次幸福而快乐的旅行，是对逝去岁月的追溯和留恋，源自对父母的牵挂和对浓浓亲情的期盼；偶尔为娘做顿饭，那是对父母养育之恩的一种纯朴、实在的报答，还可享受报恩的快乐，消除城市生活的烦恼和浮躁。

布鞋

世上鞋的品种、样式、颜色应有尽有，令人眼花缭乱，但让我久久难以忘怀的，还是童年、青年时代的布鞋。

20世纪六七十年代，在故乡大人、孩子穿的都是布鞋。衣服旧得实在没法穿了，就把补丁一层层拆开，把有用的地方剪成一块块的碎布料。家家都有针线笸箩，里边装满了剪裁缝补衣裳剩下的布片或布条，沂蒙山区叫"铺衬"。那铺衬五颜六色，薄厚不一，颜色不一，新旧不一。铺衬积攒多了，就选个太阳毒的日子，把面板或木锅盖或木饭桌支在院子里，用铁锅调出热气蒸腾的糨糊，把新一些的布料和旧一些的布料错开，将厚一些的和薄一些的摊均匀，将碎布条一块块、一层层粘起来，在太阳底下晒上几个小时，就成了硬邦邦的"闶子"。如果赶上阴雨天，就拿到热炕上或火炉上或热锅里烘烤，那闶子成色也不差。做鞋前，先找村里的巧媳妇，按脚大小，照着棉鞋或单鞋样式，先在纸上剪出鞋样子，然后把这纸鞋样缝在闶子上，唰唰几下就剪出鞋底、鞋帮，然后就可以做鞋了。

那时乡下孩子很少有鞋穿，七八岁的男孩子夏天还羞怯怯地光着屁股，谁能穿上新布鞋，准会挺胸阔步、炫耀一番。我娘一生勤劳，做一手好针线活。春天，为我做一双或圆口或方口的布鞋；冬天，为我缝一双黑粗布甚至黑条绒的厚棉鞋。看娘做鞋，是我童年记忆里最为鲜亮的风景。纳鞋底是既细致又累人的活儿。娘总要用一块布包着鞋底纳，想方设法不把鞋两侧的白布弄脏。夜深人静时，娘坐着小方凳，弯腰弓背，一手攥住鞋底，一手用力拽针线，指掌间力气用得大、用得均匀，纳出的鞋底就平整结实，自然就耐穿。那动作，轻松自如，透出一种娴熟、优雅之美。那针线密密匝匝，稀疏得当，松紧适中，大小一致，煞是好看。纳鞋底的时间长了，手指会酸痛，眼睛会发花。有时娘手指麻木了，一不小心就会扎着手指。看到娘滴血的手指，我很心疼，便安慰娘道："等我长大了，挣钱买鞋穿，你就不用吃这苦了。"娘微笑着说："等你长大了，有媳妇做鞋了，我就省心了。"望着鞋上密密匝匝的小针脚和娘那疲倦的眼睛，我激动不已。多少次，我听着油灯芯热爆的噼里啪啦声，那熟悉的麻线抽动的嗤嗤声，渐渐进入温柔缥缈的梦乡。

娘做的布鞋伴我度过了艰苦的学习生涯。娘经常笑着说："孩子咱可要听话、争气，咱不和人家比吃比穿，咱得跟人家比学习。识字多了，才有出息，才不愁没鞋穿。"后来，我准备进县城读书了。多少个夜晚，灯光摇曳，娘把纳鞋底的绳扯得很紧，牢牢地、细细地把所有关爱都纳进了鞋底。入校时，我拿出自己的布鞋，将鞋面贴在脸上，那软软的绒毛仿佛儿时娘的抚摸，似乎又看到了娘那期待的目光。我们这些年龄不大就离家的孩子，记忆中娘的一喜一怒、一举一动都成了美好的回忆。

如今，城市人穿布鞋已逐渐成为时尚。穿惯皮鞋的都市人，开始

赤脚走在田野上

与布鞋有了缘分。无论身在何处，有一双布鞋，一双饱含亲人惦记和祝福的布鞋，就学会了感恩，尽管踩着纵横交错的路，有黑暗、有泥泞、有坎坷、有暴雨，可人生的路不会错、不会斜，心中总是洒满春风、阳光、幸福和欢乐。

娘的白发

岁月无情，不知不觉娘老了，满头的黑发悄悄变白，像一团白云盘上头顶。

我知道，娘的缕缕白发是不尽的操劳染白的。我从偏僻的小山村，一步步走进省城。离老家越远，思念愈重；离故乡越久，眷恋愈深。以致在看见满头银发的老人，油然产生一种亲近的情感。

我对娘早年的事情了解很少。娘出生在战乱年代，家境贫寒。嫁给父亲时，家里同样一贫如洗。生我时，娘用唯一的破棉袄包着我，自己只盖着个破草毡子。面对生活的困苦与艰难，娘总是乐观自信，从不怨天怨地。在那个凭工分分口粮的年代，只有父亲是个全劳力。娘除了忙家务，喂猪狗鸡鹅，也得挣工分。记忆中，娘一年四季总有干不完的活，从不歇息，可还是填不饱肚皮。

饭吃不饱，就更难添新衣裳了。大人孩子的衣服都是补丁摞补丁，春节，才可能扯上几尺布，做件新褂子、裤子，或纳双布鞋，或把衣裳打个新补丁，洗得干干净净。我不理解娘为什么没有添一缕布丝，更不懂娘的辛苦和心中的愁苦。

娘不识字，但她知道识字重要，千方百计供孩子读书。我上小学时，家里的日子过得很紧巴，娘却狠狠心给我买了一盏煤油罩子灯。那时的煤油凭票购买，每家每月1斤。煤油不够，娘经常到商店说情，或想办法借油票。实在没法，就用墨汁瓶或萝卜头造个点豆油、花生油的灯。我读书，娘就忙她的事，或在灯下做针线活。有时，娘会停下手中的活，听我读书，背诵课文，脸上洋溢着一种神奇的幸福。我常在娘的督促下进入梦乡，黎明被叫醒时，娘早已开始了新一天的劳作……

娘性格坚强，无论日子多么艰难，从不落泪。却因条件所限，不能满意，而为孩子揪心难过。我到县城上学前，娘不停地张罗着，恨不得让我把家一块儿背走。临走前一天晚上，娘专门做了顿好吃的，请来本家的几位爷爷和叔叔，既为我送行，也算是对街坊邻居的答谢。娘坐在灶边烧水，泪珠不时从脸颊上落下来，我悄悄问："娘，娘你怎么哭了，不愿我走呀？"娘忙用衣襟擦掉泪水，轻声叹息："外出上学都没有几件像样的衣裳，可别让人家笑话。"娘总感觉欠了我什么。

娘的和善有口皆碑。亲戚朋友，街坊邻居，有了难处，娘总会全力帮助。自家的事总是尽力去做，不愿麻烦别人。年纪大了，耕种、收获时，叔叔和堂弟们常帮帮忙。娘总是念念不忘，想法请吃饭，或者送点东西表示感谢。家里来了亲戚朋友，她尽可能做几个菜，烙上几张饼，无论如何不能丢了面子，亏待了客人。娘事事关心别人，唯独不顾自己，好像自己是铁打的一样，生病了也不舍得买药，一声不吭地硬撑着。

娘从来不图儿女的回报，只是期望儿女们争气。她常说，娘不图你们当什么官，不图你们的钱财，只盼着你们在外实实在在地做事，大人孩子平平安安。娘把自己的心血，全都奉献给了我和家。每次回家，娘像招待贵客，忙里忙外，问长问短。望着娘操劳的身影和晃动的白发，我心中十分愧疚。离家时，娘总是将我送至门外很远，目光中充满关爱和嘱托，又有几分不舍和期盼。风吹起娘的满头白发，眼里泪水盈盈，我都不忍心回头……

夜深了，一缕月光透进屋里。恰如娘那满头的白发。我的惦念都浸进这圣洁宁静的月光里，溜回了至亲至爱的故乡。

栀子花开

栀子花，宁静、素洁、淡雅、沁香，幽香无比！

每年都有春暖花开、栀子花香的季节。

栀子花的花蕾呈椭圆形，尖尖的，像是光滑的绿色子弹。傍晚还只是鼓鼓的花苞，次日凌晨，就开成了一朵洁白、芳香扑鼻的花朵，挂着晨曦的露珠，洁白芬芳，圣洁脱俗，优雅，宁静，楚楚动人。

栀子花放在注满清水的瓷碗，能开放一周，满屋香气。从花店买的栀子花，大都价格高，且用了药物，花期也短，香气也逊色。一日，我在济南八里洼小区的商业街上散步，在一个小摊前，只见一位老大爷面前摆着三盆开得正盛的栀子花。"这是我自家地里的，长的壮实，今早刚刨出来，水灵着哪。搬着吧！放在家里，能开一个多月，今年至少还能开上两茬！"我仔细端详了一番，二话没说，掏钱买了两盆回来。

时值六月天，不几天工夫，盆里的栀子花全开了。一股股脱俗淡雅的幽香溢满房间，让全家人精神清爽愉快。

栀子花在花盆里空间小，长不鲜旺。后来，我就试着栽在小院子里。春天到了，春风来了，栀子花的枝丫慢慢地发出了胎芽。雨季来了，栀子花愈发青翠，在翠绿的叶片中，一枚枚嫩嫩的花蕾冒上枝头，竞相向上伸长，像听话的儿童齐刷刷地举起小手。还是花骨朵的时候，每天去查看。那不如无名指大的花骨朵，绿绿的，滑滑的，一个，两个，三个，四个……有的半张着嘴巴，几乎要闻到香味了。清晨走进院子，发现栀子花的花瓣上还残留着些许露珠，花瓣越发变得剔透。低头靠近，发觉栀子花高贵的外表下，却隐藏着朴实无华的心灵。清香迎面袭来，不浅薄也不深沉，沁人心脾。

就几天时间，那绿绿的花骨朵摇身一变，开成了洁白的花朵，花瓣一片一片，重重叠叠，围绕着花蕊绽放开来！洁白的花瓣滑滑的，凉凉的，厚厚的！那香味从那花蕊散发而来！闭上眼睛，深深嗅一口，感觉那清香沁心、到肺，满脑、满身、满园！有清风吹来，香飘四邻！远远近近地幽香着生活。

窗前的栀子花又开了，缕缕幽香渗进我的房间，把我的思绪带向遥远的青年时代……

那是三十年前的初夏，在学校那片布满青青草皮的操场上，一位穿着洁白裙子的少女，正在背诵英语单词，安静，恬淡，矜持而高贵。恰如一朵洁白的栀子花开在绿树丛中，纯洁得一尘不染，如同蓝天上飘着一缕云，白得让人目眩，又像月光下的雪，白得执着……那幅绝美的画面，让我暗暗惊叹，深深地刻进脑海。这位少女后来竟然喜欢上了一无所有的我，不久成了我心爱的妻子，家里也如同栽培了一盆四季清香的栀子花。

摘一朵自己栽培的带着露水珠的栀子花送给妻子，妻子会高兴地别在耳边，让栀子花的芬芳笼罩在发际间，收获一天的好心情。栀子花盛开的时节，每天妻子都会收到一朵带着绿叶和露珠、花瓣晶莹、香气扑鼻的栀子花。闻着栀子花的香气，人若参禅，心旷神怡。自然烦心事也就抛之九霄云外啦，相伴的只有开心和快乐。

五月的初夏，阳光渐渐变得热烈起来。栀子的叶子由嫩绿转为翠绿，洁白的花朵浮在绿叶之上，亭亭的，幽幽的，似雪花憩在枝头，因而栀子花又被称为"夏雪""香雪"。坚毅、宁静、澄明、宽厚，正是栀子花的品格。

据李时珍《本草纲目》记载："栀子花美颜，其果实呈金黄色，有泻肺火，止肺热咳嗽，止鼻衄血，消痰之功效……栀子花开时香气四溢，可以用来熏茶和提取香料。"在国外，时兴有益身心健康的"气味疗法"，据心理学家研究：栀子花的气味，对心烦、胸闷、失眠、等症状有明显的镇静安神的作用。

自古以来牡丹、桃花、水仙被文人墨客视为宠儿、千叹百咏，只有栀子花默默无闻地开呀开，开呀开。有许多花四季不败，可是没有哪种花像栀子花一样这么富有人情味，和我们挨得这么亲近，这么随意。她不骄不媚，马路边、花坛里，就可以不畏凄风、不惧苦雨，蓬蓬勃勃地生长、开花。栀子花是那样的从容安详，那样的与世无争，好像风雨从来就不曾侵袭过，也从未被世俗的风雨侵袭过。

栀子花姿态、色泽、香气透出一尘不染的品格，使人赏心悦目，净化心灵。人生在世，能否像栀子花一样，心甘情愿地给世间留下忠贞、高洁、含蓄、深情的芳香呢？

高贵、朴素的栀子花，只有用心养护，才能开放在心灵，一生清香四溢……

栀子花开

草戒指

　　狗尾巴草，一种乡野田间随处可见的普通植物，与象征相思的飞燕草、爱情的红玫瑰、真情的康乃馨等花草相比，显得那么微不足道。但她时常伴随我美好的回忆不期而至，难以忘怀……

　　世界由人和生物构成的，因为有了各色各样的元素才使得我们的生活丰富多彩。普通平常的狗尾巴草，无论路旁、山坡、滩地，甚至连旧墙头、破屋顶，都能生存。它不择水土，只要能扎根的地方，它就可以活下来，柔弱又坚强。高及腰间，矮掩脚踝。碧绿的叶儿修长舒展，娇嫩的茎干笔直饱满。花是淡淡的白色，缀在纤细的草芒上，像悬挂着的扁长的小铃铛，洁白，轻盈。籽就躲在花下，在细芒根部，一粒一粒，拥挤在一起，饱满且结实。茎的顶端擎着袖珍狗尾巴般的穗子，所有的芒都怒张着，像是充了电一般，那穗子就是毛茸茸的一束，斜垂着，在风中摇曳，给淡然的乡野增添了些许野趣的唯美。狗尾巴草就用这穗子结籽和繁衍后代。

　　没有人留心狗尾巴草是何时萌芽、发绿、结籽，大家都习惯欣赏他的葱茏茂盛，习惯了他在秋风中枯黄，春天里肆无忌惮而又悄然无息地出现在我们视野里。把根扎到寸草不生的沙砾之中，然后奋力地使根往下扎，靠自己的力量顽强地生存、生长。荒野里，独享阳光，喜欢与风儿逗乐；大树下，他上接雨露下吸地气，能屈能伸；知道无人关注，所以不企望追求生命的高度，更重视和珍惜自己身处的地方，即便是骄阳似火，也不怨恨和急躁，慢慢调整心态，坚守信念，快乐成长，所以人们总是看到狼尾巴草精神抖擞，潇洒恣意地展示生命的旗语。

尤其是阳光菲菲的秋日，狗尾巴草在清风中自由摇曳。那纯洁无瑕的草穗，披上几缕金黄的阳光，透明，温顺，柔美，时而被风轻轻吹向一边，像是在集体舞蹈。即使是几穗，有深秋的金黄的树草作为背景，就是一幅美妙的景色，那也是刻在我灵魂深处、抹不掉的金色记忆。

当年我们老家的县城很小，北部是稀疏的民房和新开通的火车站。那是1983年的秋天，火车站周围的山丘上依然长满了五彩缤纷的树木和片片狗尾巴草。当时我正与妻子处于热恋中。那天下午，我们来到山坡前的草地上，望着那片片高矮不同、疏密不一的狼尾巴草，随手拔一根狗尾巴草茎，慢慢在嘴里咀嚼，品味着草香的味道。她惊奇地指着成片的狗尾巴草说："你看那草，多美呀！"只见那片狗尾巴草沐着一层夕阳的余晖，显得平静而执着，朴素而坚韧，显出平时少有的清纯可爱。我们被黄昏中诗意的狗尾巴草深深感染感动了。掐下毛茸茸、软软的穗子，扫在脸上柔顺自如、痒痒的，很是舒服。我悄悄用狗尾巴草为妻子编织了一枚草戒指。那戒指插上几片秋风、洒上几缕阳光，金光闪闪，煞是漂亮。我把她当作贵重的礼物，郑重地献给了妻子，表达我的一片真心。

夕阳下的山坡上，坐着两个痴情而真实的身影。

草戒指

65

随着年龄增长和家庭条件的改善，先后给妻子买了金戒指、钻石戒指、宝石戒指。岁月蹉跎，一直珍藏在心中的还是那枚无比珍贵的草戒指。有些即使很普通的东西一旦进入生命、进入灵魂就成了永恒。

狗尾巴草，没有玫瑰的华丽，也没有牡丹的雍容华贵，更没有桂花的扑鼻飘香，不矫揉造作，但她具有朴素自然的品格和顽强不屈的生命力。我们结婚后，妻子从娇弱、高贵的公主变成了传统的贤妻良母，精心经营家庭、孝敬父母，养育儿子。我爷爷在世时曾告诉我，是因前世修好，才娶到这么漂亮孝顺、全家人称心如意的媳妇。我们的诺言像钉子一样嵌入心灵，虽品味了世间风雨、过早地经历了人生寒冬，却依然朴实而善良、真实而幸福地生活着，相敬如宾，恬静安然。

有时候草可以代替真金，有时候纯金却代替不了普通的草。草戒指，在经过岁月的打磨和人生磨难以后，反而越来越珍贵。我时常被那份平凡的记忆而感动，被那最初的青春约定而激励。

自行车

　　青年时代的自行车，已经离我们远逝，可那美好的记忆依然鲜活。其实简单平实的生活，更让人留恋和回味。我们这些出生在20世纪五六十年代的人，对自行车都有着诸多幸福的感觉和美好记忆。

　　我真正触摸到自行车或者说是第一次学骑自行车，还是在上高一的时候。

　　那天，在村里开粉笔厂的舅舅骑自行车来我家，前几次我曾偷偷爬上自行车原地蹬一阵子，听着链条"嗞嗞"作响，挺开心的，这天我把自行车偷偷推到南边生产队的场院里，让我叔帮我学骑自行车。我紧紧抓着车把，全神贯注盯着前方。身体很笨拙，自行车怎么也不听使唤，好像喝醉了酒一样左右摇晃，一会儿手心都出汗了，若不是叔在后面使劲稳握车身，随时都可能摔倒。当我转过五六圈后，我叔悄悄把扶自行车的手放开了。我自认为我这时已经会骑自行车了，便兴奋地猛蹬几脚，自行车在平坦的场院里奔驰起来，一圈、两圈……

　　用力蹬一脚竟然跑出去十几米，正当兴奋地急转弯时车身突然一倾，自行车摔倒了！锃亮的车铃铛被沙石划出了几道伤痕，我的手也被蹭破了皮，留下道道血印子。后来又经几次练习，总算能独自骑自行车了。先用左脚蹬在脚踏处溜车，感觉比较有把握了，右腿再跨上车座，然后双手紧握车把、用力平衡，左脚使劲一蹬，身子往上一蹿，就正常行驶了。自从学会骑车以后，更盼着我舅舅来，借机骑上自行车转悠几圈，过把车瘾。

那个年代，自行车是高档、紧缺商品，也是奢侈品，许多家庭、许多人最大的梦想和荣耀，就是拥有一辆"永久"牌自行车，丝毫不亚于现在拥有宝马轿车。

20世纪80年代初，自行车还是时尚高档的代步工具。青年男女比赛似的骑自行车上班、做工、逛街。窄窄的乡间道路就像一根长长的琴弦，被车辆、行人合力弹奏着。在乡下无论老少都会骑自行车，就相当于眼下会打手机。

婚后，我有一辆28寸的"永久"牌自行车，妻子有一辆26寸"凤凰"牌坤车，儿子入托后，就把三个轮的童车换成了后面增加了两个小车轮的"阿米尼"牌童车。傍晚，儿子就把他的小车与大人的车用链条锁锁在一起，高兴地用手拍拍小自行车，"别怕，让大车搂着你睡哦"。

儿子入托、上小学都是妻子用自行车接送。妻子下班后，立马骑上自行车，一马当先，冲到学校门口。眼尖的儿子竟然能在如海的自行车流中，迅速沿着熟悉的车铃声，跑到她母亲身边。我在自行车头上安了一个四四方方的车筐，有时回到家，儿子就跑向前，翻翻看看车筐或车后座上有什么好吃、好玩的，不如意了，还撅起嘴巴。对妻子的自行车，我定期花五角钱，让宿舍大门口头发花白的修车老大爷检修车闸，给链条上油，相当于现在的汽车大修和保养。儿子坐我的自行车，从不愿意坐身后，他喜欢坐在大梁上，愿意凝视前方，有时挥动着双手，兴奋得指指点点，可以指挥着走哪条路，穿哪个巷。有几个星期天我把儿子抱到自行车的前梁上，妻子坐在后座上，搂着我的腰或紧紧地抓着我的衣襟，高高兴兴去沂河东岸沙滩上放风筝，到济南南部山区看自然风景，快乐地穿梭于乡间小道，亲吻泥土的芳香。返城时车把上插一束五颜六色的野花，听着儿子"咯咯"的笑声和自行车铃铛的"叮叮"声，一家三口，集中到一辆自行车上，其乐融融。脚下蹬着一家人快乐美好的时光，车上驮满爽朗的笑声，在生活的道路上传得那么久……简单、平淡的日子，全家人神清气爽，时刻被幸福、快乐的感觉包围着。妻子曾经开玩笑说："等咱有钱了，买辆轿车在前面开道，我们依然骑着自行车兜风！"

改革开放以来，我国城乡发生了天翻地覆的巨变，普通老百姓得到了巨大的实惠和好处，许多"不可能的事儿"鲜活地展现在眼前。老百姓的衣食住行都大大改观，其中交通工具变化很快，"十一五"期间，汽车的家庭普及是始料不及的。自行车，前后两个圆圆的车轮，始终亲密相随，互为支撑和作用，快捷、健康、环保。盘算一下，自行车比豪华轿车更泼辣，比摩托车和电动车更可靠，比地排车更灵活，无噪音，无油耗，在平坦大道上可以奔走如飞，遇到崎岖山道可以连推带扛，累了可以就地停车休息，甚至把自行车一撂，倒到田野里、草地上枕着青草睡觉。两个瘦弱的轮子走千山，过万水，随便走街串巷，尽享高贵与平凡。

如今多数家庭有了私家车，马路变成了停车场，走到哪里堵到哪里，首都也被人戏说成"首堵"。当下，骑自行车出行和锻炼，正成为一种生活时尚。慢慢骑着自行车，欣赏着四周美丽的风景，真是人生一大幸事，脸上洋溢着春光……

自行车

爱的礼物

礼物，是情感的载体，是心灵的物语。

每个人一生中都收过送过礼物，每一份礼物都代表一份心愿与祝福。世上真正珍贵的礼物，未必是花大钱购买的珠宝钻石、金银首饰。用心倾情制作的礼物，独具匠心，出乎意料，温暖心灵，才会价值连城。

儿子结婚前，我们夫妇俩给儿子、儿子也给我们都事先准备了珍贵的礼物，还互相保着密，留下一份神秘和期待。那饱蘸真情的礼物，真是刻骨铭心！

儿子结婚前几个月，我和妻子就翻出一本本发黄了的旧相册。妻子是个细心人，儿子每张照片背面，都标记着拍摄时的年龄。给儿子精心准备的礼物，是记录儿子成长足迹、名为《童真·青春与梦想》的精美相册，集中了儿子从出生38天开始，到结婚前，每岁、每个生日的照片。这沉甸甸、充满真情、用心良苦的相册，真是独一无二的贵重礼物！

弹指岁月，岁月荏苒，儿子茁壮成长，我们日渐变老……

望着一张张照片，一页页翻开近三十年的幸福记忆。儿子刚出生那天夜里，他一夜扑闪着那黑亮的大眼睛，既不哭也不闹，像新生的太阳，新奇地观察着一切，我和妻子竟然也兴奋地陪伴到天亮。

从此，妻子就开始履行母亲的神圣职责，亲历孩子成长的过程。为了奶水充足，拼命喝平日不喜欢的油腻的猪蹄汤；为了全身心照料孩子，放弃了所有业余爱好；为了呵护孩子健康成长，千方百计查阅各种秘方、验方。喂奶、刷奶瓶、冲奶粉、洗脸、擦澡、洗尿布、垫尿布、称体重、量身高……眼盯着儿子一天天长大，担心这个担心那，真是捧在手里怕碎了、含在嘴里怕化了。当儿子第一次用童声撒娇地唱起"世上只有妈妈好，有妈的孩子像块宝，投进妈妈的怀抱，幸福享不了……"这首儿歌时，妻子激动得热泪盈眶，眼睛都哭红了。心甘情愿地教儿子学爬、学坐、站立、走路、说话、穿鞋、套衣服、系纽扣、唱歌、跳舞、玩游戏；再大一点，就是絮絮叨叨地催着起床、穿衣服、刷牙、洗脸、喝水、吃饭、背书包，晚上又是催着写作业、洗脚、关灯、睡觉……倾尽全部时间、精力和心血，以母亲的耐心和毅力，呵护孩子幼小的心灵和童话般的时光，宠爱着他成长。

伟大的母爱，就是如此辛劳与细微，如此琐碎与平凡。

儿子喜欢让娘背着，有时赖着不下来。转眼儿子三岁了，秤砣一样沉。那天清晨妻子又背着他树林间散步。儿子竟乖巧地一边给妈妈擦额头上的汗，一边关切地询问："妈妈累了吧？"

妻子纵纵酸痛的腰，笑着说："你个小笨蛋，妈妈背儿子哪有累的。"

儿子眨眨眼，略加思索，笑着说："那等妈妈老了，我天天背着你。"儿子一句话，妻子心里像喝了蜜，顿时脚下生风，疲劳烟消云散。

后来儿子读了大学、研究生，和父母在一起的时间少了。可是父母的牵挂、惦记更多，头痛脑热、吃喝拉撒睡样样叮嘱，事事放不下心。

猎豹守崽，母鸡护雏……世间母爱是相通的。人间母爱更博大、更质朴、最真挚。儿子入托、上小学都是妻子用自行车接送。妻子下班后，立马骑上自行车，一马当先，冲到学校门口。眼尖的儿子竟然能在如海的自行车流中，迅速沿着熟悉的车铃声，跑到她母亲身边。记得断奶时，母子俩被硬性隔离，彼此几天不见面。儿子抓耳挠腮地哭着叫妈妈、找妈妈的画面和声音，至今深深刻在我的脑海里。

儿子从入托、上小学、上中学、上大学直到毕业工作，妻子的心就拴在儿子身上，用辛劳和白发，用爱陪着孩子一天天长大、一步步成长，孩子从没走出妻子的牵挂与视线。

当看着儿子长大成人、走进婚姻的殿堂，妻子脸上既洋溢着幸福的光彩，又有几份淡淡的忧伤。我笑着说："宝贝儿子，是上苍赐给我们的最宝贵的礼物。已在爱的滋养下长大，到了该放飞的时候了！应当高兴。"

儿子录制了一段反映自己心理历程的视频，其中动情说道："我跟妈妈最亲，可曾多次惹妈妈生气，今天我向妈妈表示歉意！请家长放心，我会走好我的人生路……"当收到儿子这份礼物时，妻子特别高兴，开心地笑着，眼角竟然泛着闪闪的泪花。顿时觉得儿子从咿咿呀呀学语、撒娇、调皮，到长大成人，时间是这么短，又这么快。

这份象征着成长、成熟的礼物，洋溢着儿子报答养育之恩的诚心与愿望。

我年近八十岁的父母，也揣上红包赶来参加结婚仪式，满头白发、布满皱纹的脸笑成了一朵灿烂的金菊花。我母亲因长期患风湿性关节炎，两腿变形，走路困难，上下楼梯竟然不让搀扶，大家让出道儿，她充满自信地理一理满头白发，凭自己的努力，一步，一步；一阶，一阶；一层，一层……劲头还特足。目睹这感人的一幕，我的心又痛又酸，又喜又忧。我陡然领悟：这是爱的能量，这是爱的奇迹！

亲情无价，真爱不朽。经过心贴心的呵护和培养，孩子走出父母的怀抱，像破土而出的嫩树苗，洋溢着蓬勃的生命气息和青春活力。因为拥有被爱包围和守护的童年、青年时代，相信孩子会健壮地走向中年，直至更远……

"爱的礼物"，是人间真爱、骨肉亲情的传承与凝聚，最珍贵，最温馨，时常让人感动，让人陶醉，让人模糊视线……

春节礼物

岁月的金锤即将敲响春节的钟声;

时光的引信即将点燃春节的礼炮。

在春节的门槛前,每位中国人乃至全球华人,都会收到一份新年礼物,或是一句真诚的问候与祝福。

春节,作为中华民族的传统文化和中华文明的重要象征,是中国人一年中最盼望、最兴奋、最重要的节日。它承载着前辈与自然抗争的历史足迹,彰显着不屈不挠、包容大度的民族品格,它是流淌在中国人血管里、铭刻在中国人灵魂深处的文化与精神。

时针刚刚指向腊月,乡下精明强悍的小伙子和花枝招展的姑娘们,就迫不及待地系上了红绫绿缎的长腰带,风风火火地练习踩高跷、耍旱船;孩童们高举五颜六色的灯笼,等待红红火火的鞭炮爬上竹竿稍……

新年的第一份礼物是团圆。无论是留守家园的亲人,还是远在他乡的游子,抑或是海外赤子;无论你是在天南地北,还是在天涯海角;无论是垂髫童子,还是皓首老人,在春节到来时,没有极其特殊的情况，都会回到贴着鲜红喜庆对联的温暖小院，走进亲人团聚的欢乐和期盼的亲情之中。此时此刻，无论你平时多么忙碌，都要与家人围坐在一起，守岁、吃年夜饭、享受家庭温馨、天伦之乐。

新年的再一份礼物是祥和。随着中国文化在全世界的传播，跳中国秧歌，赏威风锣鼓，看彩灯流转，观龙狮狂舞，听爆竹声声，品烟花绽放，书桃符迎春，吟唐诗宋词，吃团圆大餐……春节，把祥和的瑞气撒满世间。

亲近自然、回归自我，欣赏乡间那纯朴、或浓郁或素雅的景色，享受乡村那纯洁善良、宽容厚道的浓浓真情，是送给城里人的礼物；而城里人则千方百计把精彩的演出、致富的技术、健身的诀窍送到乡下，那动情的歌声，那关爱和惦念，是献给父老乡亲的礼物。

岁月将往事褪色，空间也曾将彼此隔离。利用春节的闲暇时间，沟通信息、传递问候，交流亲情与友谊，是献给朋友们的礼物。

子女的关爱、体贴和孝顺，甚至还保留几份娇气，是献给老人们的礼物。

亲人的陪伴和宠爱，借着这个欢乐的春节，满足平日难以实现的美好愿望，是献给孩子们的礼物。

"雄关漫道真如铁，而今迈步从头越。"和谐的春风吹遍华夏大地，祖国正站在新的历史起点上，奏响了科学发展、社会和谐的交响乐，抒写着中华民族自强不息、腾飞复兴的恢宏壮丽的新诗篇。

中国的自信和不断进步，人民的安康幸福，是献给每位中国人的最重要的礼物，也是献给世界和平发展事业的一份厚礼。

电波系亲情

　　"每逢佳节倍思亲。"在便利快捷的信息化时代，任何出门在外的人，随时都能在电波里连线万里之外，遥知亲人消息，缓解"独在异乡为异客"的相思之苦与牵挂之情。

　　书信，曾是我们的先辈传递信息、倾吐交流感情的便捷工具，成为中国特色的笔墨礼仪与文化。信手翻阅信纸，用心阅读一行行文字，心头增添几份庄重与愉悦。特别是写给亲人和朋友的信，不带功利，不用掩饰，只有沉甸甸的真情和望眼欲穿的焦灼。可以想象，在交通信息闭塞、"家书抵万金"的年代，突然收到亲人的信件，那该是何等激动与兴奋呀。手捧信纸，仿佛字里行间跳动着亲人的气息和一笔一画的惦记⋯⋯

　　现如今，道路、邮路四通八达，电脑、电话普及，信息化手段早已代替了传统的书信，手机更是人人紧握在手。无论你是在城乡什么地方，甚至出境出国，只需按下几个简单的阿拉伯数字，家乡消息、亲人惦记、人间苦乐忧喜，都会伴着优美的电话铃声瞬间抵达。在电话里倾听着亲人熟悉而温馨的声音，思绪立刻长出翅膀，飞向朝思暮盼的故乡和亲人身旁……

记得我进县城读书离开家乡时，爷爷和父母反复叮嘱："可别忘了经常写信回家呀！"每个月读信、写信成为我最快乐的一件事情。那绿色邮筒和绿衣邮递员，是我期盼的天使；那句平常的"见字如面"，那信纸上纤细而真诚的笔画和文字，排解了我多少想家的苦闷和对亲人的牵挂。

电话的电波穿越山峦河流，传递着熟悉而亲切乡音和故园亲人的消息，还有离别后如泣如诉、如丝如缕的酸楚和无奈的乡愁。记得有一次，我生病住院，以出国为由，一个多月没与父母通电话。父母第一次产生了被我欺骗的感觉，从此每次通电话，母亲总会像过堂一样，每人必须讲上几句话，哪怕是句简短的问候也行。我知道，其实娘只是听听熟悉的声音，亲自获取个平安信号，图个心里踏实罢了。通话次数多了，双方身体和情绪的微妙变化都能感受得到，身体状况不佳，往往一张口就听出来了。父母刚从地里干活回来，那喘气声会粗重；感冒了会咳嗽，即使痊愈了，也会变语调……

爹娘年龄越来越大，距离七百多里的沂蒙老家来电话，既很期盼，又有几分担心。盼着随时随地更多听到来自家乡、来自亲人的消息，担心的是来自家乡和亲戚邻居的坏消息。这些年，生活条件好了，我和妻子也形成了每周必与父母通电话的习惯。父母一般不会在电话里告诉家里和家乡的坏消息，说得最多的是些菜园庄稼、家长里短的琐碎事。其实只要老人生活顺心、健康平安，我们的心也就落地了。

亲切的电话铃声时常激活我关于故乡的美好记忆。绿油油的麦浪，火把红的高粱，儿童脸蛋般的红苹果，撑开雪白雨伞的蘑菇，踩在脚下或黑或黄的泥土，嗖嗖爬上大树察看鸟蛋的童年，山村的鸡鸣狗叫，山清水秀的景色，乡村的声音、颜色和味道……想起来很美、很留恋，确实当农民很辛苦，很艰难，但也很充实、挺踏实。当扁担压得你肩上发痛，当插秧累得你腰酸背痛，当劳作让双手磨出了水泡，会觉得那是真实的痛苦与艰辛。我的父母和叔父大爷面对平淡、平凡且艰难的生活，内心平和，知足快乐，让我佩服敬重。"天气预报说有雨呀，可要少出门哦"，"最近气温下降，多穿厚衣服呀"，"我又做了油饼、水饺，可惜你吃不上噢"，母亲多少次像对待我小时候一样，嘱咐这惦记那，甚至用好吃的东西来馋我。是啊，孩子在父母心中永远是长不大的呀！

记得2012年10月底，我妻子跟随学校的团队去美国考察，当时正巧"桑迪"飓风横扫了美国东部。年迈的父母是普通的农民，对美国和世界版图是没有概念的，我清晰记得那是个清晨，父亲急匆匆打来电话，吓了我一跳。我知道没有特别的事情老人不会打来电话，我心里正打着鼓，有什么大事呀？谁料两位老人用极少用的命令的口气说："美国刮大风啦，快打电话让孩他妈回国吧，抓紧哦！"当我把这份牵挂传递到美国，妻子在异国他乡被这热心暖肺的惦记和嘱咐感动得落泪。

信息化时代，通讯异常发达，电话一部，耳听八方，网络信箱，情系万里，再不用"请明月代传情，寄我片纸儿慰离情"。亲人之间的联系，更多是手机短信、微信。年长者由于视力和习惯的原因，依然喜欢打电话、接电话，这样方便，心里踏实。耳朵聋了，孩子们声音就大点呗。天下所有父子、母子的缘分，就是长辈用一生的目光凝望着孩子一天天长高、长大，自己的背影渐行渐远，把那份温暖与感动，铭刻在子女灵魂深处。在物欲横流、人情冷漠的现实中，电话声声唤起浓浓亲情，是何等甜美、纯正和珍贵呀！

闲暇时，拿笔给亲人写封家信吧，心底会涌动昏黄煤油灯下的那份温情记忆，闪动爹娘满头白发堆积的乡愁。

贯通心灵的路，是世上最崎岖、最柔软的路。成长过快的城市让人迷茫、烦躁，古典的乡村让人内心淡泊、宁静。接通故乡的电话，陡然接到一种信号，心灵飘过一缕晨曦，消散生活的雾霾，生命自然而松弛，焦虑和无奈顿时释然。

春节马上又要到了，天气越来越凉。清晨，我望着窗外恣意飘舞的雪花，又按下那串熟悉的键码，给年迈的父母通了电话，说了一堆嘘寒问暖的掏心话……

从叮嘱"别忘了写信"到嘱咐"别忘了打电话"，是礼仪之邦的中国人情感交流方式的重要变化。纤细的电话线、无形的电波，缩短了空间距离，拉近了彼此心灵，栓系起牵肠挂肚的万里亲情，跳跃着无忧无虑的快乐时光。

赶年集

"孩子孩子你别馋，过了腊八就是年。"唱儿歌，赶年集，迎新年，是我美好的童年记忆。

如今，商业发达，商品超市遍布城乡。青年人更喜欢网上购物，鼠标一点，商品到家，潇洒又方便。可我依然留恋和怀念年少时赶年集的那种兴奋与快乐。

我故乡在沂蒙山区东部，山多岭多，交通不便。农村都是五天一集，集市像块磁铁，把方圆十几里的人们聚拢在一起，自由买卖和享受属于乡村独有的商品和喜悦。我们大山公社驻地逢五、逢十是集。一入腊月，地里没活了，年味就渐渐浓起来，丰收的喜悦挂在乡亲们脸上，见了面格外客气、嘘长问短。年底时，崎岖的山路上人群熙来攘往，馒头、油条、猪肉、粉条等大包小包的年货在涌动。小孩子跟在大人的后面，蹦蹦跳跳的赶集、串亲戚。

春节快到了，不管贫富都要赶年集置办年货。人们会把一年省吃俭用节省下来的钱，花到最后一个年集上。日子紧巴，也得让全家老少高兴起来。在穷乡僻壤，赶年集，是孩子们迎新年的头等大事，多数孩子兜无分文，就是看热闹。腊月三十最后一个年集，头天夜里又下了一场雪，我和伙伴们还是执意相约赶年集。临行前，母亲给我套了件又厚又沉的大棉袄，父亲从兜里掏出两张五角的新钱，顺手给了我一张，我高兴得几乎跳起来。这时在一旁微笑着的母亲，用眼狠狠瞪了我父亲一眼，父亲心领神会，又把手里那五角钱塞给了我，然后拍拍我的头说："去吧，看放鞭炮，隔远点哦。"我痛快地答应，拉起小伙伴就一溜烟地跑了。

跑出村口，只见赶集的人很多。雪后的山路被手推车、自行车和脚印踏成一条黑色弯曲的长丝带，清晰而漫长。甩年货、购年货的都着急，牲畜的叫声、车轮声、笑声、歌声、叫喊声，此起彼伏，相映成趣。只记得公社供销社商店的外街用红漆刷着"发展经济，保障供给"八个大红字，工整厚重，格外显眼。集市，就在公社居地村西侧宽阔的河滩上，河里结了冰，地上是薄薄的雪，摊位沿道路两侧展开，依次摆满小树林，商品琳琅满目，人们摩肩接踵、熙熙攘攘，非常热闹。集市分若干区域：吃，穿，用，乐；干货、鲜货，鸡鱼肉蛋葱姜蒜，柴米油盐酱醋茶，各就各位，井井有条，热闹繁华。

鞭炮市场最热闹。手工制作的鞭炮品种繁多，编排为磨盘状的鞭、圆柱形的雷子、二踢脚，还有窜天鼠、连环炮、花旋风……。男孩眼馋，就缠着大人买。卖鞭炮的为吸引顾客，干脆比赛似的噼噼啪啪地试放起来，突然试放的鞭炮意外地把鞭炮摊点燃了，很快殃及了临近的摊位，鞭炮被炸得四处乱窜，工具都被烧焦，声音震耳欲聋，摊主心疼得跺脚流泪，孩子们惊吓之后，默默庆幸自己赶巧观了景。我走遍了所有鞭炮摊，仔细分辨着品质和价格，盘算比较着买那种。过够了眼瘾，花三角七分钱买了一盘年夜放的鞭，还买了三个一角钱一个、红纸缠腰的大雷子。小伙伴们抢过来握在手里欣赏一番，眼里净是羡慕。买上全家人过年的响声，就甭提多高兴了。

集市的不同区域聚集着不同的人群，叫卖声、讨价还价声此起彼伏，脸上都是欢天喜地的劲儿。割肉包年夜饺子是大人的事。肉摊前，人们挑肥拣瘦。买了肉大都要挂在提篮外边，炫耀一番，见了面也就有了话题。时近中午，年集达到了高潮。河滩上用竹席临时撑起的棚屋，一个挨一个，大勺小勺叮当响，各色小吃应有尽有，香味扑鼻……

赶年集有规矩：女孩买花，男孩恋炮，婆婆买鞋，老头购帽。割肉、买菜、买鞭炮，再购对联和年画。男孩子只关心鞭炮和牛肉锅、烧饼摊。女孩子只关心红绒花、红头绳和花布。我母亲不舍得花钱，从来不赶集，过年自己什么新东西也不添。下午快散集的时候，我找到绒花摊。红绒花是一种纯手工制品，花蕊、花瓣、花叶活灵活现，粗大的麦草捆上插满密密麻麻的绒花，在风中颤动，疲倦地招引着客户。

"大爷，我买六朵绒花，三根红头绳！"我底气十足地说。

"不还价，两毛！"卖花的大爷顺手帮我插在一截高粱秸上，像是开满绒花的树枝。

望着远处手拿风车纸花的女孩，心中盘算着如何把绒花分给妹妹和操劳忙碌的母亲。这新年礼物虽小，但很珍贵，包含温暖的年味和对亲人美好的祝福。我抚摸着棉袄兜里的鞭炮，举着插着绒花的那截高粱秸，蹦蹦跳跳地回家。等望着老家屋顶的那缕炊烟，才想起没吃午饭、肚子咕咕地叫了。正在拽着针线纳过年棉鞋的母亲，从锅里给我端来预留着的热乎乎的饭，用力搓搓我被冻红了的耳朵和手，还心疼地埋怨我回来晚了、饿坏了……

年集是一幅凝聚着热烈繁荣与向往憧憬的乡俗年画，又是生活变化、社会进步的缩影。

不知不觉年集已远离我们，百姓富足阔气了，年味却越来越淡啦。我心中依然涌动对年集的美好记忆和对团聚的渴望。听着噼里啪啦的鞭炮声，我仿佛回到少年时代，身穿新棉衣，手捧父母的呵护与微笑，跑进新年每一缕阳光里……

三 感恩土地

故乡的土地是我生命的摇篮，这片土地给了我清苦却幸福美好的童年，磨砺了我质朴与善良的品格，给了我跪拜土地充足而合情、合理的理由。

赤脚走在田野上

厉彦林散文选

乡情如酒

岁月酿造记忆的美酒，时间沉淀怀旧的情感。想故乡、盼故乡的这种纯真情感，忆故乡、念故乡的这种乡村情结，好像从灵魂深处，冲出来、蹿出来，势不可当。

城市没有连绵青翠的群山、亲切的村庄、熟悉的河流、弯曲的小路。正月瑞雪飘舞，五月豌豆花开，六月小麦金黄，九月高粱艳红，十月忙着颗粒归仓。普通的农家小院，青石砌到顶，栅栏门、牵牛花、压水井、老黄牛、弯把犁、八仙桌、老烧酒……让从乡下走进城已上了些许年纪的都市人心旷神怡，动情动心。许多城市人心头藏着一个梦想，那就是等积攒些钱，回到故乡或择一处山清水秀、民风淳朴的乡间，盖上几间瓦房，种上半亩菜园，读书，种菜，享受悠闲。如果有知心朋友来访，可以现去挖野菜、摘山果、刨花生、掰玉米、宰山鸡，拉起风箱，炒菜蒸馍，在那几缕炊烟飘过之后，可以邀几缕月光喝酒长叙，直到鸡叫三遍……

20世纪70年代末，我接到那张薄薄的、重重的、预示着改变我命运的录取通知书，真是喜出望外。我把通知书拿回家，爷爷虽然认识不了多少字，但还是反复地看了几遍，好像那是世间最贵重的宝贝；含辛茹苦的父母异常高兴，父亲在美滋滋地抽烟，母亲抹着眼泪忙着炒菜做饭。离开小山村时，我心里既有对乡村、对乡亲特别是家人的留恋，又充满了对城市、对未来美好的期待。从那时起，我才真正懂得乡村对我生命的重要，才发现乡村是这么难割难舍，悄悄把对家乡的留恋、对亲人的惦记一点点深埋心底。

在城里工作，往往把一个很大、很宽泛的地方说成是自己的故乡。其实关于故乡的记忆，更多形成在中学时代。那时农村特别穷，虽然学费不高，但好多孩子仍然上不起学。俗话说，穷人的孩子早当家，不如说家穷的孩子早懂事。当时一家节衣缩食供我上学，我也算懂事，能够体谅家人的难处和艰辛，算得上村里比较刻苦的孩子。白天在学校，我认真听课，把知识当作应当精心收获的庄稼；放学后和节假日，我先帮着大人干活，放牛、挖猪菜、搂柴火；晚上，坐在煤灯下读书、做作业、预习功课。上高中时，农村的日子没有起色，家里依然穷，一周就是一捆煎饼和一坛自家腌制的咸菜。当时不能住校，也没有自行车，每天就用两只脚丈量从学校到家十华里的土路。能够亲身感受茫茫田野一年四季的轮回变化，倒也是一件十分快乐和得意的事情。

如今忙里偷闲回到故乡，站到村头巷尾，那熟知的乡音土语，那终生难忘的土腥味、牛粪味、灶烟味扑面而来。小村并没有太大变化，在外工作久了，我熟悉的人正越来越少，一张张熟悉的面孔在变化、在减少，甚至有我不认识的人在对我指指点点，那分明在交谈我是谁。我陪着父母下地，经常有人和我的父亲打着招呼，又惊奇地加问一句："这是你家的小子？也长了年纪喽。"在我老家有个不成文的规定，谁要是外出工作或者打工回来，说啥也得拿盒烟与老少爷们共享。那些曾看着我长大的邻居长辈，那些与我一起打打闹闹、顽皮长大的同学伙伴，在接过我双手递上的香烟时，也会仔细地打量我一番，亲切地与我交谈，问我夏天济南那个火炉子能受得了？听说如今在城里就喘气还不要钱？你抓紧捣鼓点钱把咱村这条路修了吧……听到这些话，我胸口涌起一股暖流，甚至泪水在眼眶里打转，那纯朴的乡情、乡音，蕴涵着多少真切的关心和期待呀。

回到村里，我经常细心寻找那淡忘了的记忆的痕迹。这里曾是我放牛割草拾柴的那条沟汊，这里是我们一群浑小子打打闹闹、偷着烧队里花生吃的山岭，这里是我曾经推着独轮车和生产队的男劳力搬送土肥的小路，这里是那年深冬全队人冒风抗雪整修的大寨田，这里是我们那群学生劳动锻炼时唱着革命歌曲填过的水库……童年、少年、青春时光，乡音、乡情、乡味，都已成为生命的基因和遗传密码。听听乡音，叙叙乡情，品品乡味，如饮一杯烈酒，如掬一股清泉，如沐一缕春风……

回忆与怀旧的界限有时很难分清。怀旧往往是对逝去岁月和事物的追溯和迷恋，回忆往往是对昔日生命轨迹、生活方式的反思和重塑。那每一次回故乡的探望，每一次在村头的驻足回望，那乡村情结就更牢固地盘扎在我的心坎上，是那么刻骨铭心。

赤脚走在田野上

人一生有许多美好的记忆，随着岁月的流逝和年龄的增长，会更加清晰，更加值得留恋和怀念。居城市久了、烦了，偶尔到乡下走走，最让我感动和兴奋的，仍旧是脱下皮鞋，赤脚到田里走一走、跑一跑，寻回那种亲近土地和自然的感觉。

我的故乡在沂蒙山区莒南县的一个小山庄，村庄小得连县里的地图都不舍得标上一个点。但它却具有所有乡村的共同历史和命运，透出乡下人相同的精神与品质。那里有翠绿的树木和茂盛的庄稼，有学大寨时整修得平展的山地和弯曲的沙土路，有袅袅升起的炊烟和粗犷豪放的歌谣，还有我童年美好的记忆和说不清道不明的憧憬与向往……

我深爱这片土地，缘于我的祖辈，尤其是我的爷爷。我爷爷一生坎坷，七八岁时就给地主家放牛，新中国成立后有了自己的土地，便把土地当作了命根子，从不亏待每一寸山地，每一棵庄稼。无论是耕种、管理、收获，都精打细算，妥妥帖帖，用时下的话讲，就是高标准、严要求。每次下地，必须先把鞋脱了。爷爷说，地是通人性的，不能用鞋踏的。如果踏了，地就喘不动气了，庄稼也就不爱长了。爷爷恨不得一天就把他种地的那套理论和实践全传授给我，让我成为左邻右舍称赞的种地好手。我生来就喜欢土地，也立志把地种好，因而也尽心琢磨种地的道道，爷爷关于种地、耙地的经验真还学了不少。

爷爷干农活，从来没有丝毫的马虎，最拿手的是耙地和打麦畦子。秋天，收完玉米和地瓜，就要种小麦了。爷爷先把地深深耕一遍，我背着一个大竹筐，跟在爷爷身后，赤脚踏着刚刚耕出的十分柔软的鲜土，跑步捡拾从地下翻出的地瓜、花生、树根，就连石头、瓦片也要一同拣出来，放在地头上。一块地耕下来，地头上也堆了一大堆捡拾来的东西。山区的地其实是浇不上的水的，因为没有什么水源，完全是靠天吃饭，但我家那麦畦必定要耙得很平整。地耙这么平，完全是一种假设。假如天旱了，真来水了，那水既流得不太快，又不流得太慢，水从地这头到地那头了，地正好喝饱了，又节约了水。我爷爷耙地的水平，确实让我佩服。无论地被耕得多么起伏不平，到爷爷手里，总得耙得平整如镜。耙前，爷爷先爬在地头上，进行目测，设计好如何耙地，然后一会到地中央，一会再到其他的地角上瞭望。哪个地方高了低了，或者还有比较个大的坷垃块，都必须重耙一遍，直到满意为止。地耙平了，就开始调地埂。这时，爷爷就赤着脚，从地这头望着地那头的参照物，先用脚划出一条线，然后再沿着线用镢头刨起土堆起地垄。来回刨上两遍，个别地方再作点调整，那地埂便成了，就像木匠打了墨线一样直。一垄垄的麦畦打好了，远远望去好似金黄的波浪。

秋天的太阳是暖洋洋的，庄稼人的心情也是暖洋洋的。赤脚走在旷野上，吮吸着庄稼的芳香和新鲜的泥土的气息，看着远处天边的白云和慢悠悠跋涉的老黄牛，望着田野里异常忙碌的众乡亲和成垛成捆的庄稼，听着爷爷那别有韵味的吆喝声和叫不上名字的鸟鸣声，心中掩藏不住喜悦，心情异常舒畅。休息时，我爷爷撅着一把山羊胡，吸着那根很长的旱烟袋，微闭着双眼，好似喝了二两二锅头酒，是那么的惬意和陶醉。我有时悄悄走上前，拽拽爷爷的胡须，爷爷笑着打我一巴掌，竟是那么亲切。我高兴极了，干脆躺在地上，或者打上几个滚，与土地亲如一家，柔柔地，暖暖的……

伴随经济的繁荣和生活方式的改变，谁能像守候生命一样守护土地？钢筋和水泥正在大口吞噬土地，土地一味地被掠夺，许多农民含泪抛弃了与自己祖辈相依为命的土地。土地是富有灵性和感情的，也是很有性格和脾气的。爱土地，就是爱自己的家园和未来。

我盼望赤脚走在田野上，寻找回亲近土地的感觉。

家有半分菜园

作为地道的农家子弟，也许是受父母的长期影响，也许是受陶渊明老先生的文化熏陶，在我心目中即使生活在大都市，房前或屋后有个小菜园，那才算是真正的家。近期搬家，我特意选住一楼，最重要的原因是楼前有块空地。由于是新房子，地层下全是碎石头和建筑废弃物，经过数次翻刨、数次填沙改造，竟然成了一块平整的土地，精心丈量下来，竟有半分地。就房前这一小块菜园，一方面可锻炼身体、调养心情，一方面也可随时吃到新鲜的、放心的蔬菜。

乍暖还寒，春天刚露头，人们还没脱去厚棉衣，路边的树木刚萌出小小的绿芽、正在酝酿着吐绿，小菜园就春意盎然了，过冬的大蒜、菠菜、香菜，已挨挨挤挤地萌绿放叶了。

小小的菜园，成了我和夫人的一方乐土，清晨起床和下午下班回家，径直走到小菜园，总能发现一份欣喜：譬如辣椒枝上又探出了几朵小白花，已干枯的小花下面露出了尖尖的小辣椒；昨日还青青的西红柿今天泛出了淡淡的粉红色；顶着小花的黄瓜在一天天地变得粗壮，欣喜中，情不自禁地拿起水勺给它们浇水，把菜棵旁边新长出来的小草轻轻拔去……春夏季节，很多的早晚时间都要在小园里忙碌，像精心照顾孩子。浇水、施肥、起垄、除草、掐尖、打杈、压蔓、上架……虽然忙碌，可心情愉快，很充实、很自在。

种菜看起来很简单，真要亲手种就不那么容易了。它需要懂点气象、水文、土壤、化学、植物等知识，也要讲究科学。首先要考虑气候和季节，园子里这批菜刚收摘，那批菜又栽上了，见缝插针，成沟成畦的煞是可爱。自有了这菜园子，每天茶余饭后，我便到园子里或浇浇水，或松松土，或捉虫，隔三岔五的还施施肥，每天清晨起来，即使没什么可干的，我也要来到菜地里走走，看勤劳的蜜蜂飞翔在花间采蜜，听不知名的昆虫清幽的鸣声。新鲜的泥土气息，素淡的蔬菜清香，一阵阵地扑面而来，沁人心脾。一切都使人感受到一种真正的田园乐趣，那的确是一种美的享受，真有点"采菊东篱下，悠然见南山"的禅味。

自从有了这小菜园，年迈的父母偶尔来到城里，在菜地里帮助松松土、拔拔草，介绍各种蔬菜应该怎么种、怎么管理，充分展示他们精湛的种菜技术，在城市、在子孙面前找回自信，让我也仿佛回到了孩童时代。全家人收获了更多的亲情与期待。

一家人在闲暇之余能够亲身体验农家生活。青山绿水间有一片属于自己的田园，做一回农夫，自己动手尝试成功的乐趣，感悟劳动的辛苦。自己种的菜吃得放心。吃菜有味，种菜更有味，看着它一天天长大，心里很舒服，不信的话你也来试试。在菜园里散散步，看看苗儿一天天长大了，看阳光和月光洒在菜园，一切都使人感受到满足和幸福，品味一种真正的田园乐趣。

这种乐趣不仅仅体现在吃菜的时候，种菜的整个过程，随时都有乐趣。种子种下去，也种下了希望；小苗出来了，得到的是快慰；观察它的生长，得到的是欣喜；收获的时候，得到的更是满足和欢乐。种子下了地，就等着他冒芽。芫荽出得最慢，半个月的工夫，才一棵棵拱破泥土的封锁，冒出一丝小芽儿，芝麻大的两片小叶，齐刷刷地排着队，虽然长得慢，但长得自信。小菜园里先后种了黄瓜、西红柿、辣椒、茄子、小白菜。收获最好的是西红柿，经过适时的整理土壤、浇水、除草、掐尖、打岔、打支架，西红柿结得很多，透出一点点的红，这时候吃酸酸甜甜的。等到全红了，那种甜才是纯天然的，带着阳光和春风的味道。当你看到青头萝卜，紫色茄子，又嫩又长的绿黄瓜，红里透亮的西红柿和辣椒，又细又长的豆角，郁郁葱葱的韭菜、香葱和小白菜，什么疲劳和烦恼都烟消云散了。

种菜园，其实在种自己，种一种心情，种自己与土地亲近的缘由。俯首间，闻到那一缕淡淡的菜香，穿透悠悠岁月，复活沉睡的乡土的情结和淡泊的灵性。顿觉累积的疲惫和些许不顺心甚至挫折荡然无存，享受惬意自在的生活和空灵豁达的境界。

虔诚跪拜

人类生活在地球上，须臾也离不开土地，不知已经和还要演绎多少土地悲喜剧。即使是宇宙飞船，也不得不到别的星球找块地落脚。

我是一个怀乡症患者，当站在山顶登高处，鸟瞰脚下的土地，喜欢一遍遍轻声低吟"锄禾日当午，汗滴禾下土"。站在高楼上鸟瞰土地，每次都会有晕眩的感觉，楼层越高越觉得离庄稼近，疲倦时合上双眼总是梦见自己站在一大片庄稼地里。夏日中午，中国的大地上到处是阳光的烈焰，扎满了植物根系的土地和农人们，都在脱水般的状态下因沉重劳作而喘息。

"地种三年亲似母"，农民把土地当成老祖宗敬奉侍候。每当土地被犁铧翻卷过来，泥土那种沁人心脾的气息使人倍感舒畅。聆听播种时的声音，你会从土地那嘶嘶的声音里感受到土地像一个慈祥的老者；伫立于平平展展的土地上，心中那种踏实的感觉也会油然而生。当硕果累累时节，你会觉得那一个个沉甸甸的果实、一片片神采飞扬的叶子，都是土地的生命在涌动。

在家乡那几块土地上，春夏秋冬，寒来暑往，年复一年，日复一日，晃动着父辈的身影。他们对土地的眷恋，对土地的固执，对土地的深情，让我备受感动。蓝天是高远的，大山是静寂的，沟壑是深邃的。远望那人，那牛，那狗，恰似大山褶皱里的一幅活动着的标本，在落日余晖里又似一幅粗犷古朴的剪影。记得爷爷曾经整天地坐在田头，吸着旱烟。烟窝、眼窝都通红、通红……

我出生在沂蒙山区偏僻的农村，童年历经了三年自然灾害的苦难和"文化大革命"的"洗礼"。高中毕业后，曾骄傲地成为生产队里的整劳力。山区山岭多地少，"山上石头多，出门就爬坡，地无三尺平，连年灾害多"。老百姓视土如金，爱地如命，垒石造地成为每年农闲时节的必修课。20世纪初，我家祖上没有土地，我爷爷刚七岁就早出晚归到地主家放牛，汗水伴随着香喷喷的粮食，从田埂一直洒向地主家。虽然吃不饱，但没有怨言，只怪自己八字不好，命里缺"土"。

在岁月的流逝中，不光人长大变老，土地也在不声不息地发生着变化。

在物质极度匮乏的年代，膀大腰圆的身材让人艳羡，那是因为胖人肚子里不缺油水。改革开放以来，土地被松了绑，老百姓的日子越来越兴旺，中国人日益"心宽体胖"，从杨柳细腰到大腹便便，只用了短短三十年时间。肥胖问题将成为中国未来经济发展和公共卫生系统的一枚定时炸弹。

长年繁重的耕种和劳作，父母常常会直不起腰，满身酸痛难受。只有看到干裂的土地上茁壮成长的禾苗时，生命的喜悦才会洋溢在心头；当看到摇动在庄稼秸秆上等待收获的谷穗和满仓满囤的粮食时，收获的喜悦便写满笑脸。繁重辛苦的劳作有喜悦有欣慰，也有难以言明的满足和陶醉。

2012年金秋时节，我们一家和三个妹妹家约好回家看望父母，父母高兴地咧嘴笑，母亲忙着炒菜做饭，父亲执意去掰鲜嫩的玉米棒子、刨地瓜让我们尝鲜。其实如今在城市，不管在任何季节，这些东西市场上都有，经常也能吃到。但吃上父母亲手培植出来的劳动果实，还是格外香甜。每次我们回家，父亲都极其高兴，虽然话语不多，只是坐在那里喝茶抽烟，静心看着我们，默默地听我们说话，脸上的表情透露着一种满足和欣慰。他看着已经长大成年的儿女们，肯定就像看着满地的禾苗一样。其实对于父辈而言，我们又何尝不是他辛勤培育的禾苗呢？只不过庄稼只需要照料四季，而我们却花费了他们一生的辛劳与心血。

从东海之滨到西藏拉萨，从海南岛到大兴安，从中原大地到首都北京，从党中央到国务院，从国务院总理到满腿泥巴的老农，都把土地看得至高无上。

我想起土地时，便踱到窗前，推开窗子，一股清爽而又略带微微寒意的春风迎面扑来。不知从什么时候起，外面下起蒙蒙细雨。这是新世纪第一个十年的第一场春雨，正值冬麦返青和春麦下种的好时节，对于十年九旱的沂蒙山区来说，这场贵如油的春雨是何等珍贵呀！此时该有多少农民孩子般地伸出两手，让一丝丝雨滴悄悄落到身上、手上、心上。

故乡的土地是我生命的摇篮，这片土地给了我清苦却幸福美好的童年，磨砺了我质朴与善良的品格，给了我跪拜土地充足而合情、合理的理由。

麦收时节

望着蓝天白云下金黄的麦浪，闻闻漫山遍野沁人心脾的麦香，总会想起弯腰割麦的时光。

我的故乡沂蒙山区，山多岭多地薄雨少，小麦熟得快。清晨沉甸甸的麦穗还泛着嫩杏黄，西南风一吹，中午麦芒就炸开了，风一刮，麦穗麦粒容易掉地上。真是"麦熟一晌"，虎口夺粮。

割小麦是当地庄稼人一年中最累的农活，"过一个麦季，脱一层皮"。我记事时，村里以生产队为单位统一收割小麦。头天晚上，家家户户"磨镰霍霍"，用磨刀石把镰刀磨得锋利无比。第二天天不亮，麦地里就已经人头攒动。趁着太阳刚露出山头，气温不高，收割小麦最出活儿。队长弓腰割麦在前，社员们随割其后，如徐徐展开的"人"字形雁阵。人人镰刀如飞，步伐稳健，一会儿工夫，衣服就湿透了，刚才还有说有笑的，转眼就鸦雀无声，只有镰刀割麦的"唰唰"声了。

麦芒刺扎在身上容易过敏起红疙瘩。割麦子时，大都穿深色长裤长褂，将袖口、裤脚系紧，胳膊和腿尽量少暴露。中午时分，火辣辣的太阳像粘在了脊背上。趁天气晴朗，脱粒、晒麦、扬麦场。生产队里的麦场有足球场大，四周垛满了山一样的麦捆子。脱麦粒，不再用石碾压，而换成了烧柴油的脱粒机，机器飞转，尘土飞扬，脱粒的人忙得大汗淋漓。打麦场是孩子们的欢乐场。麦秸垛像弹簧床，放了暑假的孩子们一边帮父母堆麦秸垛，一边在麦秸垛上又跳又闹。队长喊收工时，孩子们也在麦垛上睡着了，月亮已挂在村头的树梢上。

麦收后，家家分到了新小麦，农家日子也就滋润起来了，家家灶膛里散发着醉人的麦香。当然，那年月农家日子穷，只有逢年过节、家来贵客，才舍得吃上顿小麦细粮。手巧的媳妇、姑娘用麦秸秆，编织出漂亮的草帽、蟋蟀笼、手提袋、蒲团等日常用品，装饰着清淡的生活。

到20世纪80年代，家庭联产承包之后，开始一家一户割小麦了。记得那年暑假，我赶回老家帮助父母收小麦。云不动，树不摇，麦田真像个热气腾腾的大蒸笼。临近中午，我感觉全身的水分都被烤干了，嘴唇干得起皮。可娘割麦的动作依然流畅自如，腰弯得超过九十度，左手揽麦，右手挥镰，镰刀几乎贴着地皮，"嚓、嚓、嚓"几声，一抱沉甸甸的小麦就被顺势堆在了地上。我直直腰，感觉胳膊上被麦芒划出的小口子，沾上汗水后，钻心的疼。不一会儿，娘开始打捆了，父亲和我割麦。父亲割八行，我割五行，我拼命地挥舞镰刀往前赶，但仍然被越落越远。腰痛得实在难以忍受了，只好直直腰，喘口气，手心也被镰把磨出血泡。我割着割着，竟然觉得越来越省力，很快赶上了父亲。这时，我陡然发现，实际上我只割了三行，那几行父亲早已替我割了。这时娘起身从地头苇笠盖着的铁桶里盛来半瓢绿豆汤，还用衣袖擦了擦我脸上的汗和尘土，"来喘口气，喝口水，长时间不干手生"，我仰起脖子"咕咚咕咚"连灌几口，娘笑着劝我："慢点，慢一点"，那缕甘醇直沁心底，让我神清气爽。不几天工夫，各家各户大小不一的麦秸垛，你挨我、我挤你，犹如满锅的馒头，排列在了场院和地头。

后来，每年麦收季节，我们单位就用大客车拉着大家到省农科院的麦田里割小麦，每人发一把镰刀、一顶草帽，割一会儿还让大家擦擦汗、直直腰。领导告诉我们：就是让你们年轻人体验一下割麦的辛苦，明白一粥一餐来之不易的道理。

进入新世纪，小麦收割机逐步普及，连我家乡的山地也用上收割机了，不仅价钱适中，活还干得利索妥帖，省心、省力、省时。乡亲们不用像过去那样手拿镰刀弯腰弓背割小麦了。收割机在地里来回穿梭几趟，轻轻松松就把大片麦子收割完成，麦粒自动装入布袋，麦秸秆直接粉碎在田地里，有的还能同步暗播上秋季作物。

"夜来南风起，小麦覆陇黄"。有了新小麦，娘就会给我们包水饺，还会蒸馒头、擀面条、烙锅贴，那饭真是越嚼越香、越品越美，那纯正香甜的滋味一直萦绕在我心头，至今依然回味无穷。

种萝卜

　　离开故乡沂蒙山区已很久了，但种萝卜这种农活，我仍然记忆犹新。

　　那正是夏天最热的时候，各家都趁着清晨去刨地、扶沟和点种，可镢头抡不了几下，就汗流浃背。萝卜种得怎么样，是对各家耕种水平的考验和检验。因而，每年种萝卜的时候，各家都好像比赛似的，暗暗地较着劲。

　　那年我回家过暑假。天刚亮，父亲喝完茶水、扔掉烟头，打着眼罩望了望晴朗的天说：今天又是毒日头，趁早把萝卜种了吧。说完，就扛起镢头和耙往菜园走。娘嘱咐我：你在家看门吧。娘也挑起水桶、拿着水瓢和萝卜种走了。

　　我感到心里不是滋味，父母渐渐年纪大了，仍然自己去耕田种粮种菜，而我这个年轻力壮的儿子却远离家乡跑进城里，假期回到老家理应分担些家务活，却被扔在家里。我体谅父母的良苦用心，二老认为我进城了，已经挣脱了泥土，我的鞋、衣服都不能再沾土，手也生疏了，再说偶尔有空回趟家也不容易，担心累着我，干脆用亲情和厚爱把我裹住，别让风吹着、雨淋着、太阳晒着。我依然是地道的农家子弟，回到老家多想替父母分担一些劳累，多想沉浸进故乡宽容的胸怀，脚踏厚重松软的泥土，回归自然，寻找昔日沐浴阳光、亲近土地、享受地气的感觉。

我三步并作两步赶上了娘，一起向村东的菜园走去。透过薄薄的晨雾，只见各家各户的菜园里，已经零零星星地来了一些人，有老人，有壮劳力，也有孩子，刨地的、耙地的、扶沟的、点种的、浇水的，都忙活起来了，不时传来歌声、笑声、吆喝声和低语声，甚至是孩子的哭闹声。各家那不大的菜园都经营得很仔细，没留一点缝隙，绿的是韭菜、菠菜、小白菜，用小木棒架起来的是芸豆、豆角，园边是稀疏但茂盛的玉米、高粱和蓖麻。只觉得每一棵、每一枝、每一叶，都长得青翠苗实。园中刚收获过土豆的那片新土，便是准备耕了种萝卜的地方。

父亲先用锨把土杂肥均匀地撒到地里，然后就开始刨地了，镢头甩的很高，落的很深，极认真，很投入。刚刚冒出的太阳，斜斜地挂在山嘴上，把父亲的身影剪得很长很长，在土地和菜叶上晃动。种好萝卜，长出好萝卜，首先要把地刨深刨透，然后把坷垃打碎，搂耙得均匀和平整。父亲这些工作做好了，就开始扶萝卜沟。我抢着对父亲说："我来吧。"我脱掉皮鞋和袜子，赤着脚，走进地里，那脚丫和脚板淹埋进土里。只觉得那地很柔软和凉爽，十分舒服。为了把萝卜沟扶直，我先在园的对面选个参照物，用脚划出一条线，然后沿着这条线来刨沟。线是划直了，但那萝卜沟刨得还是有些歪，翻刨上来的土有多有少，那沟也就粗细不一。父亲没有说什么，又抢起镢头重新校正了一番。

我又去挑水。我老家的井是用石头砌的，不是很深，提水也不用辘轳，也不用绳索，就用勾担挂上铁桶在水里摆动几下把水灌满了，提上来就可以了。干这个活的技巧就在于摆水，因为那勾担钩是直接挂着铁桶柄上的，速度快了提不上水来，慢了或用力不均匀，铁桶就容易掉到井里。前些年我在家时，这个农活干得比较娴熟，可几年下来手就生了。那桶在井里摆来摆去，水没有灌满，却真把水桶掉进井里了，多亏担水的邻居帮忙捞了上来。后来我再提水时，干脆用绳子把勾担钩和铁桶柄捆在一起，无论在井里怎么摇摆，桶是掉不了了。城市安逸的生活，已经让我淡忘了过去最基本、最熟悉的劳动技巧，丢失了许多故乡古朴、真实的东西。难道远离泥土和农活，就自然拉大与乡村、乡亲感情的距离？

太阳刚刚爬上山顶，我家的萝卜已经种上了几垄。这时，绿树遮掩的村庄里，冒出几缕炊烟，不时有菜香和油香飘进菜园里。我的眼前仿佛长出了一片青枝绿叶、潇洒自在的萝卜，耳边好似响起收获萝卜时的笑声。

回家过年

我已离开沂蒙山区数载，但故乡过年的情景依然历历在目。

那时刚入腊月，年芽就在沂蒙山人的心里萌动了。在外的人，无论路途多遥远，早就开始筹划如何回家，或给家里寄多少钱物；家里的老人、妻儿，更是精心准备，翘首盼望亲人的归来。

到腊月二十三，就算正式迈入年坎了。清晨，家家举行"辞灶"仪式。买上火纸，烧三炷香放一挂鞭炮，送旧灶王爷上天言好事。各家吃完"辞灶"的水饺，就忙活着置办年货。老太太和媳妇们乐呵呵地忙着缝制被褥和棉衣，赶集买布料、做衣服，然后蒸馒头、烙煎饼、做豆腐、造粉条、生豆芽，把地窖里冬藏的大白菜、青萝卜、芋头、红薯掏出来，把用玉米秆或草苫子覆盖在地里的小葱、香菜刨出来，把所有吃的东西都做成成品、半成品。孩子们则恨不得把时钟拨快几圈。这时走村串巷崩爆米花的生意也很火，孩子们从家里舀上半瓢苞米或黄豆，"嘭"的一声，就崩出一提篮，撒进点白糖，与核桃仁和炒熟的花生仁搅拌在一起，又香又脆。

年前这几天，是农家最快活的，也是最疲惫的。男人们特别勤快，争着抢着干重活，赶集上店、杀猪、宰羊、劈柴、担水、扫院子。再说扫屋吧，等瞅个好天气，先把屋里所有的家什搬到院子里，待把屋梁和墙皮上的灰尘、蜘蛛网打扫干净后，再用扫帚蘸着细黄土的稀泥汤，将墙皮均匀地刷一遍。等到黄泥汤干了，屋里格外干净亮堂。条件好的人家，干脆用白石灰将墙皮粉刷得雪白耀眼。到年根底，猪头、猪蹄、猪肠最抢手，因这些东西可炒可煮，可放上黄豆成肉冻，是上等的酒肴。20世纪70年代买这类东西需凭票或托人批条子。现在生活条件好了，家家户户还喜欢这道菜。以前农家有冰箱的少，这些吃的东西收拾好了，就装进竹篮或用绳系起来，挂在堂屋里，既防变质，又显得场面。

在村子里走走，到处是肉鱼的香味、鞭炮的火药味和酒味。这可能就是最有代表性的年味了。亲戚朋友来了，菜容易准备，再说这个时候谁的肚子里都不缺油水，那酒就有讲究了。过去手头不宽裕，每家打一大塑料桶散瓜干酒，那酒纯正、便宜、地道。如今家境好了，那酒不光要买瓶装的，而且还成箱地买，有的还买上几瓶高档的酒。亲戚、朋友来了，酒必须喝尽兴，喝出个感情来。喝到一定程度，就开始生拉硬拽，想出诸多劝酒的理由，有时客人没醉，主人自己先喝得一塌糊涂啦。

年三十叫"月尽"，白天忙着贴对联和年画，下午姑娘、媳妇们就忙着包水饺，筹备年初一早上这顿"节日大餐"。那水饺，小麦面做皮，白银一般，形状如元宝，所以吃上饺子意味着来年招财进宝，日子红火。当晚要"守岁"，晚辈坐在长辈面前叙长拉短。如今也改革了，等到晚八点，所有人都停下手中的活，老的、少的、男的、女的都坐在电视机前，一边嗑着瓜子、剥着花生，或吃用糯米炸的食品，一边看中央电视台的春节晚会。好热闹的青壮年找在一起喝酒、

赤脚走在田野上

106

打扑克，直闹到天亮。当晚刚到十二点，各家各户的鞭炮就响起来了，一是驱鬼避邪，一是期望早早发家。那鞭炮声此起彼伏，彻夜不绝。年初一早晨，老人起得特早，先是到院里望望天空，看看今年的运气。如天空晴朗、万里无云，那说明这一年阖家安康，生活顺当。假如有云或起风，便预示着会有磕磕碰碰、不够顺心的事情，先给自己提个醒。烧什么柴火下新年的第一顿水饺是有讲究的，如今许多家庭有了煤气灶，但多数人家还是烧攒下的豆秸或芝麻秸，用它们烧水下的水饺可口，还预示着日子节节高。对上年纪的人来讲，这年显得更为重要，把对生活的热爱和对未来的憧憬，一点点都融入了过年的欢乐、吉祥和祝福之中。仿佛忙碌一年，就是为了过这个年；过好这个年，新一年就有了着落和寄托。有的家庭也因忙乱偶尔传来几句争吵声，但因满脑子是好事、喜事，也顾不上记仇，转眼又和好如初。要是知心朋友，必定好话成堆，酒瓶成堆。大家都在守候这过年的祥和，只图老人乐呵、孩子高兴、家庭和睦、全家幸福平安。

　　这些年，生活越来越富足，日子越过越舒心，年味却越来越淡。住在城里的人，过年不用忙活，吃的穿的用的与平时没啥两样。乡下人也开始忙着挣钱，经济富裕的也学着外出旅游，把过年看得也不如往日重了。许多好的传统习俗被淡忘和丢弃，这也是一种缺憾。

陪爹娘游览天安门

母亲节的前一周，我携妻儿陪同年迈的爹娘去了一趟北京，游览了天安门。那两天，天公作美，雾霾散尽，天蓝云淡，温度适宜，看了个清晰痛快。陪老爹老娘逛天安门是件辛苦却又很惬意、幸福的事情。

记得我上小学时，掀开语文课本，第一课，是带着拼音的"毛主席万岁"；第二课，就是带着拼音的"我爱北京天安门"。我爹娘都是老实巴交、勤劳厚道的农民，出生在20世纪30年代抗日战争时期，童年时代就经历了民族的苦难，跟着大人躲避日本鬼子、挨饿。庆幸的是，沂蒙山区很早就是解放区了，记忆中比天大的事情就是毛主席在天安门城楼上宣告新中国成立，农民有了自己的土地，过上了安稳日子。天安门成为百姓翻身的标志、幸福的象征。

原来农村放电影，最先放出来的必定是闪着金光的天安门，大伙羡慕地望着美丽的天安门，感觉天安门那么神圣，又那么遥远。游天安门是多少中国人特别是农民做梦也不敢想的大事情。

我爹身子骨硬朗。我娘体弱多病，因长期患风湿性关节炎，两腿变形，走路困难。一辈子没出过远门。如今节假日多了，爹娘岁数越来越大了，就琢磨着让爹娘"圆梦北京"。当我第一次郑重提出来陪爹娘去北京时，不善言辞的爹只是笑笑，算是默许，娘说："我没出过远门，身子骨又不好，去不了呀！去趟北京，那得扔多少钱呀？"

当娘得知我们准备用轮椅推着她游北京后，就一直劝我："你推着个瘸腿娘去北京，净让人笑话！"

我说："推着您，走得快，既省力、又舒服！谁笑话？人家肯定得羡慕呐！"

今年5月，我们终于坐上了去北京的高铁。我安排娘坐在靠窗的座席，爹挨着娘坐，我坐在最外边，不停地指点解说：

"您看，这就是黄河，一碗水半碗沙。"

"已进河北界啦，这里也在开始成片种蔬菜了。"

"这是天津地，早年叫天津卫，'狗不理包子'和'十八街麻花'，最好吃。"

"您瞅瞅，这就到北京了，这高铁够快的吧！"

来到北京，头等事就是去游览天安门。我们一家老小先趁着阳光柔和，在天安门广场慢节奏地逛了一圈。

蓝天白云映衬的天安门城楼，金碧辉煌，更显威严大气。国徽高高悬挂在殿檐间，犹如一轮镶了金边正冉冉升起的红太阳；毛主席画像透着慈祥与伟大，在这暖日阳光里，让我们全家感到从来没有过的亲切与温暖；画像两边的标语，红底白字，大气鲜明，热烈庄重……金水桥畔，值勤的武警战士透着威严与神圣。

我和妻子、儿子明确责任和分工，尽情地陪着说，陪着笑，那么开心舒心，那么自然坦然。我儿子个高，虔诚地躬腰用轮椅推着奶奶，妻子不时为儿子擦拭额角的汗珠。那场景，在温暖阳光照耀下，温馨暖人。

娘高兴地说："以前只是在画上、在电视上看，现在看到真的天安门啦！"我安排大家依次站好，在天安门前拍下了一组全家福。

黄昏时刻，我们又登上了天安门城楼。长安街上川流不息的车辆像飞奔的长龙，那壮观的气势渲染出浑然一体的和谐景象。广场上那造型别致、独具匠心、五颜六色的花坛，在璀璨的霓虹中映出了瑰丽的辉煌！

我一边忙着拍照，一边当导游：那是毛主席纪念堂！那是人民英雄纪念碑！那是人民大会堂！那是国家博物馆！那是华表、金水桥、大前门……

老爹老娘瞪大昏花的眼睛，好奇地欣赏着一幅幅美景。娘说："我和你爹都快八十了，还能登上天安门，做梦也没想到！"

父亲接过话茬说："自从有了毛主席，中国人才不挨打，才直起腰杆。"

我的爹娘扛了一辈子锄头，在沂蒙老区那个偏僻的小山村，亲历了中国革命、建设和改革的各个时期，一生辛劳，对党、对毛主席感情深厚，终于在晚年眼噙泪花圆梦天安门。

回到济南，我挑选出一组最好的照片，专门设计制作了一本精美的画册，送给爹娘，努力把那份幸福和快乐聚集和放大。这次游览天安门，成为爹娘一生中最美好、最荣耀的记忆，也圆了我们全家的孝敬之心和感恩梦。

难忘年迈的爹娘那开心、幸福的笑容，像两朵沉醉的秋菊，盛开在青春永驻的天安门前……

一生牵挂

　　牵挂，是攀结在人们心灵深处的美丽情结，是人与人、人与家庭、人与社会之间最为珍贵的一份情感。因为有了对亲情、爱情、友情、乡情的牵挂，我们的生活才增加了许多的遐想和渴望；因为有了那份牵挂，人间充满了温馨，才丰富多彩。对亲情的牵挂，让我们懂得了养育之恩的艰辛、伟大和无私，以及报恩责任的神圣；对爱情的牵挂，让我们明白了真情的珍贵、道德义务的崇高和相互信任、相互理解的至尚价值；对友情的牵挂，让我们学会了理解人、鼓励人、尊重人、成就人的行为和宽厚善良仁慈的处事准则；对乡情的牵挂，让我们明白宋之问"近乡情更怯，不敢问来人"那种痛苦矛盾的心理和对故乡难割难舍的纯真情感。

　　人的一生始终被亲情营养着、包围着，也可以说是在牵挂中一天天长大、一年年变老，小时候时刻被父母、长辈守护着、牵挂着；进入青年时期、结婚生子，仍被日趋年迈的父母牵挂着，自己既是被牵挂的人，也成了牵挂父母和妻儿的人；等到自己年老体迈，更多的是牵挂子女，如果自己虽已年迈，但白发苍苍的父母依然健在，那份牵挂又特别让人激动、让人兴奋，更让人羡慕和珍惜。牵挂与被牵挂，在我们的生命中是不可缺少的重要内容，可谓相伴一生，有时甚至是生命的全部意义和所有价值。有一份牵挂，似乎有一股暖流在心中荡漾，整个身心会温暖如春，甚至被一丝淡淡的栀子花香浸润着。牵挂就像生命中无形的丝带，穿越岁月和距离，穿越悲伤和恩怨，千丝万缕地牵系着心灵。对我们生命历程或成长历程中有过重要作用的人，我们总会依依不舍，铭刻在心。因为有了牵挂，有时我们才学会耐心地去等待，才会义无反顾地去祈祷，才会在极其困难的时刻甚至是没有一些希望的时刻，也期盼甚至坚信奇迹的出现。这就是牵挂的魅力和魔力。

父母对子女的牵挂，就像一片纯洁的白云，会跟随着候鸟，虽然穿越千山万水，仍然萦绕在子女心头；兄弟姐妹间的牵挂，有如山间清溪，清澈透明；夫妻之间的牵挂，却似一首婉约缠绵的宋词，灼心的相思有时会使泪沾巾；朋友之间的牵挂，虽然不含血缘关系，但能给人以无穷的温暖和力量。牵挂，是实在的，是真切的，是看得见摸得着的。譬如，端一杯水，买一袋药，流露着牵挂；问一声"早上好"，道一声"晚安"，表达着牵挂；一个电话，一句留言，一个眼神……无不包含着牵挂。

牵挂有时候也会让人伤感，在心头打一个千丝万缕、理不清、道不明的心结。这个心结会随着你的思绪之藤长满快乐的回忆，也会因为你的愁绪散发出忧伤的气息。牵挂包涵了太多的内容，也承载着太多的寄托。牵挂不仅意味着付出和给予，也意味着获得和满足。

牵挂，是一份美丽的情结，是一份来自人类情感最珍贵的礼物，是灵魂与灵魂的碰撞，是心与心的倾诉，是一颗心对另一颗心的惦记，它可以联结亲情，联结友情，联结爱情。

牵挂是一份亲情，一缕相思，有牵挂才幸福，有牵挂才有爱！

坤厚载物

　　当你身置崇山峻岭，感受高山的巍峨壮观，领略自然秀美风光的时候，当你驻足黄金海岸，感慨大海浩淼苍茫，欣赏惊涛拍岸的时候，当你身处茫茫戈壁，感叹草原广阔无垠，吟唱风吹草低见牛羊的时候……你是否意识到自然的万事万物都有一个共同的承载体？你是否体会到你经历的所有审美感受、视觉冲击和心灵震撼都来自于土地？

　　无论我们从事怎样的职业，无论我们身在何方，我们须臾也离不开土地。只要踏出家门，或走在乡间崎岖山路上，或飞驰在平坦的马路上，即便登上插入云端的摩天大厦，这大厦的地基肯定扎根在坚实的土地上。即使我们乘坐飞机甚至乘坐宇宙飞船，那也只是短暂的行程，最终还要飞落大地。我国"神十"航天员聂海胜结束15天太空生活和工作，顺利出舱，双脚刚踏上内蒙古阿木古郎草原的土地，就兴奋地说："太空是我们的梦，祖国永远是我们的家。"

　　人类的老祖宗盘古，把天地分开，头顶着天，脚蹬着地，用他的整个身体创造了美丽的宇宙。按照《圣经》的传说，上帝创造了日、

坤厚载物

113

月、星辰、植物、动物后，按照自己的形象，用泥土造出人类的始祖亚当："上帝用地上的泥土造人，将生气吹在他的鼻孔里，他就成了有灵魂的活人，名叫亚当。"上帝还对亚当说："你本是泥土，仍要归于泥土。"在中国神话传说中，女娲也是用泥土造人的："女娲抟黄土做人。"女娲用神奇的手，把一块块黄土捏成了一个个面容不同的人，并赋予了生命，从此人类就逐渐生存繁衍了下来。中外相似的神话说明了一个道理：人类的产生和发展离不开土地，土地是人类的生命之源，是人类的母亲。

炎黄子孙对土地图腾般地顶礼膜拜。伏羲氏对事物有敏锐观察力，对土地有深厚感情，仰观象于天，俯察法于地，用阴阳八卦解释天地万物的演化规律和人伦秩序。《左传》曰："以父道事天，母仪事地。"土地是地球的皮肤，是人类的母亲。乡间许多土地庙的神龛两边大都有一副对联："土能生万物，地可发千祥。"《易经》曰："坤厚载物。"干，为天；坤，为地。万物因土地获得生命，互为依靠，和谐共存，"生万物"，"发千祥"，因而这是最大功德？"厚德载物"，像土地这样滋生和养育万物，才是世上头等的功德。土地是万物的母亲。

人类属于大地。世界上的万物都是互相关联的，就像血液把我们身体的各个部分联络在一起一样，编织出巨大的生命之网。

大地所创造滋养的人类，是由至高无上的宇宙天律主宰的。大地作为独立的生命体，也在张扬自己的土地道德。有了土地，人类就有了生存的底线和根基。

从古代开始，人类无休无止的战争，归根到底是为了争夺土地。战争其实就是用大炮修改国土边界。古代战争、现代战争打的都是土地战争。

中华民族是爱好和平的民族,是有骨气的民族。中国人对国土更是寸土必争、寸土不让。在有文字记载的两千多年历史中,有汉唐盛世那样的辉煌时期,有战乱不断、民不聊生的衰弱时期,还有近代八国联军、日本侵略那样的危亡时期,但是,都挺过来了。"主权高于一切。"天下兴亡,匹夫有责。任何国人都守土有责,民间依然流传着张学良父亲、大军阀"张作霖手黑"的故事。一日,一位来自日本的名流请张作霖赏字。张作霖抓过笔就连写了个虎字,然后题款"张作霖手黑",在叫好声中,掷笔回席。随从提醒道:"大帅写的'墨'字,下面少了个'土'。"张作霖立刻瞪眼骂随从:"妈拉个巴子的!我还不知道'墨'字怎样写?对付日本人,手不黑行吗?这叫'寸土不让'!""我豁出这个臭皮囊不要了,也不能出卖国家的权利,让人家骂我是卖国,叫后辈儿孙也都跟着挨骂,那办不到!"

新中国成立以后,我国为保护疆土和主权完整进行了多次军事斗争。日本没有权利拿中国领土进行任何形式的"买卖",钓鱼岛寸土滴水、一草一木都不容交易。不管日方以什么形式"购岛",都是对中国领土主权的严重侵犯。

入夜,我们如飞鸟归巢,回到自己或在城市或在乡村,或是平房或是楼房的家。吃过晚餐,陪家人聊聊天、看看电视,我们或早或迟都要安心入眠。是平凡而坚实的大地,支撑着我们的床铺和梦想。我们像土地上生长的庄稼、树木一样,一刻也离不开土地。

地气重凝

　　每天，我们第一件事往往是关注天气，也经常问别人"今天天气怎么样"，很少有谁问"地气怎么样"。人立天地间，天气有阴有晴，看得见、触得着，地气却不然。不过，对小时候，记忆最深的就是跟伙伴们满地追逐、摔跤、捏泥人、弹琉璃球……小伙伴们个个壮得像小牛犊，很少生病，家长们说："多亏吃了土、接了地气。"那个年代各家兄弟姊妹都不少，父母照顾不过来，才让孩子一个个疯跑疯玩。孩子们也不知因衣服脏了、破了挨了多少骂。现在的孩子们就没那么幸运，想接触点泥土或玩玩我们玩过的游戏，几乎是一种奢望。衣服和手掌稍微有点脏，家长就会立马给冲洗干净，甚至还要专门消毒。

　　"让孩子接触地气"，现在的年轻家长也很难认同。我的一位同事孩子经常生病，只好把孩子的奶奶从乡下接进城里照看孙子。奶奶照看孙子自然会用心尽力，这一点毋庸置疑。可儿媳却对老太太有些"怨言"，原因就在于老太太经常带着孙子到楼下的空地上玩耍，因而儿媳与老太太产生分歧。老太太说："让孩子晒晒阳光、吃吃地气，就不生病了。我的几个孩子都是这样带大的。""孩子见土长得壮""不干不净吃了没病"，这些老话，虽然很多人耳熟能详，可老太太说不出科学依据，只得退让作罢。

记得早些年下地劳作，长辈都要求必须先把鞋脱了，"地是通人性的，不能用鞋踏。如果踏了，地就喘不动气，庄稼就不爱长啦"。被耕种过的土地、有人住的地方，才会沉淀凝聚地气。地气旺人气，人与自然齐生共荣添灵气。地气伴随春天醒来，既让人耳目一新，还会渗入无色无形的空气，让你听到、嗅到、感觉到。她用这些方式告诉我们，她的脚步敏捷而轻盈，她的美丽无处不在。

开春的大地仿佛有一种声音，隐隐约约，丝丝传到耳畔……听不清，道不明。侧耳谛听，隐约的，不是风滑过树梢，也不是管弦丝竹的余音……噢！那分明是地气在蠕动！她从遥远的土层深处传导而来。当布谷鸟的歌声在田野上空倏然滑过，冰凌刚刚消融的土地，被地气一熏，身子松软，山冈上立刻"草色遥看近却无"。盛夏时节，悠悠的地气被正午火辣的阳光照射，愈发炎热而强烈，灼烤的大地和路面上升腾起一阵阵、一波波的热浪，清晰可见，那正是我们平日看不到的地气！稔熟的秋天，地气被丰收的声音和味道浸润着，揉搓着，搀扶着，扩散着，颗粒归仓；冬天，地气聚敛，谦卑地覆盖起季节的浮躁，偶尔会在避风的山沟、泉旁，飘逸为白色的雾气，时隐时现几分朦胧与神秘。

眼下城市摊大饼般地成长，许多人反而感觉无处生存。从农村走进城市，天天奔走在宽敞平坦的柏油路上，觉不到泥土的珍贵和芳香。在城里生活久了，整天脚踏水泥路，穿梭于高楼大厦，总觉得自己无根无落、越来越轻，好像要飘浮起来一般。城市日益增高的水泥森林、鸣笛穿梭的汽车、雾霾升腾的味道，渐渐掏空人们的心灵，感到上不着天、下不触地，没了降落、抵达和栖息的地方。许多人由向往城市的繁华，转向抗拒甚至恐惧城市的繁华，喜欢鸡鸣狗吠的乡村、雨后泥土的清香、遍地庄稼的田园风光。一句话，那是怀想和留恋大自然的天然和地气的纯正。

地气是日月之精华，是大地母亲呼出的气息。"和也者，天下之达道也。"大地厚重地载着万物，天空任我们思绪驰骋。俗话说："天气下降，地气上腾，天地和同，草木萌动。"今年清明节我回到故乡沂蒙山区那个小山村时，正赶上乡亲们赶着牛、扛着农具下地耕种。我陪老父亲来到自家菜园地，脱掉皮鞋，双脚插进故乡松软潮湿的土地时，一股凉爽的气息瞬间传遍全身，身心被地气抚摸、浸润和包围，顿感缕缕慈爱与温暖，神清气爽。过去听说，长久躺在病床上的老人，需要下床走走，接接地气，才能逐渐康复。地气究竟是什么？记得我爷爷曾说过："开春吸几口新鲜空气，炒盘第一刀韭菜，喝碗新剜野菜熬的粥，人就气血畅通，就接上地气了。"

说得深些，农具上没有手印，手掌上没有过血泡和老茧，对粗笨的农具就没感觉、没感情，对百姓也不会动情、不会有真情。吃着农家粗茶淡饭，熟知那一长串鲜活而简单的人和事，才理解土话里深藏的含义，才会打开内心的玄机。脚下粘过多少泥浆，心中积淀多少真情嘛。假若韭菜、麦苗都分不清，地瓜、土豆都不认识，蒲公英、苦菜、荠菜、车前草都叫不出名，就不可能真懂民情和乡事。没有"土气"，也就接不上地气。真心话是在心窝里暖出来的、焐出来的，用情用心才会接收到地气、扛得起风雨。这与每粒种子破土之前，都先憋着劲往下扎根、先接通地气是一个理儿。

尊天道，守地理，就是信仰自然规律。我陡然想起一句老话："人活一口气。"这口气肯定就是地气积蓄的能量、涵养的元气。

季节正在翻页，新的生命与梦想又在深厚新鲜的土壤里孕育着嫩芽苞……

扫墓

　　记得2012年清明节，我陪老父亲去村西北方向的柴虎山上扫墓，曾捡拾到许多感慨。

　　清明时节山上已是芳草萋萋，鸟语花香。葱郁的松柏间是一座座无名无姓的坟茔，我经常问父亲："那是谁家的坟地呀？这是谁的坟头呀？"在乡村，一个人来到世上，活上几十年，最后悄然死去。活着没留下什么，死去更没留下什么。即使后人为其树个墓碑并在墓碑上刻下名字，也很快被山风山雨吹洗模糊，被岁月风化，被鸟粪污染。乡下人生命的价值和意义平凡且千篇一律。死了，就埋葬在曾经拾过多少次草、做过多少次美梦的山坡上或山地里。一堆没有明显标志的泥土，象征着家庭人气和血脉的传递。然后一晃若干年，这一晃可就再没有谁记住了。跪在爷爷坟前，我洒下三杯烈酒，心想：爷爷属于土地，如今圆了他的"黄土梦"，也算酣畅淋漓、快慰平生了。能躺在这青山相拥的土地怀抱中，望着前来孝敬他的儿孙，该是此生无憾、心魂安然了。坟头堆砌、蕴涵的精、气、神，滋养着一个家族的气场和人脉。

我曾掐算过平民生命的时限。一个人如果幸运，一生大都能亲历并记住五代人：爷爷辈、父辈、同辈、子女辈、孙子辈——这已经是最大限度的福祉，超过五辈的肯定是大福大贵之人。在乡村，也常有活到近百岁的老人。活到这样的年纪，时间在他们的肉体上仿佛是凝固和定格了，他们肯定经历过儿孙辈过世的悲伤。这大抵就是平民顶尖的寿限。活过了，最后死了，活得长短、孬好，最后都在泥土中安息，身前身后的一切都水流云散，最后变成一把尘土。真可谓："童年，在泥土中玩耍；中年，在泥土中劳作；晚年，在泥土中埋葬。"

记得当年在村南整大寨田时，一镢镢刨在坚硬的土石层上，突然一镢落个虚空，顺势掏挖，只见一具白白的骷髅，吓我一跳。老队长见伙伴们都在围观，便严厉地说："这有啥好看的？抓紧干活儿！"随即，队长自己用镢头把那骷髅尸骨全部掏了出来，并且砸得粉碎，然后用锨把它散落在田间，嘴里还念叨着："对不住，惊动您的梦了。入土为安，入土为安吧！"老队长见我们惶惑不解，又说："像这么久远的坟，早就找不着后人了，万物之灵，入土为安，地是它最好的归宿。"

脚下的土地渗透着我们祖先的遗灰，因为溶入了亲人的生命才更动人、更柔软、更丰饶。

自从21世纪开始，为节约稀少的耕地，世界各地都提倡火葬。新中国成立后，我国也倡导"火葬"并推行"平坟还耕"。随着城市化进程加速，平坟变得常态化，其目的也不单单是"还耕"。有些坟受土地政策变化的影响，甚至不得不多次"搬迁"。

我忽然记起"水土不服"的典故来。小时候听大人们讲，身体虚弱的人出远门，必须在远行前的黎明，从故乡的土地上揣一捧土，在外地万一水土不服，只要捏一点故乡的泥土，泡一杯开水，一喝就好了。那是世界上最灵验、最神奇的一剂药方。

清明祭

　　"清明时节雨纷纷，路上行人欲断魂，借问酒家何处有？牧童遥指杏花村。"杜牧这首人人皆知的古诗，贴切地反映了清明时节人们亦抑亦扬、亦忧亦喜的复杂心情。

　　2013年4月4日，又是清明节。清明期间扫墓上坟、祭祀先人是我国历史悠久的传统风俗。正值小假期，便让儿子开车带我们全家回故乡沂蒙山区那个小山村，看望年迈的父母，祭奠先祖。我的家乡到祖坟添土上坟，要在清明的前一天——寒食，如果错过这个时间，清明之后的十天之内都可以，要不，就会视为违反乡规乡俗。4月6日早饭后，太阳刚露脸，我和夫人正坐在西屋里陪老母亲品茶、闲聊，老父亲就开始教我儿子如何准备上坟用的纸钱。

　　纸钱也就是冥币的制作，可是有讲究和忌讳的。自制冥币的印模，必须是枣木的，印模外圆内方，前方刻有两枚铜钱的图案。把印模放在草纸上，用力敲打，就在火纸上印出了一枚枚、一排排的铜钱。敲打印模最好用木槌或者斧头，用刀犯忌讳。以前，我家祭祖的纸钱是我爷爷、我爸爸负责，后来是我，现在是我儿子学着干了。

这种民族传统，就这样一辈辈在家庭中传承着、延续着。

每逢清明节，无论达官贵人，还是平民百姓，人人都更加思念自己的祖宗先人；不管路有多远，无论山有多高，男女老少，个个都走向一个芳草萋萋的地方，上香酹酒，跪拜磕头，寄托哀思，还愿许诺。

我记得童年时，每年清明节都是学校统一组织去甲子山烈士陵园缅怀先烈。同学们系着红领巾，虔诚地站在墓碑前，按照老师的统一口令，祭奠长眠在地下的先烈英灵。那时才逐渐知道是"不愿做奴隶"的革命先烈，高唱着"义勇军进行曲"，为中国革命和建设前赴后继、抛头颅、洒热血。听着英雄可歌可泣的故事和学生代表激情澎湃的发言，抚摸着一排排冰冷的英名，同学们群情激昂，心潮起伏，思绪万千，热泪盈眶，立志发愤读书，报效国家。

在中国最凝聚国人情感的祭奠，除了在天安门人民英雄纪念碑前以国家名义进行的祭奠，就当数南京的"清明祭"。每年这天，南京大屠杀的幸存者和市民会自觉站在"哭墙"前，悼念被那场战争无辜夺去生命的亲人和遇难同胞。那是中华民族心灵深处最大、最疼的一块伤疤！

清明扫墓，其习俗由来已久。相传始于古代帝王将相"墓祭"之礼，后来民间仿效，到唐朝时盛行起来。白居易《寒食野望吟》云："乌啼鹊噪昏乔木，清明寒食谁家哭？风吹旷野纸钱飞，古墓累累春草绿。……"

清明节，是二十四节气中最美的节令。这个时节，大地萌动，天空明丽，空气清新，田野花枝招展，春雨潇潇，梨花满地。这个季节是凭吊踏青的时节，也是乡愁潮涨的时刻。大家在回归自然、释放心绪之时，也感受到了大自然的几许哀怨。因为水一年不如一年清纯，空气一年不如一年清新，花草也一年不如一年娇嫩了……真是雨纷纷、泪也纷纷。

我家祖孙三代的男性代表，怀着虔诚的心，默不作声地来到祖坟林，便开始烧纸、放鞭炮、祭奠美食。依次是我爷爷、奶奶的合墓，老爷爷，老爷爷的爷爷，他们安然地睡在这空旷瘠薄的山梁上，周围是他们年龄不一、去世时间不等的子孙。我抚摸墓碑，清理爷爷墓前干枯的杂草。为爷爷的坟头添上几锹新土，但愿这吮吸了阳光的新土，能给在地下被寒冷包围的爷爷带去一丝温暖，感受、享受到后人的敬畏、感恩之情。然后又在那些不知名字的坟前"压墓纸"，期望地下邻里之间和谐共处。把这些坟前的杂草作些简单地清除，用小石块将纸钱压在坟前，表示这个坟是有后嗣的，别被人误认为是无后无主的孤坟。

我们村的柴虎山山头不高，海拔也就是百米左右，这天竟然飘起了云雾，且遮住了山头，山下的田野道路都看不清了。不一会儿细雨飘飘洒洒，淋湿萋萋芳草和刚刚萌芽的树林。面对这片黄土荒丘和前辈成片的坟墓，我潸然泪下。伫立在亲人坟茔前，此时只有亲情与生命意识伴随清泪流淌，清洗沉积太久的红尘世俗的纷杂无奈，给自己一份清新和明白，给先祖一份坦然的告慰：洒洒脱脱地生活，拥有清清白白的人生。面对冥冥之中的祖先，我在思索，每个人由父母带到人世，最终又从这个世界回到黄土中。人生在世，都是历史的一个简短瞬间，忙活一辈子，到底给这个生生不息的时空留下了什么哪？最实在的就是这几锹黄土堆积的坟茔，还有亲友和后辈短期的怀想和祭奠。就是这种总会被淡忘的祭奠，却以不出三代的亲情怀念和环环相扣的链接方式，在血缘亲情的怀念与哀思中，让中华民族子孙的血亲世代相传，并产生了巨大的认祖归宗的情感凝聚力——这就是中华血统与炎黄子孙的后裔，就是百家姓赋予每个姓氏的族群意识或家谱情缘。祖宗的骨头和灵魂就埋在人迹罕至的山坡上，一棵不怕孤独的小树，努力汲取营养，拼命开枝散叶，就为了享受清风明月。经常面对谢世的祖宗，让我们从心灵深处感受一种人生的超越，感悟血缘亲情的纯真，而这种认祖归宗的亲情意识正是家庭乃至民族赖以存在的凝聚力和平和境界……

慎终追远、思亲怀故，是植根于中国人心灵的伦理价值。清明前后，是国人祭祀先辈先祖的日子。有的上山寻坟祭祀，有的到公墓祭祀，更有道路难走的，隔山隔水烧香烧纸磕头。扩坟、烧纸、放鞭炮，传统的祭奠仪式背后是中国传统的世界观、伦理观、养老观，有着强大的文化基础、民意基础。"百善孝为先。"扫坟祭祖，实实在在地说是一种心灵安慰、精神寄托，所谓"祖宗在天堂，孝道在我心"，形式上真不必大操大办。

由于中国的城市化进程基本是开始于改革开放之后，真正三代以上的城市人并不多，多数人往上数一两代，其实都是地道的农民。因而现在的城里人，多数人的父母或者爷爷都埋在偏远的乡下农村。由于城里人工作紧张繁忙，加上交通、通讯手段发达，人们生活方式，包括祭祀方式也在改变：有的亲人们相约来到故人墓前，打扫墓位，献上鲜花，鞠躬述情，讲述前辈生前的一些动人事迹或故事，加深记忆和怀念，表达敬意和孝心；有的在墓前种上花草、树木，让故人的墓位尽显在苍翠、明净的天空下，鲜花簇拥，安然长眠；还有的到故人的墓前野餐，告慰先人，告诫后人珍惜生活和工作；还有的不能到墓前，就整理上故人生前影像资料和影集等纪念品，缅怀往昔，表达思念……这些多样化、多元化的祭祀活动，既传统又时尚，既高雅又文明，应当提倡。

下山返程时，正巧邻村的地里，正有几台挖掘机在繁忙地工作，一问才知是在造公墓。据说，不久的将来临近十几个村的坟墓都迁到这里来，有人谑言这是对死人进行"社区化"改造。近年来，一些地方在开发建设过程中，擅自平坟、毁墓，引起逝者后人的强烈不满，甚至诉至法院。坟墓是后人悼念死者、寄托哀思的精神载体。祖坟在中国的传统文化里有素有"阴宅"之说，死无葬身之地是最恶毒的诅咒，挖祖坟是最伤害感情的事情，在征地拆迁过程中，迁坟比拆房子艰难。在死人身上寻政绩，至少用心不良。

清明祭祀活动是生者对故人表达情感的一种方式，中国有句老话，"头上三尺有神灵"，又作"离地三尺有神灵"，意思是说，神灵无时无地不在，你若做了亏心事，骗不了神灵，而且或迟或早会遭到报应。"善有善报，恶有恶报。"这句古训明显带上了中国宗教的色彩。

在自然界，花开花落总有时，每个生命体都有一个生命轮回。人总会生老病死；每个人都只是匆匆过客，如一缕烟云，历史的一个瞬间；人与人在人海中相逢、相知、相守，这就是一种缘分与幸福。分别中难免悲伤，共处时难免有痛处，但笑过、哭过、走过，又当桃花放红、清风再起时，能感到暖意善情浮心头，相对释然一笑，就是对情者、古友的最大安慰、最大的清明。岁月是束缚生命的枷锁，是铭刻记忆的磁带。记忆清明，才有心灵"清明"、心境"清明"。

每逢清明倍思"清"。我们对先祖的敬和畏，"敬"更多的是对其美德品行的尊崇和敬佩；"畏"则是养育之恩的畏。尊重祖先遗留下来的一切，学会知恩、感恩、报恩，享受生活"清明"。世事纷繁，时光无言。中国人正逐步冲破世俗的快乐，超越动物本能的欲望，真正关心和痴情真理与道德，重塑着生存的精神家园。

2013年4月8日，我以省委老干部工作者的身份，赶到聊城市天福陵园，参加原中顾委委员，第三机械工业部党组副书记、副部长、顾问组组长赵健民同志的骨灰安放仪式。赵健民真可谓是久经考验的忠诚的共产主义战士，曾任山东省委第三书记、省长，享年100岁。他一生功勋卓著，坎坷磨难，对党忠贞不渝，光明磊落。在庄严肃穆的哀乐中，当他的骨灰被缓缓放入墓穴，与家乡大地融为一体时，苍天竟然悄悄飘起了细密的雨丝。

清明时节，国家和民族也在追忆圣君、贤臣，崇尚和坚守政治"清明"。

四

美丽乡村

闭上眼睛，脑海里悄然展开这样的画卷：天高，云淡，田野空旷，和风拂面，野草如织，野花似锦。春雨绵绵，春雨声声，一场春雨一场暖。细腻柔婉的春雨过后，几朵白云点缀着蔚蓝的天空，密密匝匝的花草探出尖尖的脑袋，青春的希望陡然钻破残雪覆盖的土层。

赤脚走在田野上

厉彦林散文选

春天住在我的村庄

我的故乡坐落在古老的沂蒙山区东部，村庄四周的驼背山、鸡鸣山、柴虎山，自然排成弧形扇面，像三双呵护的大手。村庄就端坐在三山相倚的一块丘陵之上，土质不肥沃也不算贫瘠。

春天的村庄，隐藏在刚冒芽的树木丛中，从远处看只觉得像一幅淡淡的水粉画，透出几分朦胧、神秘和素雅。房前屋后，那椿树、槐树、杨树、楝树、梧桐树，稀稀疏疏，比赛似的成长。

无数条的小路，蜿蜿蜒蜒地钻进村子。路边是高低大小不一的田地，茂密的庄稼尽情享受春风的宠爱。麦秆粗壮，麦叶就像擦了一层光亮亮的油，小麦在风中你推我揉，正忙着蹿个和灌浆。黄色的油菜花，身披暖洋洋的阳光，携手跳着舞蹈。那辛勤的蜜蜂穿行其间忙着采花酿蜜。那茵茵的青草，就像刚舒展开的绿地毯，铺满河边、田头、路边，一直蔓延到庄稼地边和村头菜园。田野里顶顶草帽或苇笠在浮动，乡亲们正忙着间苗或除草。路边的杨树叶子哗啦啦地响着，透出斑驳的光影。路旁，放羊的老人，坐在树下的蓑衣上，嘴里含着一根长旱烟袋，哼着吕剧或自编的小曲，眯缝着眼，神态自如，悠然自得。

靠近村庄，路两边是大大小小、方方正正的菜园。仔细观察，你就会发现各家各户的菜园之间没有篱笆和围墙，那菜长得无忧无虑，常常把枝蔓伸到邻居家的菜地里。谁家来了贵客，或者是菜接济不上了，只要说一声，就可跑到邻居的菜园里去采摘。

春雨中的村庄异常漂亮。灰蒙蒙的雨雾，隐隐地遮住每一栋房舍，村庄就像披着彩纱、含着几分羞涩的村姑。走进村庄，那泥土、青草、庄稼和牛马粪味，混杂在一起，让人特别坦然和舒服。一下雨，路上的人就自然多起来，大人们跑着去田里堵水灌地；放学的孩子顶着书包往家跑，不小心摔个仰八叉，那黄泥汤溅了满屁股，书本也甩了满地。母亲呼喊孩子的声音，在湿润的空气中回荡，震落树上的水珠。那水珠滴答一声落下，钻入你脖子，凉凉的，爽爽的，舒服极了。

雨过天晴。到傍晚时分，夕阳的余晖把山岭、田园、村庄涂抹得金灿灿的，水库和塘坝里更是金波荡漾。各家屋顶上早已升起了直直的炊烟。熏暖的微风中，一缕缕饭香扑鼻而来，口水自然就流出来了。这时喊孩子和唤鸡鸭的叫声，牛羊哞哞咩咩的叫声，长一声短一声，高一声低一声，响彻村庄的上空。家家的柴门吱扭吱扭地响着，锅碗瓢盆合奏着。上了年纪的老人，饭前说啥也得品上二两老烧酒，脸色红润，悠然陶醉。

等圆月从山嘴上升起，把银色的月光洒满山乡的角角落落，村庄已枕着夜色和湿润润的雾气，沉浸到恬静、安谧的梦乡里去了。

故乡虽然土地瘠薄，却是一片知痛知热的土地，村民就是生生不息的庄稼，在一茬一茬、一年一年地生长。那熟悉和气的乡音，那慈善亲切的笑容，会把你带回一种原始且真诚的记忆中去。那情，那义，那难以言明的惦念和关爱，就像一坛陈年老酒，没喝就醉了。

在春暖花开的季节，一头扎进故乡的怀抱，仔细品味乡村那自然、纯真、素雅的景色，享受山乡那纯洁善良、宽容厚道的人间真情，便捡回豁达、宽容、淡泊的心境和割不断、理还乱的乡村情结。

享受春雨

　　也许是刚经历了冬天太多的郁闷和压抑，也许是寒风、残雪在记忆的底片上留下太多的沧桑与悲凉，万物揾灭生命的色彩与声音，孤独地萧条着沉默着。一夜微风，唤醒早春三月的晨曦，也吹来了北方第一场春雨。山川、河流、乡村、房屋、树林、花草、庄稼、庄稼人，都在翘首春的惠风拂面，享受春雨的滋润，感觉春天那年轻的心跳……

　　春雨如烟，如雾，如丝，如梦，悄悄落下来，一滴一滴，淅淅沥沥，飘飘洒洒，缠缠绵绵。恰似烟雾迷蒙、若有若无、若即若离的水墨画，朦胧且迷人。春雨婀娜多姿，巧笑倩兮，步履轻盈，委婉含蓄，率性天然，没有夏雨的暴烈，没有秋雨的忧愁，没有冬雨的冷酷，像位清纯、含蓄待嫁的新娘，充满对生命、对世间万物的爱恋……为了履行前世约定，悄无声息地把睡梦中的大地山川抚摩一遍，湿润着每一个角落、每一棵小草。令人悄然想起"小楼一夜听春雨，深巷明朝卖杏花"的美妙佳句。一会儿工夫，雨点越来越大，越来越急，嘻嘻哈哈，打打闹闹，在干燥的土地上留下密密匝匝的雨窝。春雨从不埋怨和选择土地肥沃或贫瘠，总是执着地投入，迅速渗进地下，形不成水流，只让土地守候和感动，让世人留恋和感叹。

走在乡间小路上，任细细的雨丝自由地落在脸上，痒酥酥的，滑到嘴里，甜丝丝的。此时可以真正感受与大自然亲密接触的惬意与舒畅。我记得在老家院中赏雨的情景。雨点噼里啪啦掉下来了，洒在头上，落在脸上，说不清道不明的舒爽。我忘情地站在雨里，虽然衣服被打湿，可心里高兴，脸上绽放着笑容，享受着那份难得的清凉和惬意。院里的梧桐树耸立雨中，紫红的小芽芽摇曳着甜美的心事。枝杈上被雨淋过的喜鹊窝颜色更加凝重，淘气的小喜鹊躲在老喜鹊的翅膀下，时而从窝里探出小脑袋，新奇地瞥一眼外面的风景，又叽叽喳喳地把头缩回去。树下有一群相互依偎的鸭子，时而用嘴巴梳理着羽毛，呱呱地交流着什么。那鸟鸣声、鸭叫声，伴随风声雨声，滋润，清雅，恬淡，宁静……

神奇的春雨过滤了人们的私心和杂念，带走尘世的喧嚣与尘浮，赐予了万物蓬蓬勃勃的生命形态。恰似仙女那双神奇的手，拂过之处便披上了一层湿润润的薄纱，呈现一片朦朦胧胧的绿意。山岭沟畔，只要有土的地方，青草就探出尖尖的脑袋，头顶晶莹的雨珠，像个顽皮的孩子在四处张望。一垄垄小麦在返青，粗壮的麦苗，伸出又厚又绿的叶片，像无数手掌，在虔诚地迎接飘然而至的春雨。春雨迅速滑落到麦根，悄然钻进干涸的土层里。雨和风配合默契，像一把神梳，梳理着一垄垄一片片整齐的小麦。或者说那小麦是大地柔顺的头发，被左梳右理，风姿绰约。偶尔能听到布谷鸟、斑鸠在麦墩里的啼鸣。忽然几只叫不出名字的鸟儿，从麦苗间振翅而起，在雨幕中嬉闹盘旋，成为雨雾笼罩的空野上飘动、跳跃的精灵。

春雨贵如油，老天爷也十分小气。雨刚下了一会儿，就停了。雨虽然不大，却滋润着乡间万物，悄然改变了山乡的颜色，编织出一幅绚丽多姿的图画，点燃了生命的期待与呼唤！……草儿绿了，花儿开了，土地松软了，生命以最简单、最自然的方式在繁衍、传承、轮回。前两天还光秃秃的山冈，奇迹般地罩上了新绿。真可谓浓妆淡抹总相宜。大地是藏梦、长梦的地方！萌生绿色的地方就舒展生命，就有开花的渴望，就有歌声在酝酿！每人都种植一份鲜嫩的心境，收获一缕成长的愿望。

　　春雨是会说会笑的精灵，是律动生命的音乐。春雨会跟随着气候幻化不同姿态、不同神情，也会随听雨者心情演绎不同的内涵。或嫣然，或惆怅，或温柔，或冷寂，或清丽，或婉约……可谓千种心情，万种雨境。

听春

"春打六九头。"又是一年芳草绿，春风十里杏花香。立春第二天，济南下了一场小雪，可谓第一场春雪。春天确实挡也挡不住，走到户外，长长地、深深地吸一口气，异常清爽惬意。在我们不经意之间，春天已仙女般飘然而至，春天的大门已经打开，只要屏气凝神地聆听，自然就能听到春天的脚步声越来越近。不小心，思绪在春天的声音中滑倒，与春娃扭成了一团……

春天是万物生发的季节，每时都有新生命在萌动，每刻都有新希望在诞生。春天的脚步是轻盈的、匆忙的，又是舒缓、美妙的。济南这座城市春脖子特别短，不几天光景，人们就脱下棉衣换上衬衫了。城里的春天，无非是道路两旁的树木由枯到荣、草坪由黄变绿。城市的季节变换主要集中在视觉上，春天的声音已被繁杂的噪音掩埋，令人难以忘怀的还是乡间的春天。闭上眼睛，脑海里悄然展开这样的画卷：天高，云淡，田野空旷，和风拂面，野草如织，野花似锦。春雨绵绵，春雨声声，一场春雨一场暖。细腻柔婉的春雨过后，几朵白云点缀着蔚蓝的天空，密密匝匝的花草探出尖尖的脑袋，青春的希望陡然钻破残雪覆盖的土层。记得我童年的时候，农家日子紧巴，一下雨河边就齐刷刷地冒出苦菜、灰菜、马齿苋、荠荠菜、野韭菜、野葱等可以充饥的野菜。河岸柳林含烟，所有的花、草都在风中翩然洒脱地舞蹈，一幅北国早春画卷被春风徐徐展开，透出久违的清韵、旷达与飘逸，还有不尽的淡雅与从容。

暖洋洋的西南风一吹，动物也从酣睡中苏醒了。催春的布谷鸟从田野掠过，我分明看到它的翅膀上写着的艰辛与沧桑。小燕子拖着剪刀似的尾巴，衔着春光，呢喃着返回家乡，有的衔泥筑巢，有的嬉戏云间，舞姿翩跹。河湖上的冰开始消融，在水底下憋了一冬的鱼儿欢快地跃出水面。勤快的鸟儿吵醒花草憋闷一冬的梦。山前屋后，报春花、玉兰花、桃花、杏花、梨花摇曳一树的金黄、粉红、雪白，引来蝶飞蜂舞。蜜蜂嗡嗡地忙碌着，蝴蝶俊美的翅羽扇动缕缕清香。知名和不知名的昆虫儿，弹奏此起彼伏、高低宏细、灵性各异的美妙乐章，成为春天开篇的绝唱。鹅妈妈带着一群披着淡黄色绒毛外衣的小鹅在学游泳，稚嫩的叫声划碎盈荡的水面。

树木新抽的枝条，像一双双挥动着的手臂，在拥抱新娘般的春天。此时，人们可以静静地坐着或者躺着，尽情沐浴暖洋洋的春光，享受春风的飘逸和轻柔，咀嚼阳光的味道。河岸上的男童，劈下几根光滑的嫩柳条，小心翼翼地拧开绿树皮，抽出里面那白花花的枝干，剩下外面绿油油的皮，制作成柳笛、柳哨、柳号，然后再做一顶柳帽。一群穿着红裙子的孩子正在远处的草地上雀跃，"春天在哪里呀，春天在哪里"的童稚歌声悠悠飘来。不远处，头上别着野花的大姑娘、小媳妇在畦垄间追逐、嬉闹，采野花，挖野菜，银铃般的笑声萦绕在空旷的田野。农民开始耕田播种，累了就坐在田头喝碗水、抽根烟，片刻之后，张开喉咙，长吸一口气，吆喝起野味十足的赶牛调，粗犷的山歌如烈性老白干，把田野灌醉了。那清脆的笛声、笑声，哗哗的河水声，粗犷的吆喝声，汇集成和谐优美的乡间协奏曲。

春风在跑，春雨在飘，野草在舞，野花在笑，大自然的春天降临了。寒冬过后是暖春。只要我们用耳朵听，用心听，用生命听，用灵魂听，就必定倾听到春天的脚步声，烦恼和疲倦顿时烟消云散，自由豪放的心境融入自然，在春天里绽放律动的生命和蓬勃的希望。春天从不吝啬春光和春色，春天的脚步正与心灵和弦、与时代合拍，带着我们的梦想，奔向阳光的方向。万物接受着春天的恩泽，点燃刻骨铭心的激情与五彩斑斓的梦想。

春天的脚步，是生命自由舒展的胎音，是大自然永恒的心跳和铿锵的脉搏，是春天豪放的歌声和庄严的承诺。

品
春

　　春天魅力无穷，倾国倾城，四季中最让人兴奋和感动。人的思想、潜能和欲望，都会悄然成长。谁都希望溶入春的怀抱，享受春的一切。充满活力的春天，有形、有色、有味，可以看得到，听得到，尝得到。一年四季，山里人最疼爱春天。品的第一口春，就是鲜嫩的香椿芽。

　　香椿树在春日里泛着紫红光泽的嫩芽，是报春的始者。那芽丰厚娇嫩，绿叶红边，状似鸡毛毽子，一般五或六枝为一株，外观浅棕色，遇热呈绿色，生食熟食均可，初闻异香扑鼻，食之馨香可口，营养丰富。

　　我老家沂蒙山区，许多人家的房前屋后都栽有香椿树。香椿木的木质色泽偏深红，又细又硬，做家具结实，还不走形。三月的微风吹开春天的门扉，气候刚暖和起来，香椿树的枝丫顶端就冒出了一个个赤褐色的鲜嫩小芽。春天各家炒的第一把香椿芽，香味浓烈，左邻右舍都能闻得到，诱惑着行人吞口水。

　　记得早年我家也有棵香椿树，树干弯曲苍老，树皮皱裂多疤，树

赤脚走在田野上

138

干有三拃粗，长到两米多高，就努力让它分杈，这样树形好看也便于摘香椿。从香椿树上轻轻采摘一段段香椿芽小心地放在篮子里，唯恐折断树枝。摘的仿佛不是树叶子，而是天鹅纤长的羽毛。后来，我到外地求学读书，便离开了家乡原野上熟悉的香椿树，那掰椿芽、吃香椿的情景，已成了遥远的过去，只能在梦中重温。开春时节，找个饭店再品尝一下香椿芽的美味，无论怎么做，那口味永远没有家那边做的独特，尤其没有香椿树香的味道；节假日在蔬菜市场闲逛，偶尔看到有卖香椿的，但大多已叶枯不鲜，且价格昂贵，令人摇头却步。

掰香椿芽，是十分虔诚和圣洁的事情。通常头天晚上先给椿树浇饱水，让它吸收足够的水分，第二天采摘的时候，香椿芽会更加鲜亮。清晨太阳刚露出山头、露水未干的时候采摘时机最佳，这样椿芽味道好，对树损害得也轻。清明前后，农家屋前房后的香椿树枝头长满第一茬椿芽，其实每棵树的椿芽口味不同，家人就合计着哪天摘、摘多少，尽享这纯天然的美味。三两天工夫，在风中摇头晃脑、生机勃勃的香椿树，就光秃秃的了。

香椿芽越掰越旺，刚采了一茬，一周时间就能又蓬勃地长出新的一茬。第二茬的春芽就不那么嫩了，颜色也变成了绿色，把最嫩的那部分采下来，吃法也有不同。通常的吃法就是香椿拌豆腐、香椿炒鸡蛋，还有拌凉面吃。真吃不了或者舍不得吃的香椿芽，便被腌制。把香椿芽洗净，晾去水分，加适量精盐一起搓揉，使盐渗进去。小心翼翼地放进干净的小罐，盖好，三五天即可食用，能保存大半年。

最近这次搬家，开春时邻居送给了两棵小香椿树苗。我和夫人把它栽植在小院当中，经精心呵护和照料，树苗长得很快，不久就发出了枝芽。那小香椿树直直地矗立着，伸展出光滑的枝枝杈杈。为了给它更大的发展空间，第二年春天，又把它移到了院墙外。当你种下一棵树苗，给它培上土、浇足水后，坐在它身边，痴痴地望着它，便像充满希望地凝视着一个蹒跚学步的孩子。那天黄昏，我在刚刚落叶的香椿树旁凝视许久。想象明年开春，满枝嫩叶在晨曦中托起晶莹的露珠；月光下满枝清香翩翩起舞，有鸟儿栖落枝头啼鸣……

过去山乡日子穷时，乡村人喜欢吃春、品春。春天除了吃香椿芽，还吃刺槐花、榆树钱、地菜、荠荠菜、苦菜、野葱、野韭，尽情享受春天赐予的一切。过去的土吃法，如今，却更有滋有味，更让人留恋，甚至成了一种时尚和新潮。

每到春天，思念故乡、向往乡间的情感就会像香椿树一样发芽，伸展一树美好的记忆。我们迈着轻盈的脚步，去慢慢品味春光、春花、春风、春月、春水，仔细品味春天的味道，感受春季蓬勃向上的力量。

品过春芽，春天就驻在了心窝，人生就春意盎然。

乡间秋雨

真盼望这场秋雨早点到来，缓解家乡日渐严重的旱情，冲掉庄稼人周身的劳倦，滋润夜晚忙着成长的地瓜、苞米，播撒下老天爷对山民的体谅和关爱，对这片山地的倾心与眷顾。

刚才还晴空万里，转眼云雾越来越浓，像飘动的玉带缭绕在山腰间。顷刻，乌云漫过山头，像一块黑布飘飞而至，罩住所有田地和房舍。风越来越急，天地一片昏暗，空气也凉下来了。

秋雨没有夏雨来得那么急。起初感觉有雨丝细细密密、轻轻柔柔地漫下，像轻轻低语的热恋情人，轻轻地诉说着什么秘密。慢慢地变成点点滴滴，悄悄地树叶、花草和路面都湿润了。秋雨温柔缠绵，如丝如缕，若酒若醇……袅娜依依的柳枝挂着晶莹的雨滴，拂过来又拂过去，像群荡秋千的山妮子；粗壮的杨树伸着绿色的手掌，承接着潇潇秋雨，有男子汉的风格，静默不语；柔弱的小草叶片泛黄，在雨中低着头、瑟缩着，像做错了事的孩子。风和雨像一对孪生姐妹，拂动滋润着你的头发，柔软、顺滑，让人格外舒服。

潺潺秋雨，已伴随凋零的花瓣和树叶渗入了深深的泥土中。细密的雨点儿敲打着瓦片，散出一层薄薄的烟雾，檐上的雨滴滑下来，晶莹地散落在石阶上，跳动的影子清晰地映入眼帘。一种寒气从远到近、从头到脚升起，不禁打了个激灵，周身倦怠地悄悄远离，让人格外清醒。秋雨没有云雾舒卷的曼妙，没有清水芙蓉的清高，没有雨打芭蕉的幽雅，也没有和风拂柳的韵致。但在这蒙蒙秋雨中，可以期待秋收的喜悦。我不慌不忙，坦荡地迎接着这场秋雨，呼吸着清新的空气，时而仰起头感觉一下秋雨的清凉，任雨从头到脚把自己淋湿……

在乡间等秋雨，听秋雨，看秋雨，最好是在老式的旧房子。那青石砌到顶的墙，堂屋正面朝南，院子里是黄黄的沙土和葱郁的花草树木，檐下潮湿的地方和屋后墙角长满低矮的走上去很滑的青苔。那木格的窗子，贴着泛黄的墙纸，那红色剪纸上公鸡、荷花活灵活现，被溅上来的雨水浸润后更显得朦胧而清晰。偶尔打开窗户，任那斜风细雨亲吻我的脸庞，然后轻轻地滑落我的衣襟。一阵秋风吹过，听见窗外那落叶落地的声音，与秋雨一起合奏起一曲美妙的交响曲。推开门，阵阵凉气扑进屋里，时而有黄黄的树叶被吹进屋里，捡起来拂去水迹，轻吻一下，又扔出门外，一丝悲凉留存心中。这个时候只要闭上眼睛静静地听，属于秋的一切就会点点滴滴地进入灵魂！秋季的雨夜，一个人凭窗用心去聆听那秋风秋雨的呢喃！快乐的时候，欢笑着敞开自己的心房，把所有属于秋的感怀、秋的快乐、秋的风姿、秋的收获全部揽入胸怀！

"少年听雨歌楼上，红烛昏罗帐。壮年听雨客舟中，江阔云低，断雁叫西风。"随着年龄的增长，人们对雨的感受也有所不同，有了不同的心境。喜欢秋，喜欢秋季里那层薄薄的雾气、喜欢秋天里霜染的红叶、喜欢秋天里的风声过耳，更喜欢不期而遇的阵阵秋雨……一种淡然，一种豁达，会从秋雨中飘然而至。在享受秋雨时，也可以感悟生命的脆弱与短暂、人生的坎坷与挫折，还有人生的丰富与浪漫。

赤脚走在田野上

攥一把芳香的泥土

故乡三面环山，土地不贫瘠也不肥沃，依然保留着传统农耕文明的习俗和风貌。置身故乡的田间地头，格外兴奋踏实。泥土的故乡，扎满我生命的根须，是我心灵皈依和朝拜的圣地。

我和妻子借假日回到地处沂蒙山区东部的老家。早饭后，跨进父母精心打理的菜园，只见一片片韭菜、大蒜、小葱、白菜、生菜，你挤我，我挨你，长得亲密而兴旺。夜晚与爹娘拉呱半宿，像品尝味道醇正的陈酿，甘美香甜，余味悠长。盖着母亲提前晾晒过的被子，有一股阳光的味道扑面而来，勾起许多记忆。

难忘童年时代，我放学后扔下书包就去沟底岭剜菜、割草、放羊。麦苗浇过返青水，麦苗间弥漫着薄薄的雾气，伴随各种野花的清香，沁人心脾。夏季，田间、沟底、河沿上的野草紧紧抓住大地，长得墨绿、茁壮、坚韧，那是上等的牲畜饲料。

我深爱土地，缘于我的祖辈，尤其是我的爷爷。爷爷一生坎坷，七八岁时就为富裕人家放牛。后来，有了自己的土地，便把土地当作命根子，无论是耕种、管理、收获，都精掐细算，妥妥帖帖。每次下地，必须先把鞋脱了，直接光着脚板。爷爷说，地是通人性的，可不能用鞋踏。如果踏了，地就喘不动气了，庄稼也就不爱长了。因而全家人把土地当作恩人、亲人，春夏秋冬，义无反顾地爱惜、保护着。

父亲就像能感觉到土地的体温和脉动。他经常把责任田深翻整平、刨垄调畦，体味土地苏醒的喧哗与冲动。记得那年播种前，父亲走到地中央，深深刨了几镢头，轻轻跪下右腿，将十指插入泥土中，用力攥一把，看一看土地的墒情，放到鼻子前闻一闻，口里念叨着："这土，多润呀！这土，多香呀！这土，多肥呀！肯长庄稼，种啥都成！"那是父亲一生重复了许多次的庄重礼仪和独特享受。人勤地不懒。那普通的土坷垃，在串串汗珠的浸润下，长出一茬茬小麦、地瓜、苞米，点缀着全家人幸福的鼾声。那把弯弯的镰刀，在父母布满老茧的手里，飞快地收割生活的希望。

记得童年时我和小伙伴们一起玩捏泥巴、塑泥哨、摔跤等游戏，每项游戏都离不开泥土。山地上的土壤是砂土质的，干净，爽气。大家沐浴着温煦的阳光，手里抓满温软的浮土，让土从指缝里慢慢漏下来，看细土在头皮上、脖子上、肩膀上、胳膊上，水一样流淌，挂在密密的汗毛上，一会工夫，个个除了眼睛外，都成了"泥娃娃"。然后跳到池塘或河溪中冲洗干净，周身光滑。那是多么惬意和幸福的童年！

游子在外，根依然扎在故乡的泥土中，血液依然流淌在那片土地上。因为心里装着乡村的碾磨、土坯房、庄稼地和亲人，于是就有了根深蒂固的乡情和刻骨铭心的故园情结。

年复一年，土地一声不吭地奉献着。只要用犁深翻，依然露出一层层新土。万物生长于泥土，又回归于泥土。故乡的土地上，有我的祖辈辛勤耕耘的足痕和生活艰辛的泪滴，记载着一代代人的苦乐、荣辱与辉煌，包括安睡在山坡上的坟墓；又孕育着一代又一代新生命，常有婴儿清脆的啼哭划破山乡的黎明……

赤脚走在故乡的土地上，攥一把芳香的泥土，一股地气从脚底板一下传遍全身，顿增许多昂扬向上的力量。

沙土路

　　每当飞驰在铁路、公路、高速路上，我的思绪常常穿越时空飞回故乡。忘不了那时高时低、时常泥泞偶尔平坦的沙土路，具有鲜活的生命，叠印着我充满童趣和希望的时光，伴我成长……

　　偶尔回到故乡，站在山冈上，凝望条条短短长长、窄窄宽宽的沙土路，它与山地、泥土、风霜雪雨、庄稼地、房屋、柴垛、炊烟、牛哞狗吠、手推车、驼背老人、孩童哭声、土炕、祖先、坟墓等景象，组成了丰富而真实的村庄。沙土路就像山乡满身的毛细血管，把家家户户连起来，把村庄的历史故事与未来的憧憬长长短短、密密麻麻地连接起来，使村庄的肌体充满勃勃生机和旺盛活力。

　　故乡的沙土路给我青少年时代留下了无数欢声笑语，也有丝丝苦恼与无奈，铭刻成我一生难以抹去的记忆。沙土路，实在不起眼，就是就地用沙土铺整出的相对平坦的路面，路面是杂草、庄稼秸、荆棘、牛粪的集合体，两边灌木和杂草丛生，草丛里开满了各种各样的野花，火红的，金黄的，雪白的，靛蓝的……煞是丰富、好看。记得我村往南的那条沙土路一直通往当年的人民公社。这路是什么时候修得无法考究，只记得走出很远还能看见老家院里的那棵老槐树。村民们赶集上店、走亲访友、下地干活，一茬一茬、一辈一辈，一步一步丈量着沙土路长大，不知不觉就走了一辈子。沙土路上有几座桥、哪里上坡下坡、哪里容易泥泞，村里老少爷们都一清二楚。它承载着家乡几代人的悲欢离合、生离死别。它是那么熟悉，闭着眼也能踏着它回家；是那么窄小，有的路段单个人走都要小心翼翼，但在村民心里它依然那么宽敞、敦厚。

沙土路没有水泥路结实的体魄，没有柏油路华丽的外表，但却透露出一股乡情，一份自然，一片温馨。深秋季节，金黄的玉米、谷子、大豆，睡在奔波穿梭的手推车上，开心地蹦来跳去，田野和沙土路被渲染成金黄。看看近处，一排排、一片片挺拔的玉米、高粱在秋风的吹拂下，向着忙碌的人们招手，告诉人们沉甸甸的丰收消息。举目远眺，一辆辆运粮车在小路上你追我赶，"哧哧"地冒着黑烟，向着炊烟飘舞的村庄跑去，溅起几缕尘土，撒落些许金黄的谷粒。谷粒镶嵌在乡路上，点缀出沙土路的华容与尊贵。

一年四季，沙土路折射着大自然的色彩和光芒，春天沿路都是鸟语花香，夏有水流声和蝉鸣，秋有歌声和四溢的芳香，冬有空旷四野和白雪茫茫。夏季暴雨后，孩子们光着脚丫在柔软的沙土路上跑来跑去，到路边的青草丛中捉蚂蚱，从路边的河沟里抠螃蟹、摸泥鳅……记得就在这小路上，母亲牵着我的手走过泥泞，把散着她体温的大襟褂子披在我身上御寒。那年家里割小麦，很晚了，父亲用独轮车推着麦子和我，发困的我只记得月光下的小路和小麦白花花的，我躺在车上，满脸的尘土掩盖不住甜美的梦乡。因为路窄，乡亲们经常自觉地站在路边，相互谦让。后来，我骑着"大金鹿"牌自行车，兴冲冲奔波在沙土路上，一幅幅美景滋养我的视线和目光，常有不知名的鸟儿在头顶翻飞，欣喜若狂。村里许多青年人从这沙土路上走进远处的工厂、成才的大学和火热的军营。温暖的乡情亲情就走在这路上，让我回味乡邻之间的爱恨情仇与恩恩怨怨，品尝人生的风雨与坎坷。

人们大都留恋出生地，因为那里有生命的根须和灵魂住所。走在这熟悉而又陌生的沙土路上，看着田地里忙碌的人群，感受着这拂面而来的田野微风，听着那久违了的乡音，心里自然充满感动。沧海桑田，世界巨变。道路更是以惊人的速度变化着，眼下不仅有汽车高速公路，而且还有信息高速公路。让你感受到的是应接不暇的变化和飞驰的快感。我在繁华的都市里，脑海中却时常浮现出伴我走出大山的那条沙土路，是它给了我许多难忘却的美好记忆和不竭动力。

随着中央诸多惠民、富民政策的落地，昔日泥泞的乡间沙土路都已变成了宽敞的乡村公路。如今无论城市人还是乡下人，日子过得舒畅，车行路上似飞若翔，心旷神怡。

人生路正如乡间小路崎岖蜿蜒。路窄，心必须宽；路宽了，心更坦然……

声色味共生

中国农村田垄上古典的镜头：开春或者初冬的清晨，一位满脸皱纹，皮肤漆黑，牙齿泛黄，身披粗布衣褂，粗糙的大手紧握着铜烟斗的老农，在黑黝黝的土地上转悠着，思忖、谋划着如何耕作，脸上充满着坚毅自信，心里向往着丰收的情景，嘴角流露出憨厚的笑容……那位老农，也许是我的爷爷、父亲，也许是你的叔叔或堂兄，那是他们在解放初期或八十年代分田到户时留下的倩影！历经多少代，农民用血汗和智慧在大地上筑出美丽可爱的家园。

我记忆中的家乡，是一幅天蓝、地绿、水净、至纯至美的图片，到处是庄稼、树林、青草，村庄错落有致。黄昏时分，炊烟升起，我和伙伴们在田埂上嬉笑打闹，直到妈妈们一声声叫回家吃饭的吆喝声此起彼伏，我们才踏着夕阳的余晖蹦蹦跳跳地回家。

土地是农民生存之本、生命之本，土地用它的声音、颜色、味道，讲述土地的博大精深；土地的源远流长；土地的缤纷多彩；土地的酸甜苦辣；土地的喜怒哀乐；土地的生死歌哭。

与城市中的声音相比，土地上的声音纯洁、纯粹，"阿宝"式的，没有任何修饰。对于一个久居在城市的人来说，这些声音不但洗耳，还能洗心洗肺，拉近与土地的距离。即使久别故乡、岁月染白发须，依然怀揣那颗质朴、原形原状的心。转过身去，当站在城市的窗口，凝望和聆听几声清脆的鸟鸣，顿生疑问，它是不是故乡我熟悉的那几只？

世间最动听的声音，那一定是来自土地上的声音。进城这么多年，故乡的一切声音依然一直驻住在我的梦里。是从什么时候起越来越让我如此眷恋土地上的声音？或许离开乡村太久的缘故，对土地依恋的情感在我的感观中随着光阴的流失却越陷越深。只要走在土地上，我依旧可以听到那些熟悉亲切的声音。比如：鸟的啁啾、动物的低语，还有风吹过田野、掠过庄稼的声音。春天，头上别着野花的大姑娘、小媳妇在畦垄间追逐、嬉闹，采野花，挖野菜，银铃般的笑声萦绕在空旷的田野。农民开始耕田播种，兴奋了，吆喝起野味十足的赶牛调。那清脆的笛声、笑声，哗哗的河水声，粗犷的吆喝声，汇集成和谐优美的乡间协奏曲。春天百鸟合唱，夏日里蝉鸣声嘶力竭，秋阳下黄豆荚饱胀地开裂，深冬冰凌啪啪落地……在乡村的土地上，声音总是那么随心所欲，遍布每个角落，它真切，明亮，清脆，这些来自大自然的声音早已和生活在土地上的人们和睦相处。来自土地的声音，让枯燥的劳作富有节奏和无限生机，让平淡的生活变得无比鲜活和明亮。只要我们踏进熟悉的土地，那些熟悉的声音就会灌满耳膜。

一个富有生命的村庄，白天是人的交谈歌唱、鸟语、鸡叫、狗闹。夜深之时，更是无声胜有声。树叶的沙沙声，秋虫的低吟，偶尔人的脚步和狗吠声，大公鸡清脆的啼鸣……这些声音让人觉得无比舒适和安然。

黄色，是土地的主色调。站在黄褐色的土地，深刨一锹、狠攥一把，近看远望都是黄褐色的，黄色的弯曲的山路、村巷，黄色的土房、村庄。春夏季节，乡村是碧绿的，土地绿油油一片，是一年中最丰盈、最迷人的时节；秋季，田野是五彩的，蓝天白云，金黄的玉米，火红的高粱，黄色的谷子……冬季，皑皑的白雪滋养和丰满着苍茫的土地。当落日挥洒最后一抹霞光，天地间顿时富丽堂皇。那一缕缕乳白色的炊烟和余晖、灰色的暮霭交融在一起，宛如给屋脊、墙头、树木和田野笼罩了一层朦朦胧胧的神秘纱曼。

　　赤着脚丫踩进泥土里，感觉自己就是一株根须紧抓大地的庄稼。凝眸透视每一寸土地，总是感觉能闻到什么，能悟出什么，土地里的每一个细胞、每一个经络都有挖不尽、估不透的内涵。在农夫的吆喝中，耕牛乖乖地走着直线，土地翻耕出道道黑油油的波纹，翻动亘古不衰的哲理：只有持之以恒地开拓深耕，才有崭新的天地容颜，真可谓"有累死的牛，没有耕废的地"。土地笑了，因为翻耕者给予了它无私的爱，土地哭了，因为开垦者赐予了难以割裂的情。土地是乡亲们的命啊，乡亲们是这土地的神啊！我的老父亲好像能感觉到土地的体温与脉动。那责任田总得深翻整平、刨垄调畦，仔细体味土地苏醒的喧哗与冲动。记得那年播种前，父亲走到地中央，深深刨了几锹头，轻轻跪下右腿，将十指插入鲜润的泥土中，用力攥一把，看一看土地的墒情，放到鼻子前闻一闻，口里念叨着："这泥土，多香呀！这土，多肥呀！肯长庄稼，种啥都成！"然后把泥土捏出心中渴望的形状，再虔诚地一丝丝地散落在地里。那是父亲一生重复了许多次的庄重礼仪和独特享受。啊！土地，永远古老又永远年轻的土地啊，世世代代的土地啊！攥一把黝黑的泥土，我虔诚地说：中国，这就是你的根啊！松软的泥土黝黑，抓一把捏一捏，指缝流油；拿起来闻一闻，清香芬芳，醉人呀！

我考上学之后，户口随之迁进城里，我的身份已不再是农民，也就不配拥有土地。生产队里当年属于我的那份土地，被收归集体。每次回村，我总到父母耕种的田地里逛一趟，至少到那菜地里瞅一瞅。看着扬花吐穗的小麦，看着红得透亮的西红柿，看着顶花带刺的黄瓜，看着藤上弯弯曲曲的豆角，以及地边上怒放的蔷薇花、石鸡花，渴望亲近土地的心情就像播种在肥沃土地上的种子，憋着劲儿，渴望长得茂盛。

有生命的黄土铸成了中华魂，有生命的黄土镌刻着古文明。

土地是多情的、神圣的。"土地要养"，如同需要一生呵护的爹娘、老婆和孩子……这是用生命同土地打交道的先辈对土地的倾情诠释。

我一直对乡村土地上的声音、颜色、味道心存感激，它们让我知道了对土地、对生命的尊敬来自心灵深处。

即使云锁万仞、冰封千里，土地深沉的胸怀里，依然有火在升腾、在狂涌、在奔突。一旦地壳变化失去平衡，大地的腹腔便炸响惊雷、爆发火山、岩浆倾天，腾空喷射血的云霞、力的呼啸。

地瓜

那是初冬的夜晚，我和夫人在济南高新区的大街上散步，当走到北街口，正冻得浑身打战、犹豫彷徨时，从远处飘来一缕缕的芳香，带着丝丝的香甜。穿过人行道的拐角，在小吃店的旁边，就更加真切地传来，让人心里直痒痒，顿时精神一振。然后顺着芳香就听见摊主嘶哑的叫卖声："地瓜来，烤地瓜，甜甜的烤地瓜……"走向前，呈现在眼前是黄澄澄的地瓜，软绵绵的，丝丝缕缕的香气直面扑来。于是急速地到暖暖的烤炉前，精心挑上几个，立即掏钱称上热腾腾的烤地瓜，像是在他乡遇见故交、听到乡音，感觉把一种亲切的幸福感攥在了手里，心里踏实坦荡了许多，把烤地瓜捧在手心剥完皮趁热吃几口，只感到这烤地瓜特别地香甜，一股暖流迅速传遍全身……

说起地瓜，若要追根求源地说，我也说不了多少，更多是在故乡时的一些记忆。经查阅资料，才知道地瓜还有着非凡的历史和特殊功能。地瓜又名红薯、白薯、甘薯、红芋、番薯、山芋蛋等，源于墨西哥、秘鲁一带。四百年前从南洋引入我国。在我国种植面积很广，面积居世界第一位。

地瓜含有丰富的糖质、维生素和矿物质、食物纤维等。据说，吃地瓜还有抗癌美容的作用呢！以地瓜为母本，派生出许多食品、饮料、点心，譬如地瓜糖、地瓜点心、地瓜煎饼、地瓜粉条粉皮、拔丝地瓜、地瓜干子酒等，可以说，数不清，算不完，五花八门，无奇不有。漫漫长夜，与同事相聚忆起童年往事，回味无穷，别有一番风趣。许多往事让人留恋，让人捧腹。

要说天下最好吃的地瓜，哪里也无法与山东的大地瓜相媲美，而沂蒙山区的地瓜其品质更能胜出一筹，这大概与我的故乡是沂蒙山区，有一种对故乡的独特感情体验和偏爱吧。科学地讲，应与那里的红黄色丘陵土壤和山区气候有直接关系。

地瓜长得泼辣，生命力强，对气候、温度也没有过高的要求，不需太多的水分和养料。再说我的家乡沂蒙山区山多地少，土地贫瘠，大都没有水浇条件，种小麦、玉米、高粱产量低，只好种泼辣实在的地瓜。地瓜管理起来省心省工，在平原沃土里苗壮成长，在贫瘠的山冈上也能顽强扎根。地薄一点不要紧，天旱一点也不要紧。只要施足底肥，平常也不用再追肥。地瓜更喜欢瘠薄的土壤，如果赶上丰沛的雨水，它定会给人一个丰硕的收成。一般亩产三四千斤，有的还上万斤。

我记事的时候，准备繁殖地瓜的"种地瓜"，冬天大都存放在地窖里，后来种的少了，"种地瓜"就迁移到热炕头上。春节过后，各家在土炕上用泥坯或者砖头，贴着墙垒一个框子，把地瓜放在里面，上面盖上杂草或床单子防冻。清明过后，就找一块朝阳避风的沙土地，调出畦子，将"种地瓜"平摆上，上面均匀地覆盖上一层细沙，然后盖上草苫子，洒上水。等到地瓜芽长到拃多长的时候，就把准备种地瓜的土地上，撒上土杂粪和草木灰，用铁犁扶起垄，将地瓜苗截成一根根插到地垄上，浇上水就生根发芽，然后生叶吐藤。等到地瓜蔓长下地瓜沟，接近一米的时候，用手或者木棒将地瓜秧翻起，把沟里杂草除掉，晒晒地面，这样地瓜长得快。夏秋季节，走进田野，就走进了地瓜的世界，到处爬满了地瓜郁郁葱葱的秧蔓，土地被遮盖得严严实实。

我童年时代的地瓜，种的都是"胜利百号""济薯1号"等，可能是品种的缘故，那秧子又细又长，叶子也瘦小，在叶子的茎与地瓜秧的交叉处常冒出一些花骨朵，花开的时候很像牵牛花，或淡红色，或紫红色，很好看。农家活中，种地瓜其实是很费事的，从打秧上之后，不是除草就是翻秧子，连续几次才能到秋收。刨地瓜也很费事，一墩墩地刨出来，把地瓜一个个地摘下来，摘完了再一筐筐地归堆，然后又一个个地切成瓜干，切完了再晒，晒干了再拾起来。一个地瓜，从刨出来到被晒成瓜干不知要翻弄多少遍。

孩提时，到秋收季节，我们放了秋假或者星期天，拾柴或者打闹累了、肚皮饿了的时候，伙伴几个偶尔到空旷的地里，更多是在迎风的地埂上，垒个土窑或者刨个深深的长坑，在上面排满从生产队偷来的地瓜，然后四处捡木柴和干草，点火烧地瓜。秋高气爽的田野上，烟雾特别明显，等几阵浓烟之后，地瓜也差不多熟了，就把一个个地瓜堆进烧火的长坑里，之后把土窑或者长坑里烧热的土推倒盖住地瓜，再用干土埋于其上，这时伙伴们围坐在一起唱歌或者玩游戏，焦急地等待着地瓜赶快熟透。估计时间到了，大家七手八脚，把所有地瓜都翻出来，有秩序地分配，刚出窑的地瓜极其烫手，伙伴们急吃心切，于是一个地瓜拿起，忽用右手，忽改左手，像耍杂技，烫得个个直叫唤，那动作至今仍记忆犹新。一阵狼吞虎咽后，个个赶忙擦掉嘴边沾满的黑土灰，伴随着嬉闹声与落日的余晖，鼓着肚皮，蹦蹦跳跳

地
瓜

地回家了。

俗话说："三春不如一秋忙。"忙，其实忙就忙在地瓜的收干晒湿上。20世纪70年代初，还没有实行大包干，当年生产队分地瓜就很有趣。队里有规矩，必须等全队全部分完后，各家各户才能拾掇自家的地瓜，主要怕有人借分地瓜之机浑水摸鱼偷队里的地瓜。如果天气好，又有新地茬子，可就地铡了晒下。如果天气不好，或者没有合适的地茬子晒，就得运回家或者运到别的岭地里。所以每次赶到往家推地瓜或铡地瓜的时候，都是黑天了。有时晚饭顾不上吃，干到很晚，直到月明星稀，寒露凝落衣裳。

秋天的夜晚，天气早就凉了，许多人穿上了毛衣，有的披上了厚棉袄，一盏盏黯淡的小马灯闪烁在空旷的田野里。一盏小马灯就是一户人家，一家人紧紧围着刚分来的地瓜，有的铡，有的撒，恨不能一下子干完早回家。当年农家都备有"地瓜铡"，后来又发明了手摇的地瓜铡，一种把地瓜削成薄片的工具。男劳力把成堆的地瓜哗哗的削出来，媳妇和孩子们用提篮把新铡的瓜干在干地上撒开。挎着挎着，胳膊就累了酸了麻了。干着干着，大片空地就变成了白花花的瓜干的海洋。马灯太暗，根本照不过来，与其说是照着，还不如说是摸着，只见切地瓜的人，熟练地轮换着双手，一片片的鲜地瓜干子依次落在地上，负责撒的人再一片片的晒出去。

把地瓜就地晒出去不容易，推到家里再晒出去更不容易。天气不好的时候，必须耐心等待。天气好的时候，当天夜里就得铡出来，第二天凌晨再运到村外边去晒。我家屋后有条小河，河岸有一大片空旷的沙滩，这是晒地瓜干最理想的地方。每当秋季，必须早去占块合适的地方。大人把切好的鲜地瓜干运到河沙滩上均匀地撒开。撒的时候都是大把大把地撒，许多瓜干就压着摞，撒的时候你可以尽情地挥洒，然后还有一道工序，就是要把地瓜干一个个地拨弄开，平铺着，不能重叠，摊晒瓜干时两眼要盯着地面，直累得腰酸背疼。大人糊弄孩子说，小孩子没有腰，其实这个活最累腰了。

那些年天气确实比现在冷。生产队干活拖拉，效率低，几十亩地瓜过了霜降还刨不完。早晨拨弄摊晒的地瓜干的时候，瓜干上面是一片白霜，把手冻得通红。有时候还刮起西北风，更是让人冻得浑身乱打战。没什么御寒衣服穿，上身只穿个大棉袄，下身穿着单薄的裤子。顺手捡几根未干透的地瓜秧拧成绳子，把棉袄系得紧紧的，顿时感觉暖和了许多。有时把手缩在棉袄袖子里，拿着一根树棍，细心地把地瓜干一个个地拨弄开，一方面冻不着手，一方面又解除长时间蹲在地上的劳累，一举多得，实属偷懒的好办法。

那时候老天喜欢夜晚下雨。秋收季节，累了一天的人，头贴上枕头，不一会就进入了甜蜜的梦乡。突然，一个响雷把人们惊醒，一道道的闪电，透过窗户把农家屋子照得透亮。"坏了！赶紧起床去拾瓜干！"各家各户谁也不敢怠慢，父母把我们叫醒，然后仓促推着独轮车，拿着提篮、麻袋去捡瓜干。黢黑的夜晚，你可以听得见远远近近都是忙碌的人，催促声、问候声、呵斥声此起彼伏。只见路上，地里，河滩上，到处都是晃晃悠悠的小马灯，都是抢收地瓜干的人。大家借着闪电的光芒，两只手拼命地抢，拼命地划拉。抢着抢着，憋足半天劲的老天爷，先是撒几把大雨点子，接着"哗"地倒下一场雨来。雷带着电，电裹着雷，风助着威，雨借着势，那才是风雨交加，电闪雷鸣！瞬间田野里像炸了营，大家纷纷推起车子、挑起挑子往家跑。不过看着被抢捡起来的成袋的干瓜，抹一把脸上的雨水，会感觉到一种幸福和满足。

赶回家，那抢回来的地瓜干已经和人一样，成了落汤鸡。晒瓜干

地瓜

157

被雨淋不是什么稀罕事，淋湿了再晒干就是了，只是晒出来的瓜干色泽不好，不好吃，带股苦涩味。晒地瓜干就怕遇上连阴天。当年烂地瓜干是常事。可恶的老天下起雨来就没个头，有时候刚睁个眼，还没等干地皮，就又下起来了。倒腾上几天，人累坏了，地瓜干也开始腐烂变质了。大家眼睁睁地看着白花花的瓜干慢慢地变黑、烂去，心疼得连饭都吃不下去！

为了晒出好瓜干好缴公粮，曾经用铁丝逐一把雪白的地瓜片串起来，再均匀地挂在树与树之间，这种晒法透光透风，不怕下雨，好收获，晒出来的地瓜干也干净漂亮，雪白雪白的，可谓一尘不染。每年收到家的瓜干，大多数不是好瓜干。好的都缴了公粮，剩下的大都是有点发霉或者边边角角的小瓜干、瓜干皮，这是各家主打的粮食。

地瓜收获了，家家户户都能吃上饱饭了。母亲一大早就起来，烧火做饭，还没起床就闻到了地瓜香。深秋季节，母亲就用鲜地瓜磨地瓜糊子，烙地瓜煎饼，那煎饼又香又脆。但最让我咽口水的是母亲在烙煎饼的热鏊子底下烧的地瓜。先把地瓜放在太阳地里晒上几天，脱水后其皮干燥略皱。这样的地瓜放在鏊子底烧出来口感独特。一剥开，地瓜肉红里透亮，闻起来香甜中还带着一股泥土的清醇，那是难得的美味，过口难忘。有几次，我们一家三口从城里回乡下老家，母亲早烙完煎饼，在热鏊子底下埋上了地瓜，当看见我们一家三口吃得香甜，满嘴乌黑，便捶捶腰，擦擦汗，开心地笑了。

在我的记忆中，20世纪五六十年代到七八十年代，那近半个世纪里，我家乡沂蒙山区农民的主食就是地瓜，它养活了多少代农民，真是"地瓜干、地瓜馍，没有地瓜没法活"。那个年代，每到秋后收地瓜的时节，农家户户便完全生活在以地瓜为中心的氛围中，一天到晚围绕着地瓜忙活。不管走到哪里，都能闻到一身的地瓜味；不管活到多大岁数，浑身散发着地瓜味。生产队分麦子一家只能分几十斤，逢年过节才能吃上一顿白面水饺，日常一天三顿饭，顿顿是地瓜，有时一顿饭吃的喝的全是地瓜。农民变换着花样吃地瓜，煮地瓜、蒸地瓜、烧地瓜，地瓜煎饼、地瓜饼子、地瓜叶饭团子，用地瓜面擀面条、蒸窝头，用地瓜干煮稀饭，就连地瓜秧和地瓜叶也可以加工食用。在那个年代的人们吃腻了地瓜，或者说是真吃伤了，一听说地瓜就头痛，就反胃，就吐酸水。

为了不吃地瓜，乡下的年轻人千方百计去当兵、当工人、考大学。然而，不管你干什么，不管在什么地方闯荡，难以割舍的还是地瓜，地瓜在心中留下了许许多多酸甜与苦辣的记忆和痕迹，永远难以抹除。据说，我有一位小老乡，当年拼命当上了兵，到部队吃第一顿饭时，他对着手中又白又暄的大馒头说："我就是为你来当兵的！"连长说他动机不纯，当天就被开回老家继续吃地瓜去了。

村里人吃地瓜实在吃腻了，便生着法子做地瓜凉粉。再富裕点，就把地瓜打碎，用细箩或纱布将渣滓和汁液过滤、沉淀后，就可得到洁白的淀粉，再用淀粉制成粉皮或粉条。到了寒冬腊月，特别是春节或者遇到结婚等节日，切上猪肉炖白菜，再放上些粉皮或粉条，那可是乡间公认的美味佳肴。

如果子女或亲戚朋友在城里，就将地瓜煮熟后切成片或者条，放在窗台或屋顶上晾晒，九成干的时候收起，装进布兜，连同乡间风味和淳厚的惦记寄进城里。等到深冬闲暇时节，摸出这熟瓜干放到嘴里慢慢地咀嚼，就像吃着喷香的牛肉干，细细地品尝那蜜饯般的味道，还真是惹人流口水。

那时绝大多数从农村到城里上中学的孩子，生活艰苦，开饭时吃的都是从家里带来的地瓜煎饼，就着咸菜，喝的是白开水。有的同学家庭生活困难，地瓜煎饼也常常吃不饱，要么借别人的吃；要么限定数额，规定自己每天只能吃多少个煎饼。有时霉了，就搭在铁丝上晾晒。那时候的孩子，正处在青春发育期，地瓜提供的营养使他们长大成人。

代之而来的是精米细面，鸡鱼肉蛋，它们在满足了人们的嘴巴肠胃之后，也带来了一种普遍而又可怕的现象，那就是在以地瓜为主食的年代里，很少见到的稀罕病，如今却变成了司空见惯的常见病。

现在吃够纯粮、细粮的我们，许多时候还怀念那吃地瓜、瓜干的年代。说起吃瓜干的苦与烦，孩子们肯定不信。记得我儿子小时候，有一次家乡的客人带来蘸过蜂蜜的熟地瓜干脯，又柔软又香甜，令人百吃不厌。我夫人告诉儿子，"你爸爸从小是吃瓜干长大的"，刚刚会走路的儿子误认为就是吃这种瓜脯，十分羡慕，迈着蹒跚的步子跟在我身后高兴地说："爸爸，你小的时候，真幸福呀！"弄得我和夫人哭笑不得。

随着时间的推移和山区人民生活水平的提高，地瓜逐步淡出人们的餐桌，摇身一变，身价倍增更是近几年的事儿。地瓜种得少了，价格自然就上涨。再就是人们往往都有种怀旧心态，长时间不吃有时免不了想它，于是现如今的烤地瓜竟成了馈赠老人孩子的珍馐佳品。这要倒回三几十年谁也不会相信，谁也不敢相信。说也出奇，目前地瓜价格比小麦、大米还要贵，可乡下人却也不愿种地瓜了。许多农家种一点使土杂肥的自家吃，或者送亲戚朋友尝个新鲜。

地瓜的地位和名声虽然日渐提高，但它品质没变。山珍海味的豪宴上有它的一席之地，它却不骄傲；普通人用来果腹充饥，它也从不自卑。它不嫌贫爱富，不厚此薄彼，在默默的奉献中，自尊自爱、不卑不亢，活像耿直实在、朴实无华的沂蒙山人。

煎饼

　　煎饼,是山东人代表性的食品,更是沂蒙山人的主食,也是久负盛名的地方土特产、天下美食。

　　英雄的沂蒙山不光盛产战斗英雄和抗日故事,也盛产煎饼。煎饼养育了祖祖辈辈的沂蒙人。沂蒙的先辈们从支前抗战,到闯关东、下江南,可谓怀揣着煎饼卷闯天下。那又薄又圆、色泽和口感各异的煎饼是沂蒙山人的主打食品,令许多外地人、外国人大饱眼福和口福。

　　煎饼有着悠久的历史,它曾与陕北的小米一样,养育过人民军队,养育过中国革命。1946年秋,陈毅将军率新四军从苏北移师山东,许多南方战士不习惯也不会吃煎饼,在一次军人大会上,陈毅将军还自编顺口溜,讲解如何吃煎饼:"吃煎饼,卷大葱,张大嘴,口一咬,手一松,吃个煎饼也就几分钟。"

　　煎饼用小麦、玉米、高粱、地瓜干等粮食打成糊状直接在烧热的圆形铁鏊子上烙制而成,故名煎饼。烙好的煎饼,折叠成卷,随时可以食用。晾个半干,折叠起来,可存放上半月二十天都不会变质。出门携带方便,因此称之为"干粮"。

由于原料各异，煎饼又可分成麦子煎饼、玉米煎饼、小米煎饼、高粱煎饼、地瓜煎饼等。就其制作工艺而言，有刮、滚、摊等手法，口味有酸、甜、原味等，色泽有黑、白、黄、紫红、金黄等。

"写鬼写妖高人一筹，刺贪刺虐入木三分"的蒲松龄先生，一生爱吃"凉拌绿豆芽"和"五香豆腐干"，同样也钟情煎饼，曾撰写下《煎饼赋》，详细描述制作煎饼的材料、制作的程序方法和吃法。赞扬摊好的煎饼圆如满月，像宣纸一样薄，颜色金黄金黄的，真可谓美妙食品。

煎饼像忠实的仆人，随时待命侍候饥饿的主人。赶集上店，出远门，用包袱包上几个煎饼扎在腰间，累了、饿了，随时随地可以饱餐一顿，甚至都可以边走路边吃。刚实现家庭联产承包责任制的时候，农户的积极性空前高涨，谁也不舍得耽误时间，早饭后顺手拎摞瓜干煎饼，捎点咸菜，从菜园里拔上几棵葱，提一壶白开水，中午全家就在田间地头围坐在一起，望着碧绿的庄稼和翻飞的雀鸟、悠闲的白云，伴着泥土和庄稼的芬芳，品尝美味的煎饼，盼望沉甸甸的丰收景象。那是那个时代一道标志性的田园风景线。

我出生、成长在沂蒙山区，是吃地瓜干煎饼长大的。20世纪六七十年代，农村生产力水平低下，农民响应政府号召"忙时吃干，闲时吃稀，不忙不闲时半干半稀"。在那物质匮乏、食品单调、节衣缩食的岁月里，煎饼既是生活必需品，又是奢侈品。地瓜、玉米是主粮，收获的瓜干、玉米除了磨成面粉后用来做粥、饼子以外，大人们就把它们加工成煎饼，因而大多数农民家庭一年四季大都吃瓜干煎饼、玉米饼子，有的甚至断粮、借粮。山区的细粮就是小麦，小麦由生产队按人口和工分分，一般每年每人平均二三十斤左右，只有到过年时，才可以放开肚皮吃顿小麦面的水饺。做煎饼的用料，大都用地瓜干或鲜地瓜剁成丁儿，放入水中搅匀，头天晚上浸泡好，待次日天蒙蒙亮时，用石磨磨成"煎饼糊子"。

俗话说："煎饼好吃磨难推。"我记事时，烙煎饼用的糊子都是用原始的石磨磨成的。几百斤重的大石磨，插上磨棍，踩着磨道周而复始地绕圈。黎明时分，鸡窝里那趾高气扬的大公鸡的喔喔啼叫声，母亲推磨的忙碌声，把我一次次从甜梦中敲醒。黑暗中，时而还传来母亲怕打扰家人休息而压低嗓门的说话声。那年月，对于山区的妇女和孩子们来说，推磨是最苦、最累、最愁的差使。山里的女孩子第一节劳动课大多从学习推磨开始，往往天还不亮，就被母亲从被窝里拉出来，母女俩都举根磨棍，一前一后，把一盘古老沉重的石磨推得嗡嗡作响，黏黏的煎饼糊就从磨唇里慢慢流出。从满天星斗一直推到天光大亮，磨棍挤得肚皮发疼，转得头脑发昏，累得周身大汗。磨这种原始石器，人们借助磨棍推动它呜隆呜隆地滚过磨道，上下两扇磨盘就像两片厚嘴唇，憋足了劲却说不出话。弓腰推磨的姿势，那是庄稼人最经典的劳动姿势，匍匐着身子，背扛蓝天，脚踏大地！磨道被规则的脚步踏平，被甩碎的汗水洗亮。只有亲自推过石磨，才能真正体验推磨的感受和滋味：一句话，乡间没有比磨道更长的路，也没有比磨道更难走的路。

那个年代，村里基本家家有盘石磨。我们家人口多，我们这辈我又排行老大，因而帮母亲推磨也是常有的事。每次推完磨后，母亲便支起鏊子烙煎饼。支下大鏊子后，母亲先烧一会儿火，用油褡子把鏊子擦干净，然后将瓜干糊放在烧热的鏊子上均匀地摊开，待煎饼四周开始翘起边，母亲便迅速熟练地揭下来，香喷喷、颜色金黄的煎饼就诞生了。这煎饼趁着热乎劲儿吃，味道和口感最好。摊煎饼这活，是个技巧活，"鏊子"下面得不断地继柴草，还得把握住火候，"鏊子"

上面又要持续地抹面糊，面糊太厚，煎饼不容易熟，太薄，容易粘，揭不下鏊子。鏊底的火也必须掌握好，火大了容易摊煳，火小煎饼又揭不成型。往下揭煎饼，动作既要迅速，还要保证煎饼完整。左手主要是负责鏊子底下添柴火，右手忙活鏊子上面的事情。两只手动作连贯协调，工作持续，才会烙出好煎饼。

记得烙煎饼是母亲的重要工作。在我家原来的老宅子，每隔三两天就要烙一回煎饼。天刚蒙蒙亮，母亲就在锅屋的门口朝东支起铁鏊子，柴火烧得多是山草、树叶和麦穰等庄稼秸秆。我母亲擅长直接用手"滚煎饼"，这种摊煎饼的手艺是很难的。就是用右手把煎饼糊子握成球状，从鏊子周边、沿逆时针方向、由外向里滚动，待面糊粘满鏊子再用煎饼尺子补漏刮平，烙熟后用铁铲贴鏊边一铲，最后揭下煎饼。煎饼糊子在热鏊子上一滚几圈下来，温度已经五六十度，一般人的手就烫得受不了了。不借助其他工具，直接用手摊煎饼，摊的煎饼速度快、质量好，当年村里不少姑娘媳妇来学习过，但真正把这个绝活学到手的却不多。

我上高中时开始住校，每星期回一次家。那时生活条件差，家家吃不饱肚子，母亲总是想办法，为我烙上厚厚的一包袱地瓜或者高粱煎饼，再炒上一罐头瓶子咸菜，那就是一个星期的伙食干粮。

沉甸甸的煎饼凝聚着父母的心血和汗水，也饱含父母的希冀和嘱托。夏天雨水多、潮湿，时间一长，煎饼就长霉。时间再长一点，煎饼容易长一些黑黑绿绿的斑点，但是学生们谁都舍不得扔，放在太阳底下晒晒，抖抖，照吃不误。同学们常常在宿舍门口的树木之间扯上绳子或铁丝，把煎饼挂在上面晾晒或者风干。你看，那白色的是小麦面煎饼，黄色的是玉米面煎饼，红褐色的是高粱面煎饼，又黄又薄的是地瓜面煎饼，那分明像联合国在举行升国旗仪式。高中三年，我不知道自己来来回回背了多少趟煎饼，也不知道那条山路被我和伙伴们走了多少个来回。

记得孩提时，吃瓜干煎饼，一般是卷自家腌的咸萝卜条儿，最腐败的是卷油条。把一根油条劈开，能卷两个煎饼。啃一口煎饼把油条往后抽一抽，等煎饼吃完了，油条还剩一大截。那时正长身体，饭量也大。冬天，星期天在生产队里推小车运土杂肥，休息时肚子就饿了，父母就劝回家吃点东西，于是高兴地跑回家摸出柔软的煎饼，撒几粒粗盐粒再用油勺子涂抹一点果冻似的冷花生油。那煎饼又香又可口，竟然一口气能吃上三四个煎饼，那种幸福感和满足劲无可比拟，也是很难体味的。

煎饼的制作方法，源于什么年代，已难以考证。相传当年孟姜女到万里长城给丈夫万喜良送寒衣，带的干粮就是煎饼。关于煎饼有很多美丽的传说。比较典型的是说，沂蒙山下一位姓黄的山妹与邻村梁姓小伙子的爱情故事。二人情投意合，黄母却嫌贫爱富，千方百计地阻挠。黄母想出一条毒计，让梁公子来家温习功课且必须考取功名才同意这桩婚事，并且只提供纸和笔，不送吃的，目的是想逼梁公子饿得逃走。而聪明的黄妹子把饼做成纸一样。最终黄母的毒计没有得逞。梁公子真争气，高中状元，便把黄妹子接到京城，过上了舒坦日子。从此，黄妹子做成纸一样的饼，就演变成了煎饼，在民间流传开来。另一传说，煎饼是诸葛亮发明的。诸葛亮所带部卒被曹兵围困在沂河、涑河之间，将士们饥饿困乏，锅灶尽失，诸葛亮便让伙夫把粮食面搅拌成浆，抹在铜锣之上，煎出香喷喷的薄饼，将士食后士气大振，杀出重围。从此几经演变，煎饼在沂蒙乃至山东大地上流传至今……

中国各地有不同的地方特色煎饼。如东北的五谷杂粮煎饼，河北的交河煎饼，江苏的苏北煎饼等。山东的煎饼品种众多。曲阜的孔家煎饼里放进了一些花生，别有一番香味。泰安、莱芜和淄博地区的煎饼，有酸、甜、咸之分。我老家沂蒙山区向来被人们视为煎饼的发源地，因做工精细、原料正宗、原汁原味、营养丰富，而享誉古今，蜚声中外。

"煎饼卷大葱"道出了典型的山东吃法。煎饼是一种大众食品，吃法很多，完全随个人的喜好和心愿。最好吃的是新下鏊子的，可以在里面卷上切成段的大葱、抹上豆瓣酱，如果时间长了、干了，可以用锅再蒸一下，也可以直接掰成小块，用开水泡着吃，甚至可以在火炉子、电炉子上烤着吃，烤成金黄色，又香又脆。刚刚下鏊的煎饼，带着一股柴草、山草的烟味，闻起来，非常亲切，咬起来，很是柔软筋道。煎饼的吃法从无定规，煎饼卷大葱，煎饼卷小豆腐，几乎所有的蔬菜和调味品都可一卷了之。各卷其爱，口味各异，百吃不厌。

记得那年清明节，母亲头一天就告诉我和妹妹："听话，我明天给你们塌菜煎饼吃。"第二天清晨，我和几个妹妹像一群雏燕，高兴地围坐在鏊子旁，眼睛直巴巴地盯着鏊子。母亲分配给我们的菜煎饼香喷喷、甜丝丝，味道真是美极了。母亲看着我们贪婪地吃菜煎饼，擦擦额头的汗珠开心地笑了。记忆中最好吃的煎饼就是从鏊子揭下来就吃的塌菜煎饼：春天，田野和菜园地里的云食菜碧绿鲜嫩，跑到地里摘几把厚实的叶片或割几把嫩嫩的韭菜，在河溪里冲洗干净，看母亲在烙好、揭下但仍然在鏊子上的煎饼之上，撒上事先调好的菜馅儿，在鏊子上摊匀，上面再盖上煎饼，整体折叠过来，扣过来再烙一会，再卷起来切成卷，那饱蘸田野风味、热气腾腾、清香可口的煎饼，又黄又脆，清香可口，让人过口难忘。现在想起来还流口水。

母亲是过日子的好手，煎饼烙得好，不舍得浪费每一粒粮食，还使用鏊子底下的草木灰给我们烤地瓜吃。秋冬季节，母亲每当把煎饼烙完，把三条腿的鏊子竖起来，就把鏊底正在燃烧的草木灰挖开，摞上在太阳底下晒过的鲜地瓜，用个小铁盆扣住，然后再用还没有完全燃尽的草木灰盖住。地瓜下面是火烫的热土地，上面是刚刚燃烧过的草木灰，一两个时辰之后，便有一顿的美餐。焖熟的地瓜胜过所有烧烤的办法。

大约自20世纪90年代，已经过上富裕日子、吃俗吃腻了白面馒头的人们，口味又回归了。有着悠久传统的煎饼又起死回生，沂蒙山区又兴起了纯麦煎饼，几年工夫竟然发展成了食品产业。一些乡村家家户户都做煎饼，卖煎饼。许多作坊由电磨、煎饼机回归到传统的石磨工艺，煎饼的品种越来越丰富，既有传统的小麦煎饼、玉米煎饼、小米煎饼、高粱煎饼、芝麻煎饼，又开发出了什么蔬菜、核桃、红枣、山药、瓜果类的煎饼，真是应有尽有。不仅选料精、糊子细、煎饼薄，而且又脆又酥、味道香甜，有人形容其"薄如纸，味如饴，营养丰富，口感细腻"。

沂蒙山最普通的吃食煎饼，伴随着改革开放的春风，不仅口味变了，煎饼自身的营养价值自然也发生了变化，摇身换上漂亮讲究的外衣，走上大都市的超市商场的货架，并作为珍馐端到大酒店的席上。城乡居民生活水平提高了，吃也讲究质量和营养。煎饼原料由五谷杂粮精细研磨而成，既不是纯细粮，也不是纯粗粮，营养丰富，因为做煎饼的粮食都带皮壳，含粗纤维多，便于消化，是守护健康的饮食良方。"沂蒙煎饼""沂蒙六姐妹"煎饼、原味煎饼，各种商标让人应接不暇。煎饼开始走南闯北，被越来越多的人喜欢和品尝。

煎饼，在农户家里，是一沓一沓地存放；在市场上，论斤、论捆、论箱买卖；而在宾馆的餐桌上大都是按片买。据说改革开放初期，一些到沂蒙山区参观考察的南方人士，看到端上餐桌整齐的煎饼，有人误认为是新兴的"餐巾纸"，拿起来就擦脸；有的见满桌人拿起来样式酷似牛皮纸的"餐巾纸"津津有味地吃着，百思不得其解。

仔细观察，沂蒙山人的脸膛大都是方型，这恐怕与长期吃煎饼有关系。沂蒙山区的地瓜干煎饼微甜且富有韧性，在牙齿咀嚼煎饼的时候，面部所有的肌肉都会被调动起来。天长日久吃煎饼，就把脸型改变了。食用煎饼需要较长时间的咀嚼，既可以磨砺牙齿，促进面部神经运动，又可生津健胃，促进食欲，还益于保持视觉、听觉、嗅觉神经的健康，延缓衰老，可谓地道的保健食品。

我印象当中，瓜干、小麦煎饼配新做的卤水豆腐，才是地道的美食搭配。因而，每年春节回家，母亲总是等我们全家回来才做过年豆腐。一盆鲜豆脑，一摞新煎饼，一顿山乡美餐，直吃得满头大汗。时间长了岳父母也知道了我的爱好，每逢节假日回家，总得安排买捆新煎饼、吃顿豆腐或豆腐脑。

2011年五一节回老家，临返城前，父母问我们："给你们捎点什么？"我们和妻子异口同声地回答："煎饼。"母亲笑着说："早准备好了，还是手烙、纯麦的。"我妻子虽然从小在城里吃着馒头长大，但自从结婚后便爱屋及乌，也格外喜欢吃沂蒙煎饼了。两边的老人知道我和妻子爱吃煎饼，来济南或者有人来济南，要千方百计地捎煎饼，甚至超过了其他贵重的东西。有时为了买到新鲜的煎饼，还专门托熟人到煎饼加工厂去购买。我们家为吃上有滋有味的煎饼，便学习在自家小院里栽香葱。可是小葱长得太慢，于是干脆去市场买来可以食用的大葱，直接排栽在院子里，这样便可以随吃随拔，青叶白根，确实新鲜。手握父母刚捎来还散着麦香的煎饼，卷上自家小院里拔来的香葱，别有一番滋味在心头。

在外工作近三十年，一天三餐总想吃沂蒙煎饼。现如今的煎饼，有小麦的，也有小米的，有机器烙的，有手工烙的，不管啥样的，都比不上老家的纯麦煎饼。煎饼虽然好储藏，但存放时间一长，还是容易长霉变质。煎饼一长霉变质，让我们心痛不已。天长日久，终于发现了一个窍门，那就是把煎饼用塑料袋包好，直接放到冰柜里冰起来。这样煎饼保存的时间就可以随心所欲，只要吃之前，提前半小时拿出来一晾，口感和新煎饼没有两样。

"民以食为天。"一个地域一种生活习惯和风情民俗，包括吃也是一种文化。天长日久，这种文化就蕴含着生活的幸福与甜美，也就打上了刻骨铭心的记忆和感情烙印，就会渐渐溶入你的血液和灵魂，不变色、不变味、不褪色。

沂蒙煎饼朴实无华，泼泼辣辣，能卷能伸，包容大度。我尤其喜欢和留恋那最普通、最原始的石磨煎饼，梦里依然萦绕着睡意蒙眬、嗡嗡作响的石磨声，是那样踏实，那样清晰，那样甜蜜……

石磨

　　石磨，是山乡历史的见证，那体态和精神依然在沂蒙山区深处的山村里旺盛地活着。上了些许年纪又曾在农村生活过的人，都熟悉石磨。寻找山村兴衰变迁的历史，体味山村古老而原始的生产生活方式，总少不了沉重的石磨。

　　做盘上等的石磨，一要选坚硬耐磨的石料；二要由手艺精湛的石匠来做。那沉重的石磨顺着逆时针方向，咯吱咯吱地欢唱，一圈一圈又一圈，越推，磨越沉；越推，腿越酸。磨的上扇在动，下扇不动，磨眼吞进五谷杂粮，嘴里吐出面粉或黏糊子。石磨最有口福的，农家新鲜的粮食进仓，石磨必定最先品尝。年复一年，石磨在单调重复的旋转中石牙也磨钝磨平了。经过石匠叮叮当当的锻磨，磨牙又恢复如初。经过数次的修复磨牙，石磨会变得愈来愈薄。一年四季，石磨上下紧闭着的嘴唇在诉说乡村的酸甜苦辣，石磨沉重的表情显露乡村的喜怒哀乐……

　　20世纪六七十年代，我们村是"农业学大寨"的典型，深冬腊月集中全村人搞会战、整修大寨田。几年下来，村里的自然条件明显改善，到处是梯田、水渠和道路，全村老少听说粮食产量要"过长江"（达到亩产600斤），人人备受鼓舞、干劲倍增，可到秋天分到各家的粮食仍不宽裕。一年到头，一日三餐，几乎全是地瓜和瓜干、玉米，逢年过节才偶尔吃顿小麦面粉的水饺。如果闹春荒、秋荒，就得吃榆树钱、野菜和地瓜秧、萝卜缨。当时没有加工机械，生产队里分的口粮全靠石磨来碾压。村子里人多磨少，磨粮食要提前向有磨的邻居打招呼。谁家有座石磨，在村里就显得地位高。借磨，邻居如果高兴，点点头就成了；如果不投脾气，不愿意借，主人必定说出个合情合理的缘由，譬如磨齿钝了，或者早有人定下用了，等等。借到了磨，妇女们赶忙带着孩子抱着磨棍，或推或拉，一阵子把粮食磨完，十分辛苦。用完邻居家的磨，磨眼里要留下少许的粮食，叫"留磨底"。也有的人家为了不浪费粮食，干脆搬开磨盘，用刷子仔细地清扫磨瓣上的面粉。磨瓣像一排排牙齿，整整齐齐地排列着。凝视那磨瓣，既像一条条盘绕山间的山路，又像一道道刻在父辈额头上的皱纹……在石磨那绵绵不绝转动声中，乡村度过了那段饥馑岁月，邻里之间也结下了互相帮助的深情厚谊。孩子们天天盼着那石磨转。石磨一转，白花花的地瓜面、红红的高粱面、黄澄澄的玉米面像瀑布一样从磨唇流到磨槽里。不久，香气四溢的细面条、金黄的玉米粥、喷香的煎饼，就端上饭桌，孩子们争着、抢着，快乐得像过年似的。那个年月，一顿白面水饺是孩子们一年的盼望！

乡村最难熬的是粮食青黄不接的时候，那是最灰暗、最没情绪的日子。瓜干、苞米没了，就只能靠一些杂粮和蔬菜、野菜充饥。谁家磨响，说明谁家生活过得去。如果哪天哪家没有了石磨响，说明这家断粮了。因而有磨推，是一种幸福的满足，一种富裕的象征。一旦石磨闲下来，或者数日没有人来借磨，还真有些不习惯。院子里静静的，石磨上堆着一片片枯黄的树叶，甚至还撒下了白白的鸟屎。孩子们在嬉戏，他们把石磨当成了一种玩具，想尽办法挪动它，但最终还是失望了。乡村的每座石磨，都是一部挪不动的沉重历史，记录下情节不会重复的辛酸故事。

那年月，我们家最劳累、最辛苦的是母亲。为了不耽误白天到生产队里挣工分，磨粮食大都是利用晚上或者天亮前这段时间。石磨就支在堂屋西窗户的外面，有时能借一缕月光，有时只好点一盏昏暗的油灯。我小时候，煎饼是我老家最顶事的主食。当时农民多吃粗粮，做窝窝头不好吃，做成煎饼，吃着就顺口了。煎饼是用粗粮做的，高粱、谷子、苞米、地瓜干，只要是粮食，就能做煎饼。石磨除了磨干粮食，还可把刚分的鲜地瓜磨成糊状烙煎饼。各种粮食经过石磨重重地压磨，都变成了粉面或面糊。粮食的面粉压得比较粗糙，须用箩箩几遍才能做煎饼、饼子等美食。母亲把粮食磨过一遍，就赶紧将磨盘上的粮食收起，放在筐箩里，筐箩上面支上二根光溜溜的木棍，上面架着箩。在昏暗摇曳的煤油灯下，娘用手将箩一推一拉，哐噹哐噹，声音极富节奏和韵致，面粉就顺着细细的箩眼落到筐箩里。箩里剩下的粗碴再次倒进磨眼继续磨，一遍，二遍，三遍……直到粮食几乎完全粉碎。等粮食磨完了，也箩完了，母亲早已腿疼腰酸，身上、脸上连眉毛上全落上了一层薄薄的面粉，浑身上下都被染白了，显得十分苍老，让人心痛。

推磨是一项极其简单的重复劳动，是周而复始的机械运动，有力气就行，不需要多少智慧和技巧。这活既累人又枯燥无味，非常单调。我有时也帮母亲打个下手，或者帮助推磨，或者拿个勺子站在一边往磨眼里添粮食。推磨偷不得半点懒，你不用力推，那磨自然也不会动。石磨很沉，一会功夫汗水就从额头、肩上流淌下来，滴滴答答地掉到地上。我记得当年，为了熬时间和磨炼耐性，推磨时我以磨嘴为标志在心里默数转的圈数，数五圈闭一会眼。一圈又一圈地推磨，一圈又一圈地数数儿，石磨在疲乏地转动，开始还能数准已经推了多少圈，时间已久就忘了数或者自己数乱了，只迷迷糊糊地往前走，双脚像踏在棉花团上，最后只觉得天旋地转，胃里往外冒酸水……

记得那年快春节前，家家储备完过年吃的煎饼和馒头，又开始做那锅当作春节大菜的豆腐。头天晚上母亲泡了半盆黄豆，第二天鸡刚叫就起床用葫芦瓢舀到小盆里，放在磨顶上开始磨。第一勺黄豆倒进磨眼，石磨就发出咯吱吱的响声，磨周围顿时飘来黄豆那淡淡的清香。起初，我在一旁看着娘推磨，黄豆太多，推得时间久了，只见娘的脚步越来越沉了，额上冒出汗珠，石磨也转得更加缓慢了。我心里很着急，夺过娘的磨棍就往前推，只推了几圈就走不动了。娘又给我找了根磨棍，娘在前，我在后，顿觉石磨轻快了许多。雪白的豆汁淅淅沥沥流淌到磨盘上，沿着磨嘴流到木桶里。磨完豆浆，娘就用细纱布过滤刚磨过的豆浆，又倒进锅里烧开、轻轻点上卤，天亮时豆腐就做好了。娘盛给我一碗鲜嫩的豆腐脑，我端起那热气腾腾的豆腐脑，顿时身上没了推磨的疲倦与辛劳。

无论是早春或是初冬，无论是晴空万里还是雨雪交加的日子，只要想起石磨转动的岁月，总感到普通的石磨承载了太多的苦难与酸涩，可那单调里包藏着一种亲切的温柔，滋生出无比的亲切和无限的怀念，依旧在一圈圈地转动着的鲜活而清晰的记忆。我无法计算母亲一生在这狭窄的圆形的磨道里绕了多少圈，转过了多少天多少年！可我知道是那沉重的石磨，磨走了母亲青春的容颜和满头黑发，磨出了母亲满脸的皱纹和周身的病痛。

自20世纪70年代开始，电磨、粉碎机、煎饼机等机器慢慢取代

石
磨

了原始的石磨。天长日久，石磨被闲置、被冷落，渐渐退出了山乡舞台。唯独母亲推磨的身影，却深深刻在我的脑海里。我依然日作而出、日落而息的父老乡亲，正如这吟唱的石磨，虽然落伍时代的脚步，但生活却是原汁原味，纯天然、无添加，无污染！

走进沂蒙山区深处的小山村，仿佛历史老人在这里停下了匆忙的脚步，纯朴的山民没有被外界的浮躁与喧嚣所纷扰，维护和保持着生活的真实、真正和真诚。人生的路也恰如山乡这弯曲单调的磨道。只要咬紧牙关，一步一个脚印地把烦恼、苦闷和疲倦抛在身后、扔在脑后，就会品尝到生活的细腻与清香和人生的圆满与幸福。

五

乡愁牵心

村庄是人生的坐标系，就像藏在记忆深处的一幅水墨长卷，一次次被季节摊开，甚至被无数次描摹；就像刻在灵魂深处的经书，一次次被亲情和愿望反复翻阅和咀嚼。一缕风，一朵云，一滴露，都闪动灵光，蕴含淡然的乡愁。心有千结，情有万缕。唯独乡情人人理不清，代代剪不断。

赤脚走在田野上　厉彦林散文选

村庄

"近乡情更怯,不敢问来人。"中国人大都出身农民家庭,成长在农村,具有天然的乡村情结,怀揣着乡情、乡音、乡韵,思念着乡亲、乡土、乡风,心中总是有着理不清、割不断的乡愁。

常有人探问:"乡愁,源头在哪?"

答案聚焦于一个普通而简单的词:"村庄!"

村庄是人类生存的图腾,是人生的原点,就像缠绕在大地胸前的珍珠项链,被季节一次次摊晒;恰似珍藏在记忆深处的水墨长卷,被岁月的手掌无数次描摹;犹如刻在灵魂深处的经书,被虔诚的亲情反复翻阅与咀嚼……心有千结,情有万缕。村庄里的每一缕风,每一朵云,每间房屋,每棵庄稼,每束秋草,每群牛羊,每缕炊烟,每截恩怨,无不蕴含淡然而永恒的乡愁,人人理不清,代代剪不断。

2014年中秋节,我和夫人带着儿子、儿媳,与我三个妹妹家相约同行,分别从济南、临沂、日照市出发,又一次集中回到养育我们的那个小山村,那个全国六十多万个建制村中的一个小山村,小得连县里的地图都不舍得标一个点的小山村,看望年迈的爹娘,团圆过中秋。

老娘很看重这顿晚饭，做得很讲究，不但菜肴品种多，还摆上了月饼和石榴、苹果、葡萄等水果；父亲翻出藏了多年的一瓶高度酒，犒劳我和三位妹夫。望着满脸笑容的父母，我们兄妹几个心里一阵阵温暖与感动。

立秋之后，天气渐渐凉了。山村的夜晚十分宁静、安谧。节前透彻的秋雨已把干旱的沂蒙大地清洗得纤尘不染。天空蓝蓝的，真是风轻云淡，流泻而下的月光皎洁如洗。秋虫开始发声，蟋蟀、蝈蝈、金铃子轻吟浅唱，尽情抒发着生命的自由与从容，给这个季节的山村增添了几分特殊的韵味与灵动。我们一家老小围绕在年迈的父母周围，大家头顶灿烂的星空，指指点点平日在城里难能看到的圆月和眨动眼睛的星星，不时还有小小的萤火虫儿在眼前飞舞。大家谈天说地、家长里短、笑声阵阵，其乐融融。皎洁的月光抚摩着沂蒙大地上的每一个村庄。我抬头与月亮遥遥相望、默默对话，心里在轻声告诉天上的嫦娥：感谢在这个团圆夜，赏予了难得的一片瓦蓝的夜空和月光。这时，村支部大院响起了富有节奏感的音乐，原来是村里向来羞答答的老太太和媳妇们共同跳起了广场舞，虽然那姿势有些拙笨，但掩藏不住内心的幸福与满足。我妻子和妹妹新奇地也去观摩，凑热闹。这是沂蒙山区一个近乎原始村庄里一户普通农家的一个平常却又亲切温馨的夜晚，虽然普通而平凡，却又让人留恋难忘。我感觉它的意义非同寻常……

在故乡的那两天阳光明媚，童年的记忆，蜂拥而来，潮水般漫过我近三十年的城市生活，让我的心迅速沉浸在古老的、即将消逝的故乡和迅速变化的村庄里。

我记忆深处行走着一个缥缈的村庄，一个似乎很遥远很清晰的村庄，一个永远沉默被人忽视而又怀念牵挂、无法释怀的村庄！村里出现了空巢老屋和坍塌的旧居，村庄西岭是日夜轰鸣、污染环境的石料加工场。村庄南高北低，我站在村南的乡间道路上，望着村庄的四周，禁不住心中涌起淡然的无奈与苍凉。严酷的现实正在颠覆我记忆中村庄那美好的记忆与形象。

《诗经》曰："昔我往矣，杨柳依依；今我来思，雨雪霏霏。"贺知章感叹："少小离家老大回，乡音无改鬓毛衰。"余光中吟唱："乡愁是一枚小小的邮票，我在这头，母亲在那头。"席慕蓉比喻："离别后，乡愁是一棵没有年轮的树，永不老去。"乡愁到底是什么？就是思念家乡故土的深情、隐藏在游子内心深处刻骨铭心的记忆、难以割舍的情愫，也可以说是对大自然、对原生态生存和生活的向往与留恋。

凝望乡土中国，坚守文化根脉，中国村庄定会时来运转，乡愁也就有了鲜活的载体、灵动的气脉和五彩缤纷的形态！

村庄的灵光

　　山岭，梯田，山路，小桥，淡水，庄稼，秋草，牛羊，房屋，太阳，月光，炊烟，村民……

　　锣鼓，唢呐，乡戏，高跷，秧歌，对联，窗花，鞋垫，赶牛调，舞龙狮，弯把犁，土地庙……

　　这些村庄里熟悉而亲切的景物，散发出纯正缠绵的自然与文化光泽。悠闲地咀嚼着满口幸福的村庄，让人魂牵梦萦，让你我在不经意间捡拾到唐诗宋词中那婉约清纯、恬静舒适的意境，散发着温暖人心的魅力与灵光。

　　我的故乡，那个小山村，坐落在沂蒙山区东部的岭膀上，东、西、北部三面环山。我小时候，村庄四周那茂密的树林，既是树木和牲畜饲料的生长地，又是百鸟和孩子们的天然乐园。村庄的夜幕蓝得透明，点缀着一轮圆圆的皓月和一片贼亮的眨眼睛的星星，家家透出昏黄的灯火，飘散着淡淡的酒香和菜香。脚步声，说笑声，狗吠声，碰杯声，婴儿啼哭声，集体上演温馨优美的村庄协奏曲……

　　留恋村庄，不是因为我生长在农村，我的亲人都是农民，而是我拥有充实欢乐的童年，那个曾经满身泥巴和草屑，在土地上滚爬摸打、学会面对风雨的童年。想起这些，胸口便涌动幸福与感动，大自然和村庄恩赐我很多，我却把村庄贴心暖肺的关怀与眷恋带进了喧嚣的城市。

我们凝望无垠的田野，领略绿油油的麦浪，观赏海洋金黄的油菜花，的确能感受一份诗意，那是自然的力量，是生命的奇迹，也是人类的杰作。但经营这份美丽，靠的是艰辛的付出。秋收季节，场院上机器在脱粒，拥挤的山道在运输沉甸甸的丰收，整个村庄都在喜悦地抖动。

土地和家园是乡亲们灵魂的永久住所。站在村头向远处眺望，在沟壑纵横的山套里，住着许多炊烟牵挂的人家。朴实勤劳的乡亲们，在这熟悉的村庄里生存、生活几十年，留下生命神秘的遗传和互为亲人的缘分。土地与农民生死不离，庄稼一茬茬地播种收割，农民在一茬茬地轮回。有人站起来，有人倒下，墓地已挤满，不小心会碰到谁的院墙和饭桌。站在山顶喊一声爷爷、奶奶，山谷里会响起久久的回声。许久以来，农民的生活来源主要靠土地，在这广袤而干瘦的土地上，农民一辈辈过着日出而作、日落而息的古典生活，他们辛劳地耕种，用那执着与沉重，支撑着城市膨胀的浮华与欲望。

村庄是人类生命的图腾，简陋却更具内涵和质感，原始却自然真实，贫瘠却纯粹安谧，承载和创造着农业文明史。现代工业文明正在更新农耕文明和传统道德的栅栏，更替田园牧歌的传统生产、生活方式。村庄里的路，有宽，有窄，有牛羊吃草行走的羊肠小路，有拉运庄稼粮食的沙土路，有通向集镇的柏油路，还有许多看不见、摸不着的心路。每天你怎么想、到哪里去、干一件什么事、先迈左脚还是先迈右脚、何时返回……这都是自己的事，尽是安稳富足的平凡生活。

村庄是人生的坐标系，就像藏在记忆深处的一幅水墨长卷，一次次被季节摊开，甚至被无数次描摹；就像刻在灵魂深处的经书，一次次被亲情和愿望反复翻阅和咀嚼。一缕风，一朵云，一滴露，都闪动灵光，蕴含淡然的乡愁。心有千结，情有万缕。唯独乡情人人理不清，代代剪不断。宽厚和仁慈的土地，凝结和承载着厚重的历史，即使被踩在脚下，也依然坚韧博爱。这就是土地的秉性和品格。

　　一个人最幸福、最感人的时刻，就是思故乡、忆村庄和童年的时刻，对于游子来讲，这种想念更真切、更深刻、更幸福。唇齿相依的城乡血肉交融，城市人享受眼前的现代生活，思绪却时常萦绕农村那难以割舍的精神家园。蓦然回首，发现一棵树、一条狗、一眼井，包括挂不上嘴的逸闻趣事原来都那么珍贵。青山绿水涵养着刻骨的乡愁，拴系着生命的根脉。

　　乡村情结依然盘扎在我的心坎上，像开春的白杨树蓬勃向上。建筑、服饰、饮食、传统习俗这些与泥土血脉相连、气息相通的乡村文化符号，放射出生命与命运的灵光。静心俯首这朴素原始的村庄，耳际传来报春鸟轻轻的鸣唱，养心暖人，亲切悠长……

门闩

"那是山东胶东解放区的时候，社会秩序好、风气正，夜不闭户，老百姓有安全感。我清晰地记得：有个冬天的晚上，下着大雪，我去关自家院里的栅栏门时，老母亲在屋里叫着我的乳名说：'早点睡吧，把门闭上就行，甭加门闩了……'"。这是2017年10月23日清晨，我在济南英雄山下的小饭馆请八十三岁的著名作家、中国散文学会名誉会长石英早餐时，他讲给我听的故事。

"现在想起来，母亲说这话不是怕累着我，主要是心里踏实、安稳。上门闩，那可是举手之劳呀！"。石英说这话时，清晨的阳光透着窗棂照到他脸上，我分明看到他眼里竟然还含着泪花。这让我十分感动，且一直记忆犹新。

那天早上石英很兴奋，滔滔不绝地给我讲当年的故事。他1947年就秘密成为新民主主义青年团团员，13岁的"小八路"，几十年戎马生涯，后弃武从文，在《散文》《人民日报》等单位任职，离休后笔耕不止，著作等身，被称之为中国文坛"长青树"。他介绍说，当时的大门是木棍编成的柴门，柴门上挂个铁锁扣和一把生锈的老锁，就是摆个样子，挡贼、防贼。

农村房屋是开放式的，院挨院，宅连宅，方便互相串门唠嗑，尤其是妇女经常可以聚一起家长里短，有趣无趣，一聊就是大半天。记得我的故乡沂蒙山区那个小山村一年四季，街口巷尾、场院里、古井旁、农户门前，妇女们常常扎堆缀补衣衫、纳鞋垫、闲聊天。老黄狗伏在主人旁边闭目养神，老母鸡悠闲地觅食，溪流从小河的石头上流过……夜不闭户、路不拾遗、邻里友好，真是一幅乡风文明、民风纯朴、家风良好、生活宁静的风俗画。

细细想来，"门"出现于人类童年时期，最初是防野兽的。20世纪60年代初我家的门就是柴门，不久换成了单扇的木门，至70年代初房子翻盖时，家庭条件好点了，我爷爷和我父亲也讲究起来了，门口开大了，换成了双扇木门，大门口还盖上了门楼。我们老家那地方的房子依山靠岭而建，坐北朝南，大都用青石套院、砌院，按上大门挂上锁，院里可以囤粮食、堆柴禾、放家具，拦牛羊和猪狗鸡鸭。开大门的那把钥匙往往挂在主人腰间，或者放在大门门框的上边，伸手就能摸得到，也有的掖藏在门两侧的石头缝里。这个小秘密其实亲戚邻居都知道，但大家心照不宣，彼此非常信任，知根知底，也就毫不避讳担心了。

如其站在太阳底下、顾虑拉长自己的阴影，道不如守护真诚、亲情与善良，激活内心炽热的光芒，温暖自己，温暖他人或社会。原来大家普遍穷，却彼此信任、夜不闭户。如今时代发展了，日子富裕了，人与人之间的信任与坦诚却成色大减，丢掉了世间最珍贵的真诚与善良。"认钱不认人"，是多么冷漠和悲哀。

随着时代的发展、社会的进步，信息传递的速度更加便捷，交往的手段越来越多元、多样，但是交往的深度却越来越浅，功利化提升了，信任度降低了，留下孤独与落寞。人生幸福的终极意义是什么？这个社会本身蒙着一层"窗户纸"，如果拿掉或捅破这层纸，看到社会的本真和对方的内心，也许就是我们正在孜孜已求的信任和精神满足。信任就像阳光、空气和水一样，是我们生命的必需品、奢侈品。信任不能透支，如果过多透支，就会出现信任危机、信任缺失，最终寸步难行、贻害家庭和社会。

陶渊明先生的《桃花源记》，曾唤起多少人对世外桃源的美好向往。"土地平旷，屋舍俨然，有良田美池桑竹之属。阡陌交通，鸡犬相闻。黄发垂髫，并怡然自乐。"平安是老百姓的永恒追求，桃花源中"黄发垂髫，怡然自得"，山青水秀、鸟语花香的环境，渔樵耕读、夜不闭户的民风，这正是现代文明的呼唤和老百姓的美好意愿。

门挡君子，不挡小人。再高档的防盗门，也是可以破开的，也就是说，现代文明、文明素质才是一道最管用的顶门闩！进入数字化、网络化、智能化年代，人们都在为各自的事业忙碌奔波。不少人口袋的钱多了，邻里亲情却少了，一道道防盗门装上了，也将心灵的那道门上锁了，不敢打开心门说亮话，真的"鸡犬之声相闻，老死不相往来"了。许多人有钱养宠物，没钱救助失学儿童、关爱社会，甚至感觉与人相处还不及宠宠动物。"良言一句三冬暖，伤人一语六月寒"。让信任长出翅膀，远离自私与虚伪、仇恨和谎言，用问候和关爱扫除心灵的芥蒂和世态凉炎。

记得那年冬天，我骑自行车回家看望父母。夜幕中的村庄灯光点点。我轻轻地敲了敲家门，娘高兴地拉开木门闩，"吱呦"一声推开门，一阵冷飕飕的风吹进屋里，娘喜出望外，又"吱呦"一声把门关上、上了闩，笑得合不拢嘴，两眼盯着我嘘寒问暖，"饿了，肯定饿了"，执意给我擀面条吃。一会功夫，娘就端出热气腾腾的面条，

"你别动，碗太烫。"娘把碗放在我面前，递给我筷子，催我趁热吃。吃一口喷香的面，喝一口滚烫的汤，感觉一股暖流抵达心窝，迅速传遍全身。老木门那一声"吱呦"让我刻骨铭心，娘那碗香喷喷的面条比世上任何珍贵食品都有滋味，那是亘古不变、恩重如山的母爱情怀，那是浓得化不开、割不断的骨肉亲情，那是我一生取之不尽、用之不竭的神奇动能。

门能关住脚步，门闩能挡住干扰，却束缚不了人心！春天到啦，我真诚呼唤伴随鲜花和歌声，打开关闭的心门，撤掉生锈的门闩，让信任的清风和阳光撒满人间，人人、家家都过着踏实安稳的好日子！

乡下「土鸡」

就几年的工夫，乡下"土鸡"在城市里的地位越来越高，在城市人眼里和嘴里越来越吃香。"土鸡"也叫"笨鸡"，这个名称也就这些年刚时兴起来，主要区别于养鸡场圈养的鸡，专指在乡下山沟岭膀自由放养，吃五谷杂粮、菜叶草籽和各种虫子长大的鸡。

2012年的春节格外寒冷，但我们一家三口还是回乡下老家过的春节，返城前母亲无论如何让我们带回了两只"土鸡"，岳母也是想方设法让我们带回了两只"土鸡"，冰箱立即被填满了。带回来的是山鸡，更带回了亲情与母爱。我们享受着冰天雪地里烈酒般甘醇的温暖，喝着营养丰富的心灵鸡汤，品味春天幸福的时光。

记得小时候，我们那个小村，家家户户都养着鸡，少的三五只，多的一大群。清晨天刚蒙蒙亮，公鸡就伸着脖子高喊不停，啼鸣声声唤醒了沉睡的村庄。男劳力赶着牛下坡上山开始劳作，女主人打开鸡窝，公鸡母鸡们拥挤着跑出家院，一头钻进门前的庄稼地里或者树林里，连扒带刨去啄虫子吃。绒毛柔顺的小雏鸡经过三个月的放养，就长到斤多沉。记得当时农村的日子紧巴巴的，像油盐酱醋和火柴、煤油等日常生活用品，大都靠鸡蛋换。因而，下蛋的母鸡是"家庭银行",是家庭宝贝,地位特别高。万一家里来了特别尊贵的客人,偶尔也舍得宰杀只公鸡或者老母鸡。如果宰杀的是老母鸡,放上佐料用铁锅一煮,上面会漂浮着一层黄色的油花,左邻右舍都会闻到这香味,被这香味馋得流口水。谁家杀鸡了,村里的孩子们闻讯而来,远远地围在屋前观看,有的蹲在地上、双手托着下巴,有的袖着手、目不转睛,有的把指头含在嘴里、用牙咬着……

我儿子小时候,备受我母亲的宠爱。每年开春都养上几十只小雏鸡,经过精心饲养,等到秋天都长到斤多重。每年秋假我妻子带儿子回老家,大都每天早晨宰一只,中午既当菜又当饭,儿子啃完鸡,腮上、鼻子上、手上都粘得油光闪亮,我曾戳着儿子的脑门说:"你不亚当年国民党进村!"

过去,"土鸡"在农村集市上卖不了几个钱。那时农家日子穷,手头都紧张,谁也没有闲钱买鸡吃。"土鸡"走俏吃香,也就是从改革开放、生活富裕以后。自从有了现代化养鸡场,鸡吃了含有激素的饲料之后,蛋鸡提高了产蛋率,肉食鸡一个月能长三四斤。"土鸡"长得慢,一年工夫才能长大,而"肉食鸡"只需三个月。但用饲料催肥的鸡,炖熟之后,香味很淡,口感也差,吃进嘴里像嚼木头渣。人们在吃腻了又大又肥的肉食鸡之后,开始关注饮食质量和营养,便开始寻觅乡下散养的"土鸡"。大小餐馆根据客人胃口,纷纷打出"山鸡""土鸡"的招牌。

生活在城里,想吃纯正的"土鸡"不是那么容易的。价格贵不说,等到服务员端上锅来,用筷子夹一块放进嘴里,一嚼,总感觉不是那么回事。因为小时候"土鸡"的香味给我的印象太深了。

为了改善"土鸡"的品质,现在也时兴散养。聪明的乡下人调活了创新思维,发明了许多好词汇,如把土种鸡说成是"走地鸡",或者说成是"柴鸡",还有更妙的,叫作"绿草鸡"。在那绿色原野上,一片碧绿的草皮之上,一群鸡自由自在地觅食,多么富有诗意呀。

2006年中秋节,我和妻子、儿子回老家返城,路过泰山山套里的一家小饭馆,感觉环境比较干净,就坐了下来。"准备点什么?""我们简单吃点继续赶路!"老板见状,笑着说:"在山里吃饭,炖只纯正的山鸡吧,今早刚宰的。"我们一家人相视应允。只见厨师把山鸡用河水冲洗干净,放进铁锅,扔进几个干辣椒、几片姜、葱头和山草药。炖好后,锅盖一揭,整个屋子飘溢着浓浓的鸡香味,那么鲜、那么香。

炖山鸡上来了。每人盛了一碗。我端起碗,轻轻吹吹浮油,喝了一口,那味道真鲜,还真有小时候喝过的那种鸡汤的味道。"这汤好,这汤味正。"于是动员妻子、儿子抓紧喝汤、吃肉。

我们问老板:"你这鸡是哪里来的?"

老板说:"是我自己在山上放养的。"

"喂的什么饲料呀?"

"放心吃吧,这鸡不喂饲料,就在山上放养。是吃草籽、蚂蚱,喝矿泉水长大的。早晨放出去,晚上回来,一个个都撑得鼓鼓的。"

"那你这养鸡的成本就低了。"

老板越说越兴奋:"那可不,连鸡娃都不花钱,是俺自家的老母鸡孵的……"

如今走进城市的农贸市场、超市和社区的小商店,总会看到什么柴鸡蛋、草鸡蛋、乌鸡蛋……五花八门的土鸡蛋。有精装的,有简装的,有纸盒装的,也有竹篮装的,可谓包装精美、琳琅满目。虽然价格不便宜,但还是吸引老百姓的关注和购买。

乡土、乡人、乡事,点点滴滴都值得回味。品尝乡下"土鸡",就品尝到"人间烟火味"和"乡土味",尽享生活醇厚的芳香。

清淡的槐花香

"忽如一夜春风来，千树万树槐花开"，这是乡村五月生动的写照。你看，房舍旁、道路边、山岗上、水沟边、荒地里……高低粗细的刺槐树，绿叶间挂满白色花冠，晶莹、粉嘟嘟的槐花一穗穗地垂在枝头。房舍、田地、道路和庄稼人，全都沉浸在槐花的清香里，一丝丝、甜甜的、淡淡的。

在20世纪的六七十年代，乡下有句口头禅："花草粮半年。"榆钱、槐花、灰菜、苦菜、芸食菜，都是各家各户饭桌上可口的饭菜。

春天闹粮荒，家家缺粮。秋天收获的粮食和在地窖里冬藏的地瓜、白菜、萝卜，一冬下来都吃得差不多了。一开春，农活也多了、重了，人也开始复苏了，胃口特别好，粮食自然成了大问题。那时庄户人肚里没油水，大人孩子的饭量都大。春天姗姗地来了，刺槐树终于冒芽了，农家的餐桌和庄稼人的肚子也就有了盼头。槐花开了，孩子们放学之后就挎上竹提篮或柳条筐，拿上前头系着铁钩子的长竹竿，到岭膀沟底去摘槐花。或站在树下，或站到和树差不多高的岩石上，或爬到别的树上，用铁钩钩住槐树那长长的、柔软的枝条，用力一勾，脸轻轻避开槐树条上那长长、尖尖的刺，那一串串洁白的槐花骨朵就到了眼前，那甜甜的清香迎面扑来，让人兴奋和陶醉。先轻轻采下一串，挑几粒快开了的，剥开花瓣，将细细的、白白的、嫩嫩的花茎放到嘴里，慢慢地嚼，慢慢地品，甜津津的，略有一丝苦涩。然后我们就小心翼翼地捋槐花，或直接扔到篮子里，或扔到树下的石板上，一会儿的工夫，那粉嫩的花朵就堆成了小山包。村庄附近的槐花采摘光了，就到村外甚至山上去采。我的村和邻县只有一华里，有时还"越境"去采，结识了外县的小伙伴。老人们反复嘱咐孩子，千万别采槐树顶上的槐花。如果折断了树头，槐树就不长了，来年开花就少了。因而常常看到槐树枝干中下部的槐花被采得干干净净，而树冠上槐花怒放。这些槐树远远望去，往往上白下绿，像只打扮得漂漂亮亮、展示美丽羽毛的孔雀，又像穿着绿裙子、头上别着白翎毛的高傲公主。

家家采这么多槐花，首先是当口粮。那个年代，虽然以生产队为单位分粮食和蔬菜，上级也号召"忙时吃干，闲时吃稀"，可是各家各户干稀都填不饱肚皮。槐花开了，各家都要做上几顿槐花吃。做槐花菜时，先在锅中炸点花生油或棉籽油，放上葱花炸炸锅，将洗干净的槐花倒入，用铲子翻上几次，散上点盐，盖上锅盖焖一会就成了。条件好的话，放上几片薄薄的肥猪肉，那就香上加香了。槐花采摘多了，还能搅拌上野草，喂猪、喂羊、喂鸡。这个季节走到村子里，到处都飘动着槐花的清香，即使村中的路上也常见散落的槐花。

槐花盛开的时候，也是南方养蜂人最忙碌的季节。当时真不理解养蜂人为什么这么有钱，竟然能雇上解放牌大汽车拉着蜂箱到这山套里来采蜜。南风一吹，山乡就暖洋洋的。养蜂人早早就在山路旁把蜂箱摆开，自个在朝阳的地方搭个简易帐篷，用从山坡上捡来的干树枝，烧火做饭，维持生计。天刚放亮，养蜂人就打开蜂箱的门，那蜜蜂就争先恐后地飞向远处的槐花林。蜜蜂们从这一串槐花飞向另一串槐花，匆匆忙忙，一会工夫前爪就沾满了花粉，粉嘟嘟的，黄黄的。采蜜返回的蜜蜂在蜂箱门口簇拥着，抖动着翅膀，嗡嗡地叫着、互相鼓励着，争先恐后地往蜂箱里钻。富裕一些的人家，或者刚刚喜添了孩子的家庭，就想法买或者用食物换瓶槐花蜜。槐花谢了，养蜂人拉着蜂箱和一桶桶金黄的蜂蜜，带着沉甸甸的希望和满脸的微笑走了，把沉静还给了槐树林。

乡村这个季节多雨。下雨时，站在屋檐下，能看见房前屋后的槐花，先是在雨中顽强地站着，然后垂着脑袋。雨越下越大，有的槐花被风扭断脖子，依次坠落下来，落入黄泥水中。黄黄的河水中，时常有槐花探出头颅，恋恋不舍地凝望成片的槐树和古老的村庄。大雨过后，山冈沟底和土路上，槐花和绿叶、嫩草与溪流纠缠在一起，溶入了焦黄的泥土。泥土也染上了清淡的槐花香！

如今时尚的都市，富丽堂皇的酒店，在山珍海味的菜单中增添了槐花羹、槐花糕、槐花汤、槐花煎蛋，城市人争相品尝田野风味和原生态的营养，价格虽然不低，却很受顾客欢迎。

也就半个月的工夫，树上的槐花就憔悴了，槐树可以集中精力伸枝吐叶了。槐花曾给乡下人带来生活的希望和感激，让疲惫的身心沉浸在洁白无瑕、无处不在的淡淡清香里。

炊烟袅袅

炊烟，仿佛总与宁静和谐的乡村和古老的农业文明有着千丝万缕的关联，仿佛这炊烟是所有关于乡村题材的绘画、诗词、歌曲的道具和索引，又仿佛这炊烟里徐徐腾起的是那古老而悠长故事的序言，意境悠远，令人沉醉。

当夕阳醉意朦胧地把树影慢慢拉长的时候，一缕缕炊烟便在座座茅草屋上慢腾腾地升起来。夕阳下，那静卧着的农家老屋越发显得苍老，那饭菜和柴草浓浓的香味，便融合在一起，灌满老屋的每一个角落。这一切就像刻印在我生命中的一幅乡村图画，时常浮现在我的眼前，也缭绕在我的文字和梦境里。

当远离乡村、住进没有炊烟的高楼大厦之后，那故乡魂牵梦萦的炊烟，不仅仅是飘摇在天空的一缕乡情，更是故乡一种浓得化不开的乡魂。一个人想家的时候，不仅仅是想老家熟悉而亲切的人和事，更会沉湎在家乡特有的炊烟的味道之中。

千百年来，生活艰辛与苦涩的村庄，寂静而甜美的村庄，都是被清晨的炊烟悄然唤醒的。乡间不知有什么能像炊烟一样长到天空的高度？不知道有什么比炊烟更能打动一个离乡人那敏感脆弱的神经？每天清晨，伴随公鸡的啼鸣，便有袅袅的炊烟从一户户农家的烟囱里升起。那炊烟，纤纤的，细细的，越往上越稀薄，最后慢慢在空中弥散开来，伴随着清风在天空下轻悠地飘荡，绵延数里，轻巧而灵空，仿佛是一位轻歌曼舞的少女，臂柔如无骨，身软如云絮；舞姿灵盈，如深山月光，如树梢微风，融天地之灵气，染晨昏之绚色……那情景，犹如一幅多彩的水墨画，或淡或浓，或远或近，浓淡相宜，意境悠长……慢慢的你就可以品味出空气中飘来的缕缕炊香，暖心暖肺。傍晚，远处的农民扛着锄头下田归来，在一片黄昏里，村落的上空又飘起淡淡的炊烟。晚风徐徐地吹着，青烟向一个方向慢慢地弥漫，散开，还夹杂牛羊鸡鸭归圈的叫声和母亲站在村头或路口喊孩子回家吃饭的声音，余音伴随着炊烟在雾气腾腾的田野上消散，乡村的夜晚便迈着安详的步子，踏着炊烟的节奏缓缓走来……

山村缕缕蒸腾的炊烟，像顽皮的牧童坐在牛背上吹出的那一行曲调淳厚的乡音，像扎着小辫的牧羊女扬起牧鞭呼唤羊群的那一阵回音；像老爷爷长长的胡须在风中舞动，像叔父大爷扛着犁耙镢头、牵着牛羊走回家门的背影，又像是一串乡间民谣中快快慢慢的休止符……炊烟是母亲的摇篮曲，是飘在儿时记忆里的水墨画，是古典田园诗中最恰当最准确的韵脚，是攀结在游子心头的思乡情结。炊烟袅袅，与母亲伫立村头振臂呼唤儿女回家的侧影，重叠成一幅最古典迷人、最撩人心弦的人物速写！

炊烟是乡下人一日三餐的时间表，是上工收工的哨子，是上学放学的标志，是故乡的生命图腾，是家园变幻无穷的影像。炊烟吹老了岁月。在炊烟的升腾中，又看见、看清了母亲火光映照下的脸以及脸上那深深的皱纹。或许，只有娘自己才最了解那皱纹里深藏的风霜、坎坷与苦难；或许只有这炊烟才最清楚，母亲的脊背是怎样一天天驼下去，母亲的脚步是如何一天天变得迟缓……

年复一年，岁月如歌，炊烟在儿时的记忆里，在我们的欢笑中，在我们成长的脚印后袅袅升起。多少年了，母亲喜欢用土坯垒得炉灶做饭，大都一边烧火，一边忙着蒸煮炒炸，对家人的心思就像燃烧着的那腔炉火。我记忆中最好吃的就是锅贴了。大都在刚刚麦收之后，锅里用五花肉炖土豆和芸豆，那锅贴用的是新小麦，味道特别的清香，锅贴的背面被铁锅烙得焦黄喷香，锅贴的下部再用菜汤一煮，加上淡淡的炊烟味，吃在嘴里醇香醉人。我年幼时，曾经多少次帮着母亲一同做晚饭，听着火苗在灶间噼啪作响，闻到那熟悉的炊烟的味道，心里就别提有多舒畅，那是童年多么幸福的时光。这种景致已远离生活，在记忆的底片上日渐模糊，只要想起那一缕炊烟在屋顶上升起，我知道这缕炊烟又将在我的梦里飘摇了。

岁月的风，可以吹走故乡的容颜，却吹不走村庄的尊严。如果有谁能带走村庄的尊严和声誉，那么他带不走的是故乡的灵魂和浓得化不开的乡情。

心若清静，哪里都是故乡。夕阳中的炊烟，总是让人忆起年迈的双亲伫立村口，一双望穿暮霭的眼眸，痴痴地守候和期望着儿女们匆匆的归程。有时坐火车或飞机掠过晨昏时的村庄，望见片片房屋上空升腾起一缕缕炊烟，内心会产生莫名的感动和冲动，那炊烟升腾的是一缕缕幸福，人们安守着的是一份份安宁与温馨。望见炊烟，悠悠往事凝聚胸间，忽浓忽淡。在城市的宾馆、饭店吃着散着泥土香的煮玉米和毛豆、炒花生、烤白薯、蒸南瓜，这些东西看起来干净，吃起来也方便，但吃不出那种包含炊烟的味道和口感。如今忙里偷闲回老家，父母就像招待客人一样忙活。往往刚吃过早饭，娘就起身开始忙碌，准备中午那顿香甜可口的饭菜了。娘点起灶膛里的柴火，那红红的火苗映红灶膛，也映红了娘那张历经岁月沧桑的脸庞。

故乡的炊烟是清纯的、散淡的，经常像柔曼的轻纱一样飘在小村庄的上空，缠绕山峦的腰间或头顶，把原本清贫、偏僻的小山村，打扮成了藏在山套里的世外桃源，使我这个远离故乡的游子，每每回望炊烟，便会醉倒在比陈年老酒还要醇厚的乡情、还要绵长的乡意里。

我也常想，人生究竟需要什么样的生活？什么样的生活才能让人的心灵始终处在宁静安逸的境界之中？都市也好，乡村也罢，不管哪种生活方式，在我们的生活有了基本的保障之后，更重要的应该是追求一种个人心灵的宁静淡泊，人与人之间的和谐安康、轻松舒适、自主自如，这样的生活也许才是真正的生活。随着人们生活水平的日益提高，现代化的普及，乡村大都改变了烧柴草做饭的生活方式，烧水做饭只是拧一下煤气灶、沼气就可以了，省心、省事、干净。炊烟也逐渐淡出古朴的村庄。袅袅炊烟虽然富有诗情画意，让人内心产生无限的遐想，但那种安逸与悠闲的生活背后却是生活的艰辛和无奈。我希望中国所有还在和炊烟打交道的农民，能够早早地告别炊烟，告别那烟熏火燎的生活。让炊烟作为一种靓丽风景、储存下情感的浓彩真色，飘舞在我们的记忆深处吧。

在繁华的城市里，我们看不到亲切的炊烟，闻不到它那特有的味道。城市里只有污染空气的汽车尾气，还有就是被污染了的空气。我们常常会想起村庄上空的炊烟，想起生活在村庄里的人们，想起我们天真无忧的童年岁月。很多个清晨或黄昏，当我们走在城市喧闹的街道上时，我的思绪时常飘到远方的家乡，躲在一缕炊烟里。

炊烟就是长在乡村脊背上的图腾树，穿越五千年乡土文明的土壤，长成村庄向晚最为动人的风景，似一幅轻淡而雅致、价值连城的水墨画。任凭风吹雨打，炊烟不会被风雨折断。

一茬茬庄稼被收割，一缕缕炊烟被掐灭，一代代山民在离去，村庄虽然驼背但不曾老去，炊烟未断，人烟兴旺。

故乡弯弯的小河

　　或许是《谁不说咱家乡好》这首歌曲的激励，或许是我灵魂深处思乡情结的提醒，或许是水这人类生存之母的昭示，我对故乡那条弯弯的小河终生难忘。那条小河没有名字，在任何地图上都找不到它，它却日夜浇灌着庄稼和我的心田……

　　古老而神奇的沂蒙山区，山多，岭多，川多，河流也自然就多。故乡那条小河在村庄后面、柴虎山东南，弯弯曲曲、欢欢乐乐、蹦蹦跳跳地奔向遥远的黄海。它吸取了众山脉和花草树木的灵气，清澈，俊秀，活泼，灿烂，充满蓬勃的青春气息和清纯高雅的气质。两岸生长着茂盛的草木，河水不深，清澈见底，流淌着我对故乡那洁净、宁静、幽远、纯粹的永恒记忆。

　　多少个夜晚我来到河边，享受那新鲜、湿润的空气。清澈的小河像一面波光粼粼的镜子，又宛若华丽的绿绸缎，月亮在河水中荡漾，在波浪上跳动。如果用双手掬起那清冽的河水，嗅一嗅，洗把脸，睡意和疲倦荡然无存。那沙土被河水冲刷得十分干净，又软又细，伸手抓一把，沙土在指间缓缓滑落。脱掉捆绑着双脚的鞋，赤脚走进河中央，河水轻轻从脚丫间流过，那种久违的、轻松的感觉就从脚底悄然直逼心底。此时四周的远山藏起峻峭的身影，只留下朦胧的轮廓。天上密密麻麻的星星，正顽皮地眨着眼睛。夜风轻轻吹来，河畔响起此起彼伏的虫鸣和跳动的萤火虫影，透出一股神秘、幽静和空灵。

　　春天。河边一夜冒出密密匝匝的野草嫩芽，小伙伴们像发现了天大的秘密，扔掉棉衣，又蹦又跳地奔走相告。岸边的柳树还挂着冰碴儿，就吐出麻雀嘴般的黄嫩芽，伸直懒腰，打着呵欠，舒展细长的手臂，尽情享受春风的爱抚。有些低垂的长柳条伸延到河水里，被溪水轻轻梳理着。河边开放着红、黄、紫、白各种颜色的野花，轻轻地伏下身闻一闻，那淡淡的清香沁人心脾。喜鹊、黄鹂、鹌鹑和叫不出名字的鸟儿，在林间溪边嬉闹翻飞着，自由忘情地鸣唱着。我们跑上岸边，折下几根最光滑的嫩柳条，小心翼翼地拧开绿树皮，抽出里面那白花花的枝干，剩下外面绿油油的皮，做成柳笛、柳哨、柳号，然后再做一顶柳帽。那清脆的笑声、笛声，悦耳的鸟声，哗哗的水声，交汇成和谐优美的乡间奏鸣曲，在空旷的田野间来回飘荡。20世纪六七十年代，农家日子紧巴巴的，河边湿润，野菜发芽早、长得肥，挖野菜就成了农家孩子的重要任务。什么苦菜、灰菜、马齿苋、荠菜、野韭菜、野葱……都一一从菜篮子走上了餐桌。就说榆钱吧，那可是上等的好菜。我们用大柳条筐带回家，母亲用热水烫一遍，掺上些玉米面、地瓜面，加上些盐和葱花，攥成窝窝头，蒸熟或贴熟，颜色黄黄的，香喷喷的味道飘满院子。就着自家腌制的咸萝卜条，吃上几块榆钱窝窝头，在那个贫困的年代，真是一种奢望。有时，我们也会用旧蚊帐布和两根木棍制作简易的渔网，从小河沟汊这头推到那头，捉那些活蹦乱跳的小虾。那些小虾从头到尾几乎透明，一蹦半人高。当把洗净的小虾倒进热油锅，只听一阵尖叫，小虾迅速变成了红色，再放上几片青青的辣椒，那可是乡间难得的美味。这样的好菜，我们大都没有口福，多让家长招待了尊贵的客人，我们只能站在一边羡慕地流口水。

夏天。"黄梅时节家家雨，青草池塘处处蛙。""明月别枝惊鹊，清风半夜鸣蝉，稻花香里说丰年，听取蛙声一片。"早春河面上到处漂浮着的青蛙卵，到了这个季节变成了到处跳动的幼蛙。小河旁长满数不清、叫不出名字的青草和树木，郁郁葱葱，蓬蓬勃勃，把整条河都严严实实地罩了起来。天气燥热时，走到河边柳树荫下，会感到格外凉爽怡人。河边那几棵大柳树像一把把遮阳伞，大妈大婶们在树下纳鞋底、做针线活、谈笑风生，树上蝉鸣鸟叫，河边蛙声此起彼伏。坐在松软的草地上，让人无比快乐和兴奋。我们这些顽皮的男孩子几乎每天都泡在小河里，游泳、摸鱼、打水仗。有时安静地站在水里，任河水轻柔地抚摸脚背，让小鱼儿往脚底钻，弄得脚心痒痒的，舒服极了。蝉就藏在大树的枝叶间，不知疲倦地歌唱。孩子们拿自制的工具，在长竹竿或木棍的顶端放上用新小麦嚼出的黏剂，寻着声音，悄悄向蝉靠拢，待靠近了，快速一贴，蝉就成了战利品。麦收季节，庄稼人割麦、打麦、扬麦，满身都是麦芒、草屑、尘土、汗水。男劳力休息时，把镰刀、扁担和脏兮兮的衣服一扔，一头扎进河水里，痛痛快快地洗个澡。累了，平躺在水面上，让河流冲着往下游；渴了，掬一捧清清的河水，微甜甘冽。男孩子们三五成群地在河水中扭成一团，有的偷偷潜到水里摸到别人的脚，突然把对方脚倒提起来，会游泳的顺势在水里游动，不会的竟会喝上大口河水，当再次浮出水面时，便一边抹眼泪一边骂起人来，溅起周围一片笑声。

秋天。田野里的庄稼进入收获期，小河也到了最漂亮、最多彩的时节。草地碧绿，野花紫红，芦苇花白，柳丝垂拂，彩蝶飞舞，轻风徐徐……一幅清悠宁静的水粉画，一首空阔悠扬的牧歌。河畔的青草又肥又壮，是放牧水牛和山羊的好地方。小牛犊、小羊羔贪婪地啃食绿油油的嫩草，时而投入妈妈怀里吸上几口奶，吃饱了，饮几口河水，就卧在树荫底下眯着眼，悠闲地咀嚼甜美的生活。傍晚时分，残阳如血，一群摆成"人字形"、呱呱叫着往南飞行的大雁竟然也迷恋这条小河，或在河里啄食小鱼，或在草丛中捡拾草籽，稍作休息，第二天清早又踏上漫长的旅途，奔回它们美丽的故乡。当夜幕降临，河面一片寂静，我和伙伴们曾经手提铁水桶，用马灯或手电筒沿着河岸照河蟹。河里的蟹子见到灯光会慢慢爬上岸，在河边的蟹见到灯光会迅速往草棵子里藏。有人负责照，有人负责捉，一夜竟能捉上几十只。那河蟹小巧干瘦，但味道鲜美。把活河蟹、鲜辣椒放在一起腌制，真是美味佳肴。

冬天。季节不等人，冬天说来就来了。先是刮风下雪，不几天小河就结出了薄薄的冰。雪花落到树上树就穿起银白的素装，落到河边就堆集起来，落到河水里就化了，到了深冬河面上就全结了冰。我们上学、放学的途中，总要拐个弯到小河上过把溜冰瘾。那惊叫和欢笑声，回响在河畔，震落树上的雪团或冰凌。有时我们在冰上打"陀螺"，一鞭子下去，"陀螺"竟然能转半天。一次，我在冰上跑，只听"喀嚓"一声，就掉在河水里。我连滚带爬跳出河水，衣服已经湿漉漉的，在寒风中浑身冻得发抖。我赤着脚提着棉鞋回家，妈妈大声唠叨着，赶忙把我的衣服放在火炉上烘烤，棉衣冒着白色的热气……

故乡的那条河，曾经滋润着绿色山乡，孕育着金色四季，满载着童年梦境，净化我的灵魂。如今农村发生了巨大变化，可我那魂牵梦萦的小河也消失得无影无踪。伫立村头，望着已经光秃秃的河滩，一股酸涩和无奈的感觉涌上心头，顿时模糊了视线。故乡的小河，你真的连我美好的童年一道远逝了吗？真的连同伙伴们那熟悉的音容笑貌一道飘散了吗？那份纯真，那份宁静，那份清雅，那份豁达，那份无瑕……时刻从记忆深处跳出来，感动和激励着我，鼓舞和警示着我，让我保持着难割难舍、晶莹宝贵的童年情怀和至醇乡情。

敬畏卑微

2011年立秋之后，济南连续下了一周的秋雨，清晨和傍晚凉意很浓。那天清晨，浓雾把城市的楼房和街道裹得严严实实，街灯也醉眼蒙眬。风吹拂着银丝般的秋雨，打在我的身上、脸上、头发上，顿感阵阵寒意。

出了高新区的街口就到经十路，天还没有大亮，只见一位穿着橘黄色环卫衣的中年妇女早已推着垃圾车，带着扒斗和扫帚在大街上开始工作了。一夜秋雨秋风把枯败的叶子吹落满地。身材矮小的清洁工拿着扫帚，像作家握笔那样专注有力。她一笔一笔地扫着，不时回头看有无遗漏。一段盖满落叶的马路在清洁工走后只留下扫帚的爪痕。把四周扫了个遍后，再把堆在一块的垃圾一铲一铲地往车里装。

我来不及在雨中一直旁观清洁工的一举一动，匆匆地往车站赶，只感觉道路如此整洁，脑海也好像被清扫了一遍一样。我想起平时自己出门逛街时，总感觉城市干净靓丽，很少回头望望忙碌的清洁工的背影。在这个秋雨绵绵、已有几分凉意的早晨，心里倒没了冷的感觉，却滋生出一丝丝的温暖。

从此，平时在街上走的时候，我不由自主地开始寻觅或说是在留意，那位秋雨中印在我脑海里的清洁工。她总是间隔不久就出现在这条街上，见到垃圾就弯腰拾起。其实这街面就是她心目中的土地，上面的废物就如同自家庄稼地里的稗草。路上人来人往，有的只留下足迹，有的落下垃圾，清洁工默默地工作，一趟又一趟地细心清理，复原干净崭新的路面。她看着来来往往的人们，辛勤愉快地工作，心里很是坦然和满足。

人站在高处俯视，感觉视觉很神奇，一切人和物都变得渺小。站在泰山顶，必然会有"一览众山小"的感觉；站在城市制高点，现代化的都市如同传统的村庄，片片摩天大楼如同小小的积木块，高大的门楼和华丽的殿堂已经看不见影。人们大都喜欢登高望远，很少潜心观察身边的美景。譬如昆虫、鸟儿在尽情地吟唱，植物正在吮吸涓涓溪流，拼命开放的山花给人带来一丝暖意……

一滴水看起来微不足道，却可以"水滴石穿"；一只蚂蚁很小很小，却"千里之堤，毁于蚁穴"。因而大千世界很难区别卑微与伟大，平凡与卓越，卑微者自有他的伟大，平凡者也自有他的高度、他的惊人之处，也同样令人敬畏。

曾有诗云："悄悄的我走了，正如我悄悄的来，我挥一挥衣袖，不带走一片云彩。"这是何其平凡，何其洒脱，何其豁达啊！

寻找幸福就像登山一般，羡慕别人比你高，却不知后面的人正在羡慕你。一个人总在仰望和羡慕着别人的幸福，一回头，却陡然发现自己正被别人仰望和羡慕。这又让我想起那位清洁工人，她的社会地位确实不高，但她是城市的美容师，她的人格与灵魂并不比任何人低，值得我们默默敬仰和尊重！

卑微与高贵，平凡和伟大，并不矛盾，是相辅相成的。卑微是高贵的基石，把人和事物抬高垫高，任何高贵都站在卑微之上。平凡渺小，同样值得钦佩。城市马路清洁工岗位平凡，平凡中有不俗，平凡中有醇美。甘愿平凡，就少了困惑与迷茫，为人做事就会坦荡。在平凡中享受平凡，生命会更加舒展和深刻。人生常态是平凡，平凡凝聚、汇集着高大与伟大。

过冬的树

北方的冬天，是肃杀、萧条的，又是清醒、顽强的，更孕育着春天和希望。

冬天来临，无论是城市还是乡村的柳树、杨树、槐树、法桐树、银杏树等树木的树叶被阵阵朔风，纷纷扬扬地吹落。那树叶分明像飞舞的五彩蝴蝶，争先恐后地栖息大地。冬季的树木，脱掉所有叶片，守护生命，停止生长；像一排排健美运动员，自信地站在街口、公园、景区和山冈地头，裸露着强健的体魄和结实的肌肉。

天，更高远；视野，更开阔；空气，更清新；树，更精神。

冬天的田野空旷，没有任何负担和累赘，也没了繁花似锦的丰腴和臃肿……空旷让人视野更加开阔，纤瘦让人凝眸深思，单调让人更加洒脱……

冬天，世间万物平等，拥有相同的环境和权利。草儿匍匐在地，野兔逃得无影无踪，唯有树还原地站立着。田野里、沟壑边、大道旁，树的影子随处可见。寒风来了，它摇摇头，晃晃身子，让没有定性的风悄然跑过；雪来了，它微笑着和雪花拥抱，然后抖一抖身体，鄙夷地看着它们从身旁缓缓滑落或者消失。

冬天里执着站立的树，那是旷野里最美的风景。

冬季的树展示不同的形象和风采，给人不同的情趣与感受。树干和树枝形态各异，或直或曲，或粗或细，或侧或卧，或仰或俯，或盼或思，或醉或舞……有的直立伸展，透几分庄重威严；有的自然弯曲，显得温柔婉约；有的侧身凝视，露几分惊愕神秘。冬季的树彻底卸下荣华富贵的外装，风中雪后更为生动、更有韵味，真实地淋漓尽致，真正地洒脱自由。

根深蒂固的树木，那是大地最忠诚的子孙！

立冬，小雪，大雪，冬至，小寒，大寒……一九，二九，三九，四九,五九……

寒风越来越急，寒雪越来越大。只有树木真爱着脚下的大地，不挪，不动，走不了，也不愿走。树把根深扎大地，它坚信脚下这片属于自己的泥土，给自己挺直脊梁的信心和力量。梦想在大地中孕育，在静默中生长。

大地的养分沿着树的经络往上传递，从树根到树干，从树干到树枝，一直到伸向空中的每一个细小的树枝、树梢。树深感脚下大地的踏实与牢靠，依然挺直腰杆。冬日的寒风有些嚣张，甚至肆无忌惮。一阵阵寒风从树间刮过，树只是轻轻摇晃一下身体，不屈服，宁折不弯地站立，柔韧的树枝被摇来摆去，任阳光和云雾在枝条间跳跃与律动……

冬天的树木，与大地同甘共苦，生死相依。

那是一棵北方的银杏树，直立于天地之间，孤独地站立在山冈上，于凛冽的寒风中，紧握着北风的手，站立着。两只不怕冷的喜鹊飞来，在树枝与树枝之间飞来飞去，丈量树与树的距离，感受树枝与树枝的亲密。它们的叫声使这片空旷生动起来。不一会，它们一前一后飞离远去，只留下缥缈的身影。

一棵树如此，另一棵树也是如此，所有的树在寒冬里凝望着真实的自己和姊妹兄弟。各种树木、灌木集结、混生在一起，无论什么品种和名字，都是同一血脉，遥遥相望，互相鼓励着、安慰着，坚信寒流过去，春风会来，相信枝会更壮，干会更粗，叶会更密。因而耐心等待，静心坚持，期待生命的勃发，静候春天的消息。

无论白天黑夜，俯视空旷、板结的土地，仰望蓝天与白云，静心坚守自己的家园，侧耳倾听风雨声和时令的胎音。

过冬的树，在冬季里休养生息，为五彩纷呈的春季积蓄青春勃发的信心和勇气。

春节，一个在古老中国传承几千年，备受中国人重视的传统节日，在中国人心目中十分神圣而高贵。

季节推开腊月的大门，春节就像一位婀娜多姿的古典女子，插一枝大红的灯绒花，迎着飘舞的瑞雪，走进五谷丰登的农历和乡村古老纯朴的风俗，在庄稼人的心坎上做窝筑巢。闪光的镐头和弯把犁，大汗淋漓的农事，躲在粉刷一新的墙角憩息。裸露金黄牙齿的玉米棒、鲜红的辣椒串和粗犷沙哑的播种谣挂在屋檐下，打探春耕的消息。辛勤劳作一年的庄稼人忙着赶集上店、置办年货。精明强悍的小伙子和花枝招展的姑娘，系上红绫绿缎的长腰带，风风火火地练习踩高跷、耍旱船。孩童们高举五颜六色的灯笼，等待火爆的鞭炮爬上竹竿梢……腊月，是山乡一年中最兴奋、最劳神的日子，也是庄稼人一年中最闲暇、最疲倦的日子。

春节到了，意味着春天将要来临，草木萌动复苏，新一轮播种和收获季节又要开始。人们刚刚度过冰天雪地、草木凋零的漫漫寒冬，早就盼望着春暖花开、万物葱茏。当新春来临，必然载歌载舞地迎接这个节日。春节将至，家家各有期待，人人怀揣心愿，以看似雷同的形式和方式，迎接各自心目中的新年。

春节，是中国最大、最隆重的节日。人们无论旅途多么遥远，总把颠簸和疲倦捆进鼓鼓囊囊的背包，在年夜钟声敲响之前，走进一副火红耀眼的春联，走进亲人特别是父母那殷切期盼的眼神。

伴随清脆的钟声和辞岁的仪式，旧年历已翻完最后一页，春天一步踏入新的年历，大家翘望岁月的金锤迈着急促而坚定的步子，跨越二十四节气，敲响老老少少增岁添寿的庄严时刻。争相点燃鞭炮，挑旺炉火，温热老酒，守住勤劳善良的美德和五彩斑斓的期冀，渴望一年望不到头的好收成、好运气。

一年奔波，端午节你可以不回家，中秋节也可以不回家，但到了春节，无论天南海北、老人孩童，不分年龄、性别、地域，人们都千里迢迢地回家，停靠在温馨的家庭港湾。这就是年神奇的魅力、魔力。

中国春节，已愈来愈全球化和国际化。它是全世界珍存下来不可多得的古老而传统的民俗，这一文化遗产的独特光芒，正让人类共享着亲情的温暖，团聚的欢乐与和平的幸福。

盛世春节

春节是中华民族最重要的传统节日，也是老百姓最隆重的节日。从"辞灶"始，到"闹元宵"结束，时间持续近一个月。

农民希望一年到头有个好收成，城市居民期望富足平安，孩童们期待过新年有美味吃，有新衣穿，可以恣意地玩。春节正值冬闲时节，人们忙碌、节俭、积攒一年，这个时候可以大手大脚"潇洒"一回。各家各户吃的、穿的、用的都很讲究，有炫耀和比赛的味道。

春联"飞入寻常百姓家"，红纸黑字，语言简练，对仗工整，表述的是从年头接年尾的期盼和祝愿。我老家那个小山村，识字的人少。从我记事起，每逢春节，半边村子的对联都由我父亲写。到我上初中时，渐渐就由我代替了。虽然我的字歪歪扭扭，但在春联的长短格式和内容上会有新意。家人和邻居们对我的信任和称赞，给了我自信，每年都早早买好毛笔和墨汁，等待一展才华。我家大门临街，因此大门上的春联更是门面。大都等到除夕前一天再写。把大红纸一分为二，我便悬毫蘸墨，在鲜红的纸上龙飞凤舞。大红的对联张贴在门楣上，那份喜悦和幸福也挂上了眉梢。

年三十，各家各户都在尽情地燃放五颜六色、大小不一的鞭炮。除夕夜零点钟声响过，震耳欲聋的鞭炮声便立刻"噼呖啪啦"地响了起来，此起彼伏，经久不息，一直到天亮。这几年，城里对燃放鞭炮也开禁了，可我依然留恋小时候在农村赶集买鞭炮的情景。那时农村穷，童年的我们总是盼着春节早日到来，因为家里再穷也得买鞭炮。进入腊月，大人们开始忙年，顽皮的男孩们三五成群地想着法买鞭炮、放鞭炮。集市上的鞭炮摊卖得火热，经常靠燃放鞭炮招揽吸引顾客，男孩子们缠着大人去观赏、购买。尽管鞭炮样式单一，但还是具有巨大诱惑力。常常把家里的鞭炮偷偷拆开，一个个地放，有的到年夜，鞭炮早已零星地放完了，被父母打一顿。快过年了，家长不会真打，打完了，还会想办法再买上一挂鞭炮。

大年初一天刚蒙蒙亮，各家各户就开始吃新年饺子，开始放鞭炮了，声音很响，很密集。男孩子们干脆起床，揣盒火柴、打火机和拆好的鞭炮，游走在大街小巷，谁家放鞭炮就聚集到谁家，看热闹、欣赏鞭炮、捡鞭炮。等最后几个鞭响过，孩子们就蜂拥而上，抢捡地上未爆的炮仗，有的哑炮在手里响了，震得耳朵一阵眩鸣。如今城市燃放鞭炮也解禁了，还设了许多燃放点，各种高档鞭炮、礼花纷纷登场，鞭炮一年比一年高档、响亮，年夜火光闪烁，纸屑四溅，欢呼声此起彼伏，那火药味弥漫四野。美轮美奂、璀璨闪耀的烟花绽放人们红火的希望和灿烂的梦想。

吃过饺子，各家各户相互串门拜年。无论大人孩子、熟与不熟，甚至是仇人，见了面都热情客气，进了家门必是敬上香烟，端出花生、瓜子、板栗、糖果、点心，劝孩子们吃。十分投缘的，会端出过年的凉菜，喝酒、聊天，醉眼蒙眬地畅谈起来。

青春中国正闪耀盛世光芒。如今经济繁荣了，老百姓日子过得舒心，天天像过年。当下，无论城市还是农村，年味日渐淡了，很难见到人潮涌动、锣鼓喧天的场面。人们过年更务实，不管多远也赶回家，和家人一起吃顿团圆饭，更加注重亲情和精神愉悦。"春节"是中华民族最盛大的庆典，无论贫贱富贵、男女老幼，她都赋予同等幸福快乐的权利；无论天涯海角，大家都团聚在一起，恣意享受盛世光年。

春节，人相聚，爱团圆，情相连。她是我们祖国，我们民族，我们每个家庭、每个人，共同的节日，是我们共享美好幸福、笑声爽朗的时光！

年夜饺子

　　中国人有个好传统，在外奔波的游子，无论路途多么遥远，都会在吃年夜饺子前，赶回老家探望爹娘，同亲人团圆。从锅里捞出热气腾腾、飘香诱人的饺子，那是全家人最惬意、最温馨、最幸福的时刻。

　　20世纪六七十年代，百姓生活不富裕，在我的故乡沂蒙山区，各家各户只有逢年过节才舍得吃顿饺子。尤其是年夜饺子，更是辛苦一年的重头戏。年三十这天，媳妇、姑娘们早早忙碌起水饺的事情，锅碗瓢盆叮当响，摘菜、剁馅、和面、擀面皮、包饺子……皮要擀得薄，馅要包得多。饺子馅大都用猪肉和大白菜调拌而成，巧取"有"和"财"谐音。有时掺进卤水豆腐，叫"包福"。剁馅的时间长，说明这家富有、包的饺子多。包水饺是个灵巧活，把擀得又薄又圆的面皮放在左掌中，装进馅对折后，用右手的拇指和食指沿半圆形边缘捏制成弯月形，像"元宝"的形状。饺子摆放也有规则。首先不能乱放，一般先在盖顶、簸箕中间摆放几只元宝形饺子，然后一圈一圈地向外摆，放得整整齐齐，看着也顺眼。这些年为不耽误看中央电视台

赤脚走在田野上

春节联欢晚会这套大餐，各家年夜饺子早早就包好了。过去为了"早发"，天不亮就忙着吃饺子、拜年，如今也与时俱进，改到天亮了。

用什么柴火下新年的第一顿水饺也很讲究。我爷爷在世的时候，每年秋天都早早把黄豆秸或芝麻秸晒干，打成整齐的捆贮藏好，就等年夜煮水饺，火会越烧越旺，用它们烧水下的水饺可口，还预示着来年日子节节高，有响头。

锅里煮饺子，不能用铁铲乱搅动，最好用木铲顺着一个方向，贴着锅沿铲动，形成圆形，这样饺子不粘连也不会破。记得那次，虽然饺子皮一个也没有煮破，母亲却故意用铁笊篱把饺子弄破了几个，正在我不解其意刚要询问时，母亲口里念叨着："今年又挣了，又挣了。"后来我才理解在那个贫穷的年代，那分明是一种美好期待，图个吉利，讨个口彩，增添除夕夜的欢乐气氛。

年夜饺子吃得"隆重"。俗语说："大年三十吃饺子——没有外人。"这是亲人、家人团聚的象征。山村，平时一家人吃饭，座位是按长幼辈分排序的，家庭主妇守在桌子最外边，主要是上菜端饭方便。这种规矩虽有些封建，但显得自然亲切。年夜饭象征团聚、团圆，必须一家人同时上桌吃。这时，长辈们尽享儿孙绕膝的天伦之乐，欣然接受晚辈们的拜年和祝福，满脸的皱纹开成了金菊花。晚辈们欣悦地接受家长训诫，点头致谢养育之恩。吃年夜饺子，是有俗规的。第一碗要敬先祖、供诸神。在院子里或者供桌前，奠完三碗饺子，烧尽三卷火纸，虔诚地祈祷一番，接着点燃辞旧迎新的鞭炮，一阵劈劈啪啪的鞭炮声之后，一家人就可以高高兴兴地动筷子吃大年饺子了。

记得小时候吃饺子时，一家人都盼着自己碗里的饺子能吃到"秘密"。那饺子里有的包着红糖，有的包着二分、五分的硬币。每当我爷爷吃到糖饺时，总会裂着掉了牙的嘴巴甜美地笑着。有几次为了吃到硬币，母亲劝我再吃就有了，直吃得我满头大汗，肚子都撑圆了才吃到硬币。母亲在一边开心地偷笑，脸上挂着满足与欣慰。后来才知道，母亲认识每个有秘密的饺子。

我老家沂蒙山区有"起脚饺子，落脚面"的风俗和"好吃不如饺子"的口头禅。现在生活条件好了，吃饺子也容易了，但由于做功讲究复杂，仍不愧为美食。商店里也摆满了各种馅、各种样式的水饺，但口感不敢恭维。每次过年回家，临返城前母亲总会自己动手给我们再包顿水饺送行，母亲说，好不容易回家一趟，快趁热吃吧！吃了这饺子，会一路平平安安、日子圆圆满满。水饺里分明盛满了母爱，包裹着长辈对儿女的牵挂，无论我们走多远，也走不出亲人的视线和惦念。

我期盼除夕之夜，回我故乡那个小山村，守着年迈的爹娘，望着小院里高悬的红灯笼和窗外飘舞的雪花，手捧一碗热气腾腾的饺子，有滋有味地品尝丰收的喜悦和生活的香美，享受温暖如春的亲情与幸福的时光。

城市的『土味』

近些年，沙尘暴增多，那一股股土味，直冲每座楼房，直逼每个人的鼻孔。

土味，是城市与乡土血肉相连的东西，也是几千年城乡之间直贯灵魂的东西。

农村是中国人的故乡。翻翻族谱，任何人都可以嗅到自家三代以前的土味。

沿着城市的街口向远处眺望，乡村就生长在街口不远的地方。可以说，没有乡村的蔬菜、水果和肉蛋奶，也就没有城市娆妖的姿势和丰盛的餐桌与胃口。

城市的故事如风，不知从哪里刮起，终不知将从哪里散尽，来得快，去得也快。乡村冗长的故事，生长在茂密的庄稼地里；苗长，情节也长。城里人是被泥土里长出的庄稼营养着长大的，但城里人却不喜欢泥土，更讨厌泥土和风相互缠绵、嬉闹的情景。因而，虽然泥土烧制的砖块垒高了城市的眼光和高度，但城里人又天天嚷嚷着缺钙、补钙的时尚话题。

城里人的故事总是有开头没结局。城里的地面太硬，跪着祭祖会双膝生疼，依稀里也就失却或淡忘了跪拜的姿势和故乡的概念。城里没有泥土，逝者难以入土为安，只好以灰烬的形式存放在木盒里。逝者与生者都缺少生命的核心元素——泥土。

城市更多的是被冠以政治、经济、文化、金融、交通中心的字样，因而城市的内涵和外延更加丰富，历史的长河中就越发突兀地显摆出其地位和品位。而乡村易被城市遗忘在历史弯曲泥泞的车辙里，于是被城市首选为推销物资和堆放垃圾的场所。城市其实不缺土，但都被密匝匝的高楼和如织的马路压在了下面。又宽又厚的马路下，都是坚硬稀缺的黄土。

城市滋长最快的是灯红酒绿。城市不仅延伸街巷，还延伸缜密的逻辑和发达的思维，所以城里人活得时髦、飘逸和洒脱。同时，城市依旧保持着惊人的胃口和速度，消化钢铁、能源和人情。乡村的胃口和摆放在城市人餐桌上的粮米和蔬菜、水果是和谐的。乡村可以包容城市的速度，滋养城市和城市人的胃口，但在传承与情感方面不和城市同流合污。

城市从乡村中娩出，崛起，长大。但她不会，也不愿再蜕化为乡村，哪怕它像楼兰一样被沙漠吞噬，在风沙中干瘪，也不会再退却。乡村的背景上依旧缀饰着田园牧歌式生活场景和原始故事，普通而平凡，但一点儿也不庸俗、不落伍。自古只有陨落、凋敝的城市，而乡村却以亘古未变的内涵而隽永存在，散放出历史的幽香。

在乡村，老牛与牧童彼此守望。庄稼人面朝黄土，把自己生命的期望播种进黝黑的泥土里，把一切梦想向季节里扔去，和庄稼、土地一起葱郁，一起金黄。在鲜润的土地上，将十指插入泥土，攥一把，闻一闻泥土的清香，然后把泥土捏出心中渴望的形状，那是农民一生重复了多少次的庄重礼仪和神奇享受。消瘦的身影和溅落的汗珠也被编为章节，使故事闪现更加真实的光芒。其实，乡村和农民真正的笑声，镶嵌在季节深处的微笑和粗犷的酒歌里。

清晨走在泉城老城区的背街小巷，可以听到叮叮当当的铁桶声，大家忙着去泉边提水、挑水，那是从南部山区渗透过来的溪流、祖传的原始的琼浆玉液，街面上洒落了行行水滴。还没有改造的旧房子，依然保持着传统的本色，再现真实且带有古典味道的市民生活。盛夏季节，济南人下班后，不去大商场，反而喜欢穿过小街小巷，聚集到那些嘈杂的集贸区。有时干脆坐在路边，甚至席地而坐，听听音乐，看看表演，喝喝啤酒。

许多城郊的街口成了便民菜市场。夏日早晨，弯月还挂在西天，街两旁便置满了拖拉机、三轮车、地排车和各式箩筐，地面上摆满新鲜的蔬菜，青枝绿叶，惹人眼球。卖菜的多是城郊的乡农，昨天傍黑或凌晨把自家菜园地里的蔬菜拔了，天不亮就运进城里；买菜的多是中老年妇人，她们有着充足的时间挑选。天蒙蒙亮，卖菜的开始吆喝，买菜的上前论价，你喊"一块钱一斤"，她自然就还"八角"。讨价还价半天，口干舌燥，最终乡农受不住妇人们的磨叽，一咬牙卖了，过秤时，妇人死死盯着秤的准星。付完钱的空当，妇人还伸出手去在乡农的箩筐里抓把小菜扔进自己篮子里。乡农摆摆手，却也不再计较……都是为了生计，谁也不容易。

无论你年轻时在外如何打拼，如何想法脱离农村的贫穷与愚昧，当年老的时候都会愈来愈思恋故土家园，割不断乡情的脐带和泥土的眷恋。热爱乡土，其实是热爱故乡的大自然和给你生命、姓名和记忆的村庄文化。乡间泥泞的小道、童年的故事，都成了人生的线索和道具。对于城市的情感，真如钱钟书先生的"围城"，"城外的人想冲

城市的「土味」

219

进去，城里的人想逃出来"。乡村是土的世界，而脱离土地的城市，也始终带有一股"土味"，这也许就是精神或灵魂深处最深厚、最持久的东西。

城市与乡村是一妈同胞的孪生兄弟，砸断骨头连着筋，在携手快速发育成长的进程中，依然坚守着土地的色调、品质和味道。

灵魂DNA

古人云"举头望明月，低头思故乡""今夕为何夕，他乡说故乡"。我自豪地说，我的故乡在革命老区沂蒙山。那是从大海浴盆里横空出世的沂蒙山，那是纵数八百里横数八百里的沂蒙山，那是用甘洌乳汁为战争淬火的沂蒙山，那是用独轮车碾碎美式大炮的沂蒙山，那是英雄辈出的土地，产生了诸多英雄儿女、英雄传说和英雄史诗。

准确具体地说，我的故乡在沂蒙山区东北部一个相对偏僻的小山村。我在故乡土一把、泥一把、汗一把、水一把，磕磕绊绊地长大。因此，我对故乡有着说不尽、道不完的深厚感情。虽然到城里工作已经近三十个春秋，可故乡的一切依然鲜活，时常历历在目，魂牵梦绕。最令我念念不忘的是童年那段无忧无虑的欢乐时光。春天，桃花、杏花、梨花、刺槐花和各色的野花竞相开放，将沟沟坡坡、岭岭峰峰装扮得花枝招展、姹紫嫣红，我们挎着竹提篮、柳条筐，拿把剜菜刀，跑到田间地头挖山野菜，喂猪、喂牛羊，有时坐在河滩上望白云、盯春燕、吹柳哨；夏天，我们跳进家乡的河溪、水库，打水仗、游泳、捉鱼虾；秋天，我们天天欣赏那版画般的田野、庄稼地，一片金黄，一片火红，一片碧绿，有时还偷偷烧生产队的地瓜、花生吃；冬天，我们可以恣意地在雪地里堆雪人，滚雪球，打雪仗……虽然手脸冻得通红，仍然乐不思蜀。

在这块山地上，我们毕竟赤身裸体地滚爬摸打过，村头巷尾还残留着我们粗劣、放肆的呼喊声、打闹声。我们离开故乡的时候，没有带走一把土、一件农具，只是揣着一摞记忆的相册、账本。当真正想缩短自己与村庄的距离时，其实村庄已经离我们越来越远了。村庄的风物，村里人的风俗习惯和那些显得落后的思维定式，时常让我们寡言少语、缄口难言。故乡既让我们亲近，又让我们陌生。所有宝贵的东西，都埋藏和囤积在灵魂深处。

一个人假若没有故乡，就像庄稼、树木失去了汲取水分和养料的根须，难以根深叶茂、苗壮成长。正如泰戈尔所言："无论黄昏把树的影子拉得多长，它总是和根连在一起。"不管你走多远，故乡就是你胸前的徽章，是连接你与母亲生命的脐带，是深刻在你身上的独特胎记。经历了城市的喧嚣和浮躁，心灵渐渐回归和归位的时候，只有乡村才是最好的心灵栖息地。故土情结，给人倚靠、温暖的感觉，她是纯正的流淌在你血液和灵魂中的DNA。

城市与乡村、文明与自然、高贵与卑下、龌龊与崇高、失去与获得的分割和对立，会在年复一年的变迁和改变中找到一种微妙的平衡，虽然记忆中的故乡越发的模糊甚至似是而非，但在回忆与真实之间应该能找到一种调和或折中，那或许应该是一种穿透岁月风尘的暗箭，从被城市文明遗忘的历史边缘呼啸着擦过时代的肩头。无论你的人生道路上遇到什么坎儿，遭到什么劫，唯一不会把你抛弃的，那就是故乡；唯一能够宽容接纳你的，还是故乡。你可以慢慢地欣赏，欣赏村庄的恬淡与安然，欣赏阳光的温暖与热烈，欣赏土地的宁静与泰

赤脚走在田野上

然，欣赏山峦的庄重与沉稳，欣赏河水的天成与舒缓，欣赏生活的悠闲与自然……

每个人心里，都有一片土地，是知痛知热的故乡。逢年过节，触景生情，随时随地想着她、念着她。可以说，骨头上刻着她，心无时不咬着她。

幸福与荣耀期望与她共享；懊丧与失意也渴望她的庇护和宽容。

天烛峰的松

近日到泰安，我们一行都渴望迅速见到天烛峰上那棵迎客松！

利剑般直插蓝天的天烛峰，四周全是悬崖峭壁。远远望去一侧的石缝中却盘根错节地长着一棵树干粗壮遒劲的古松，枝臂长长地探向蓝天和白云，那便是迎客松了！

那真是一幅绝美的景色，令人仰慕和震撼。

一阵狂风吹来，望望身边的悬崖深渊，大家都禁不住打了一个趔趄，只见脚下几粒松子和几片枯叶，被风捡起来吹出去，弹跳几下，便飞身跳下悬崖，有的随即紧紧抓住了石壁。我再抬头仰望天烛峰上的古松，耳畔仿佛听到"我盼拥有一捧土"的呼喊。

这神奇壮观的迎客松，它也曾是一粒普通的小小的松子，是疯狂的风妈妈还是飞鸟，把她不经意地送进了天烛峰的岩缝。那里没有土，没有水，没有任何生存的可能。她却珍惜生命，顽强地生存下来了。一年又一年，伴随季节变换的脚步，历经多少天光地火、多少狂风虐雨、多少严寒酷暑，用比生命更厚重的激情浇灌自信的嫩芽，用比岩石更坚硬的毅力拓展生命之路，天长日久，细细的青筋暴突的根须爬满了山壁，紧紧地抠住石缝，供养着生命的火焰。她用自己的自信和坚强最终成就了一片属于自己的天地，成为凌然于天烛峰的一大景观。

生命的奇迹，让游人一次次感动，一次次肃然起敬！

大千世界，成千上万种植物，平等地享受着阳光雨露，吮吸着富足的水肥，生机盎然地吐芽长叶、开花结果，构成了色彩斑斓的世界。然而有些生命的命运却迥然不同。那无形无影、无定性、无方向、无目标的风儿，把那些无人采摘的种子送到了广袤的田野或险山峻岭，给予这类种子不同的故土家园和命运落点。有许多种子像天烛峰上的迎客松一样呼唤："盼给我一捧土，我要展示生命的奇迹和信念的力量。"

有人说生命是脆弱的，其实就因为生命的脆弱才彰显出生命的顽强；有人说，生命有时是卑微的，其实卑微的生命里多半蕴含着一种难以言明的尊贵。我们经常在一片瓦砾或碎石堆里看到这样一种坚强：那些经历了严冬的种子，她们虽然没有伸展筋骨的空间，因为珍惜极少的土壤和水分，他们却伴随春天匆匆的脚步和季节的呼喊，冲出各种困境，顽强地探出头颅，茁壮地成长，最终滋长出一片绿意。

无论是立足于瓦砾中的花草，还是植根于悬崖上的松柏，它们顽强的生命启示我们：没有自身的坚强，难以成就属于自己的一片天地。假若一切生命都留恋平整的黑色沃土，那么，世界上就不会有这么多广袤的绿洲和无垠的森林；假若一切生命都不屑于在困苦中鼓起挑战的勇气和寻觅生存的权力，人类版图上必定会出现更多的荒芜，所有奔跑的动物和飞翔的鸟禽也将无处栖身。

各类种子在层林尽染的深秋季节，无论个头大小、外形丑俊，都必须离开母亲庇护的小天地，甚至没有机会表达自己的愿望和心声，就开始了漂泊的旅程，有的被风吹得满世界飞翔，有的被任人摆布地埋进土里。许多种子脱离了母体，挣脱了一同成长的伙伴，孤单地躲藏在一个小角落里，有的刚扎出细嫩的根须，就被寒冰冻住了，有的还四处飘荡着没有着落，就被寒雪或飞沙覆盖了。尽管寒冷冻僵身体，阵阵寒气侵蚀着心灵，但种子们牢记父辈的叮嘱，恪守着一个信念：我虽然卑微、弱小，是一粒孤单的种子，没有肥沃的土壤和优越的条件，可我是春天的使者，"只要生命的基因存在，我就要吐芽，就要开花""只要活着，我就要成长"。始终坚信：我只要咬紧牙关钻出泥土，就有属于自己的天空和阳光，就有自己发展的空间。

今春天气比较寒冷。此时山冈上正盛开着一簇簇金灿灿的迎春花，染遍山野，流满山涧，恣意蓬勃着青春萌动、激情飞扬的岁月。在我们低头欣赏花朵笑容时，假若不深入她的内心，不追忆她的成长过程，体会不到也体味不了她经历的艰辛和绽放前寂寞的等待。

大自然或者人生，大都是不可逆的一次性选择。沙子与金子，只是一字之差，往往也是一步之遥。公平的岁月更是不再生，不重复。好多时候，错过一时，就会错过一生。留下的只有惆怅、惋惜，甚至是后悔。

每个人一生下来就自然拥有生命，总认为这习以为常，感悟不到这是父母的赐予、大自然的恩泽，真正认识生命、理解生命、珍爱生命，却是一个沉重而深邃的话题。大都在经历了磨难、风险或者生死别离的痛苦之后，才逐渐读懂生命的价值和意义。

我一直在想象，天烛峰的迎客松是如何历经风雪，扎根发芽，坚守着，抗争着，开拓着自己的家园，一天天、一步步地长大。

拥有一捧土，是纯正的种子就会开拓出属于自己的一片新天地。

经历逆境与挫折，有时会让你拥有意想不到的美丽和独特的姿势。

正如冰心先生所言："成功的花朵，人们只惊羡她现时的明艳，却不知当初她的芽，经历了奋斗的泪泉，洒遍了牺牲的血雨。"艰难与困苦，是成功的基石，无论自然界还是人类，都遵循了这条规律。

泰山天烛峰上的那棵迎客松，再一次验证着这条神圣法则！

沂蒙山

　　沂蒙山，从大海浴盆里横空出世，纵数八百里，横数八百里，曾用甘洌的乳汁为战争淬火，用独轮车碾碎精良的美式大炮。这是英雄辈出的土地，产生了诸多英雄儿女、英雄传说、英雄故事和英雄勋章。

　　沂蒙山，一般指沂山山系与蒙山山系的总称，主要分布在今临沂市境内。临沂历史悠久，古称琅琊、沂州，地貌类型多样，融合北国的粗犷阳刚与南国的柔曼风韵，北部是绵延的群山，中部是逶迤的丘陵，南部是无际的平原。孟子"登东山而小鲁"，"东山"就是蒙山，李白、杜甫同游蒙山留下"醉眠秋共被，携手日同行"的千古佳句。蒙山沂水养育了一代代淳朴坚韧、性格倔强、热情乐观、重情重义的沂蒙人。一曲《沂蒙山小调》，唱红了沂蒙山区，风靡齐鲁大地，感动大江南北、长城内外，成为沂蒙山区的代名词。不论何时何地，只要听到那悠扬动听的旋律、亲切感人的歌词，对沂蒙山的敬仰感激之情便油然而生。

　　沂蒙山，这片古老而神奇的土地，繁衍着古老东夷民族一支优秀的分蘖，是中华文明的重要发祥地之一，纳蒙山之灵气，汲沂水之膏泽，在苦难中站立，在逆境中奋起，养育了许多优秀的后裔。蒙恬和孟良、焦赞的故事大家耳熟能详。诸葛亮、刘勰、王羲之、颜真卿，短短几百年的时间，耸立起了四座奇异的文化高峰，可谓文韬武略、雄才大功。这里更是哺育和催生中国革命的摇篮，上演过诸多惊天地、泣鬼神的英雄史诗和革命故事，那许多情节催人泪下，肝肠寸断，让人感动、感叹、感激，敬佩、敬仰、敬畏。

"沂蒙山"，这个名称明确响亮地提出来，始于党中央、毛主席对115师东进的指示："要建立沂蒙山抗日根据地。"1938年12月，抗日斗争进入残酷的战略相持阶段，为领导晋、冀、鲁、豫等华北地区的抗日斗争，中共中央山东分局、八路军山东纵队相继在这里成立，党领导的抗日武装一步步发展壮大，立下赫赫战功，从而揭开了山东等华北地区抗日斗争的新纪元。刘少奇、罗荣桓、徐向前、陈毅、粟裕等许多老一辈无产阶级革命家，都在这里留下工作战斗的足迹。沂蒙山根据地成为全国著名的四大根据地之一、抗日杀敌的坚固堡垒，素有"华东小延安"的美誉。毛主席曾经说过："山东的棋下活了，全国的棋也就活了。"抗战胜利后，山东抗日武装几乎全部开赴东北，抢占东北战略要地，奠定了解放战争的第一块基石。沂蒙山成为华东地区的指挥枢纽，为中央实施"向北发展、向南防御"战略方针，产生了重要作用。陈毅元帅曾深情地慨叹："我就是躺在棺材里也忘不了沂蒙山人。他们用小米供养了革命，用小车把革命推过了长江！"

"蒙山高，沂水长，军民心向共产党……续一把蒙山柴炉火更旺，添一瓢沂河水情深意长……"沂蒙山经历了艰苦卓绝的斗争历程，每一座山头都燃起抗战的烽火，每一个村庄都举起抗战的旗帜，每个人

沂蒙山

229

都拿起抗战的武器。这片贫困闭塞的山地上，善良质朴的沂蒙百姓爱党、爱军队，"一粒米，做军粮；一块布，做军装；最后一个儿子，送战场"，这种大仁、大义、大爱，属于沂蒙人民，属于组织和发动沂蒙人民的中国共产党，更属于我们这个多灾多难的民族。就是在抗战最困苦、最艰难的危急时刻，沂蒙人民用生命和热血谱写出了《跟着共产党走》这铿锵有力、气势磅礴的歌曲。诸葛亮和"红嫂"都因战争而名扬天下，时代相隔千年，但成功的奥秘都是智慧和奉献。那天几位老战士肃立无名烈士墓前，携手高唱着雄壮的抗日战歌，悼念战友，追溯腥风血雨的岁月。我也忆起电影《南征北战》《红日》中那气势恢宏、壮观惨烈的场面。

"现在每天早上都吃临沂煎饼"的迟浩田将军，对沂蒙山有着刻骨铭心的眷念之情，数次泪洒沂蒙，他纵情高歌"蒙山高沂水长，好乡亲永不忘""沂蒙人民啊，我们的党记住了你们的大功"。

这些年，山东和临沂全力打造党的群众路线教育基地。走进每个展馆，寻访红色足迹，看到这一幕幕悲壮的场景，听着那一段段刻骨铭心的故事，感觉灵魂已穿越时空与先辈对话，心灵被英雄的传奇事迹浸润着、震撼着、感动着……许多人产生了"一次沂蒙行，一生沂蒙情"的情感共鸣，时常热血沸腾，胸膛滚烫，潸然泪下。

社会主义建设和改革开放时期，沂蒙人民在农耕文明的土地上，探寻着新的途径和方向，在工业文明的新挑战里，寻找着新的机遇与突破。许多人对沂蒙山的印象，大都源于主观的类比推测，往往把沂蒙老区与贫穷落后并列起来，带上几丝苍凉、悲壮，甚至会对沂蒙的发展变化心存疑虑。有骨气、有血性、有志向的沂蒙人民不向命运屈服，自力更生，艰苦奋斗，战天斗地，改造自然，重塑自己，涌现出新的典型，谱写下新的篇章。

曾几何时，拥有光荣历史的沂蒙山区与贫穷、落后、封闭紧紧连在了一起。当改革开放的春风唤醒沂蒙大地的时候，沂蒙老区城乡面貌发生了翻天覆地的变化。当今临沂市正高举科学发展的旗帜，奋力打造"经济大市、商贸强市、宜居城市、文化名市"，开天辟地的大变迁、大变革、大发展，让人惊叹，那美轮美奂的城市景观更让人惊奇。临沂正在变成时尚开放、美丽幸福的好地方。中国社会科学院发布《2011年中国城市竞争力蓝皮书》，首次对294个城市进行了幸福感调查，并评出十大幸福城市，临沂排名全国第二，幸福感指数山东第一。这个调查结果，似乎出乎意料，却又在情理之中，可谓自然而然，当然必然。

　　伴随时代浪潮和改革开放的春风，沂蒙山不仅走向富足，而且走向文明。脍炙人口的民歌《沂蒙山小调》和20世纪90年代初的《沂蒙九章》，曾让我们关注沂蒙，而今电视剧《沂蒙》、电影《沂蒙六姐妹》、大型水上实景演出《蒙山沂水》和全国文明城市的品牌，创造着自己的荣耀与辉煌，更让沂蒙、沂蒙精神名扬海内外。

　　沂蒙山，在山东地图和中国地图上找不到，因为她不是一座山，也不是一道梁，而是一个人文概念、一个区域概念、一种精气神，是在共和国的历史上、在中国共产党的历史上具有特殊意义的精神符号。"岱崮地貌"是沂蒙山区特有的地貌景观。沂蒙山区有"72崮群"，著名的就有孟良崮、抱犊崮、南北岱崮、龙须崮、了阳崮、摩云崮、苏家崮、石崇崮、纪王崮、柱子崮等，每个崮都有一种高傲和昂扬的气节，就像沂蒙百姓一样，深深扎根于脚下的土地，无论面对什么困难和什么风雨，总是面向蓝天和太阳，高昂着头颅，坚挺着脊梁。

　　沂蒙山，她是这片区域内大大小小所有山岭、所有山峰集体的姓名及荣誉。沂蒙精神，她是千千万万沂蒙儿女共同的灵魂称谓，群体的精神结晶，具有忠诚勇敢的本性和奉献的特质。

谒拜圣地沂蒙山，精神焕发，获得感恩的心态和无坚不摧的激情与力量！

喊一声我的沂蒙山，泪流满面，信仰的旗帜和为党为民的信念高耸在心灵高地之上……

厉彦林的乡情散文确有自己的独特视角、独特感受、独特的表达方式。而且他绝不是以旁观欣赏者的角色出现，更不是那种冷眼搜寻者觅踪猎俗的记录文字，而是对淳朴的乡情、可亲的人物以及自己赖以生存的热土抱有爱之不尽的深深敬意。作者的这种爱意和深情延及母亲般的土地的一草一木、一山一石乃至整个大自然，让读者感觉到这一切就是生命之根、水乳之源。更深刻的是，他离开乡村在都市生活多年，却和那片土地葆有未断的根系，重新感受乡亲，重新审视这里的一切，由此提升至一个更高的人性和美学的层面，并且又主要不是以纯理性的而是具象的语言传达出来的。

我之所以说彦林的散文都有相当的完整性，读起来是一个"圆"的感觉，就是因为他有意无意地遵循着必要的规范和一定的章法。譬如他的《享受春雨》就是循着一条清晰的思路进入了春雨的情境，随后就是几个骤然的"点"：春雨对人心绪的过滤；春雨贵如油；春雨又是会说会笑的精灵；等等。虽也浮想联翩，但均未逸出心灵中春雨的规范。由此可见，散文必要的规范，首先是内在所欲表达的那块生活与灵性的天地，如此才能自如地驱策外在章法的营构。而片面地、不加分析地强调散文的自由和随意性，过度了就是一种误导，势必在初学者中造成散文最容易写、怎么写都是散文之弊端。

一个作家清醒的"定力"是至可宝贵的，一种具有鲜明特色、独具风格的散文作品在当前铺天盖地的散文产出中尤其可贵。

（作者：石英　摘自《文艺报》）

真情、深情和仁慈是厉彦林散文的底蕴所在。本来，自然人生与文学艺术是离不开"情"和"深情"的，就如同宗白华所说："深于情者，不仅对于宇宙人生体会到至深的无名的哀感，扩而充之，可以成为耶稣、释迦的悲天悯人；就是快乐的体验也是深入肺腑，惊心动魄；浅俗薄情的人，不仅不能深哀，且不知所谓真乐。"然而，当下的散文创作中，"情"和"深情"越来越少，有人甚至公然声称散文可以虚构，完全可以将真情抛到一边！这就带来了散文的异化。

厉彦林却大为不同，他着力写亲情、乡情、天地情，而且写得情真意切，深入骨里。如《父爱》在父亲的无言中表达父与子的情深意厚，又如《布鞋》里母亲的爱都融入布鞋的鞋底里，还如《乡情如酒》所叙述的乡恋之情纯朴而浓郁。最值得提及的是，作者不仅仅对亲人、家乡有深情，即使对一只小燕子（《春燕归来》）也是充满怜惜和爱护，对于没有生命的雨水（《享受春雨》）、沙土路、青石路巷（《青石小巷》）的描写也是款款动人，其细如发丝的博爱与仁慈像通了电般地传遍读者全身！某种程度上说，将情与爱送给自己的亲人是容易的，但对动植物也能广撒博爱的种粒，这是非常难得的，是如同太阳光般将生命赐予万物生灵的天地之情。

有深厚的生活基础，又有敏锐的感觉，再加上一颗真诚、本色、美好的心灵，所以厉彦林才能写出自己对于家乡的情真意切。厉彦林的散文看不出什么"创新"，但其积极向上的人生态度，如大地般深厚美好的品质，诗作纯朴自然的境界，这些都不是一般的技巧派、学院派所能达到的，它需要的是一种综合能力与素质，在生活的锅灶里爆、炒、煮、煎，在思想的熔炉里冶炼淬火。这颇似春天涌动出的生命绿意，它既借助于阳光的和煦与微风的吹拂，更离不开一个冬天的精气的内敛与贮藏。

厉彦林突破了长期以来消极的乡土书写，进入一个为乡村正名和定位的过程中。他的散文则为我们谱写了乡土风情的颂歌，一种被地气充盈的美妙的诗意，它甚至成为城镇化和现代化不可忽略的巨大存在。《村庄的灵光》是一首关于村庄的美妙诗篇，也是在文化与文学上注入底气和正气的自信力量，还是乡村振兴和青山绿水理念的文学书写。作者提出："大自然和村庄恩赐我很多，我却把村庄贴心暖肺的关怀与眷恋带进了喧嚣的城市。""我坚信，在亘古不变的传统耕作方式面前，任何语言都苍白，任何描述都无力。""蓦然回首，发现一棵树、一条狗、一眼井、一座破庙，包括挂不上嘴的逸闻趣事原来都那么珍贵，青山绿水涵养着刻骨的乡愁，拴系着生命的根脉。"这就充分肯定了乡村及其乡村文化的价值，对于消极和简单地书写与否定乡村的倾向，无疑是一种突破和超越。

（作者：王兆胜 摘自《人民日报》）

我在多年前写过厉彦林的诗的评论文字，认为他用诗的形式，努力为沂蒙山构筑起一部特殊而鲜活的历史。其实他的散文也在做同样的努力，而且更直接更生动，有更可触摸的温度和亲切感。沂蒙山长期以来吸引着许多人的目光，深邃曲折，经历了激越的战争年代，积淀和汇聚了诸多元素与色彩，是一个无比丰富的世界，可以做各种诠释和解读。一片连绵的山地，蕴藏着巨大的牺牲和奉献，神秘而厚重，留下了无尽的爱恋和慨叹。谁能把真正的沂蒙山呈现出来，谁就是一位不朽的歌者。

对于地域文化和生活情状，我们已经使用了太多的语言去概括，渐渐化为一些耳熟能详的符号。这种传达方法如果走向一个极端，也会形成一种遮蔽。就一片土地，还需要具体的感性和清晰的理性，需要二者并存的表述。就此而言，书中的这些篇章是令人赞叹的，它再次唤起了深入山地的欲念，勾起了一片古道热肠。它不单单是忆旧，不仅是对于往昔的留恋和寻觅，还有关于现实的记录，发出了时代的感慨。新与旧的交织共鸣，产生了深刻的历史感，使沂蒙每一座突起的山峰与深长的沟壑都充实了新内容，与生活在这里的人血肉相连。这其中有斑驳的民间记事，有梦想之歌，这一切终化为一场浑然的和声。我们从那如豆的山间油灯的微小光亮里，窥见母亲操劳的面容和童年的欣悦；从一枝吐蕾的腊梅听到春天的声音，释放大山的消息；从袅袅升起的一缕炊烟嗅出故乡的香气，更有忧伤和贫瘠……这些感知并无太多曲折生僻，却是一个时代的儿女情怀。

（作者：张炜　摘自《人民日报》）

厉彦林的散文作品站在时代的高度，把握时代脉搏、记录人间变迁、反映发展成就、弘扬真善美，给人以昂扬向上的力量。有的文学创作，很注重个体内心和个体生命的体验，无形中往往忽略了时代主调、家国情怀与人民心声。厉彦林则不同，他说"我愿终生成为一位故乡的歌者"，他立足沂蒙大地，讴歌亲人和乡亲，以此为圆点，延伸至人民甚至人类。中国革命、建设和改革的光辉历程，革命前辈、

赤脚走在田野上

英模人物、抗日战争、解放战争，改革开放、新农村建设等宏大主题都在他文章中留下印记，父母亲人、沂蒙母亲、红嫂群体、蒙山老人、无名烈士，以及沂蒙石磨、地瓜、煎饼、布鞋、鞋垫、窗花等，都在他的笔下鲜活生动起来，彰显出昂扬向上的中国精神、中国力量。

（作者：张晓林　摘自《光明日报》）

　　作者对故乡革命老区沂蒙山区的所见、所闻、所思、所悟，热情讴歌故乡亲人、老区人民，妙笔巧绘沂蒙风情、山区新貌，字里行间渗透着深情，选材立意蕴含着大义。

　　墨子云："义，利也！"即：义，利人利天下。"天下有义则生，无义则死；有义则富，无义则贫；有义则治，无义则乱。"故在每篇中都能体现出"居庙堂之高，则忧其民；居江湖之远，则忧其君"的情怀。第四辑"家国情怀"，集中体现出爱国为民的大情大义；而第一辑"乡情如酒"中的一草一木、鸡飞狗叫，都蕴含着真情真义。"老黄狗成了我的好朋友、好伙伴。无论是春夏秋冬，还是风霜雨雪，无论是月光明媚，还是伸手不见五指，在那林间的小路上，老黄狗像一位忠诚的卫士，护送着我度过了那段难忘的学习生涯。""狗重情义，也通人性。人与植物、动物相逢、相遇、相识也是缘分……"

　　语言精美，表现在形神兼备、诗哲交融、平中见奇上。"多少个节假日，白发稀疏、弯腰驼背的娘，拄着拐杖，站在街口，弯着腰，眯缝着昏花的老眼，像遍地挑黄豆一样盯着每一个行人，眼巴巴地盼着我们全家归来。"你不觉得如临其境、如见其人、入视其神吗？更催人泪下！"有时候草可以代替真金，有时候纯金却代替不了普通的草。"这不是诗意与哲思最好的融合吗？

（作者：贺茂之　摘自《中华读书报》）

汉乐府民歌曾有如斯吟唱："悲歌可以当泣，远望可以当归"。而事实上，自古而来思乡之情悲歌果然可以当泣，却远望如何可以当归？渐行渐远的难离故土，丝丝缕缕的渴念，怎一个远望可以了得。厉彦林并未仅仅驻足于远望，我们不难发现，相比于对故土的执意探寻与回望更为深远珍贵的，是作者经由对故土的炽情，进而自觉地对其外延关照，使个体生命的意义经由思考成为精神价值的葆有者。其散文不仅涵括了生命与精神的毕生返乡，更为意义深长的是，对这片土地的更深层次的持久探寻，透过个体生命对故土的乡愁，呈现出的是一个充满家国情怀的鲜明主题。

社会进程中的诸多现象，人类发展进程中必然遭遇的难题，不会豁免一个作家的精神使命。聂鲁达说："祖国更重于生命，是我们的母亲，我们的土地。"厉彦林的精神指向，正与聂鲁达的认知不谋而合。人之命在元气，国之命在人心，文学之命在地气。一个深怀时代使命感和社会责任感的作家，其作品无疑会弥散出艺术审美的庄严性。从故乡的土地，到土地上的村庄，到村庄中的世道人心，对时代生活的关注，对自我精神疆域地开掘，见证并思考时代，记录并绵延时代，使他必然成为时代的忠实代言人。

.（作者：李一鸣　摘自《文艺报》）

沂蒙山区是一片有故事的黄土地，是一片有着极厚实文化积淀的热土。在悠久的历史长河中，它不仅孕育出一大批英雄豪杰，也熏陶出一大批文人墨客。"文武之道，一张一弛。"彦林兄为读者提供了农村的所有意象，诸如"山岭，梯田，山路，小桥，溪水，庄稼，秋草，牛羊，房屋，太阳，月光，炊烟，村民……"；诸如"锣鼓、唢呐，乡戏，嫁妆，高跷，秧歌，对联，窗花，鞋垫，赶牛调，舞龙狮，弯把犁，土地庙……"。当然，太阳、月光并非乡村的专属，但城市的太阳和月光，哪有乡下的那般澄澈？在作者眼里，乡村里一切的一切无不富有诗意。"悠闲地咀嚼着满口幸福的村庄，让人魂牵梦萦，让你我在不经意间捡拾到唐诗宋词中那婉约清纯、恬静舒适的意境，散发着温暖人心、人性的魅力与灵光。"（《村庄的灵光》）农村唯有成追忆，才能被浪漫化。事情就是如此这般地吊诡。

厉彦林具有文人所特有的敏感，能够在常人熟悉地不能再熟悉的景物中保持一种陌生化，咀嚼出别样的味道来。黑格尔说过："熟知并不等于真知。"真知来自洞察，从而直接把握真谛。有句话说得好，叫做"习焉不察"。对一个事物太过熟悉，反而会妨碍我们对它的感知。人们往往会被熟知所麻痹，而文学家恰恰有能力超越这种限围而直指谜底。这就是差别。也正因此，文学才有了存在的理由。我们读文学作品，从某种意义上说，无非就是刻意地制造出陌生化，借此而通达"大道"。从中既获得审美愉悦，也参悟人生个中三昧。只有敏感的心灵才能有此感受。这种敏感正是审美的特殊优势所在。谢林曾说："超凡脱俗只有两条路：诗和哲学。"与哲学家不同，文学家走的是"诗"的路。回归"大地"，这诚然是"凡俗"，但却是"大俗"，而"大俗"也正是"大雅"。

《庄子》有言："哀莫大于心死。"唯有童心未泯，方得心灵的安然与宁静。常言道"平平淡淡才是真"，所谓"绚烂至极，归于平淡"。轰轰烈烈的人生，经历过了，感受过了，体验过了，才觉得平常心最可贵，也最难得。"当我们不遗余力地追求美好幸福生活的时候，会突然顿悟：曾经给我们带来无限快乐的那份纯真和简单，原来是最稀缺、最珍贵的东西。"（《童年钟声》）这种纯真和简单，归根到底只能来自本源处。"随着年龄的增长和生活阅历的增加，我更加牵挂和依赖亲人，更加珍惜与爹娘团聚的日子。"（《回家吃顿娘做的饭》）所以，我们"总是在回家"。

（作者：何中华　选自《文学评论》）

　　文学首先是语言的艺术，一部作品拿到手中，不管是散文、诗歌、小说、报告文学、还是戏曲影视剧本，读者首先接触到的是语言。开篇捧读，是引人入胜，还是味同嚼腊，完全取决于汉语文字的吸引力。而对于散文来说尤其如此，难怪人们有时会将它直接称之为"美文"。关于这一点，我曾在不少讲座和文章里强调过。厉彦林的散文语言不能说字字珠玑篇篇锦绣，也堪称妙笔生花美不胜收。由于他早年酷爱读书写诗，经受了古今中外经典的滋养和字斟句酌的提炼，加之从小生长在山村乡里，热爱父老乡亲和故土家园，吸收了许多民间生动的语汇，融会贯通化用在文章里。这就使他磨砺出一支如诗似画的文笔，读者在阅读中如同随着作者的描绘，徐徐展开了一幅具有地域色彩的沂蒙风情画，且从中感悟到人生的种种况味。譬如《青石小巷》：

　　走进古老幽静的青石小巷，伸手触摸斑驳黝黑的墙皮，街口清风拂面，酣畅而惬意。脚步轻缓，裸露而光滑的青石上传来寂寞的回声。

　　那是一条悠长而熟悉的小巷，曾经走了无数趟的小巷。多少次寒风吹起我的衣角，吹动我的青涩童年和五彩梦想。

　　站在小巷中央，默默沐浴着雨丝，或者依偎在墙角，静心聆听一页页吹起的尘封记忆。风柔柔地抚摸路边的草木，没有声响。鸟儿栖落在树杈上，静静地梳理新长出沾着水珠的羽毛。一切如此静谧，好似怕惊扰了一个遥远的梦……

再譬如《攥一把芳香的泥土》：

春天的山村就像处于变声期的孩童，日渐丰满，悄然漂亮，四处散发泥土的清香。早饭后跨进父母精心打理的菜园，只见韭菜、大蒜、小葱、白菜、生菜都已青枝绿叶，你挤我，我挨你，长得亲密兴旺。夜晚与爹娘拉上半宿呱，像品尝味道醇正的陈酿，甘美香甜，余味悠长；盖着母亲提前晾晒过的被子，只觉得厚厚的、暖暖的，有一股阳光的味道一直暖到心底，滋养着宁静、甜美、温馨的梦乡……

看看，听听，诗一般醉人画一样美，文中既有古诗词韵味的演化、欧化句式的修辞，又有乡民口语式的形容与讲述，阅读或聆听如同细细品味一杯明前香茗，清新可人，回味无穷，使人爱不释手欲罢不能，进而随之畅游其间，融化在文章所营造的氛围里。难能可贵的是：他用词生动精准且极少重复，这样就在不知不觉中享受到文字的快感，哲理的启迪，体现出真正文学的陶冶功能。因为，主题思想通过语言自然而然地流露出来，才是上佳之作。这样的作品在文集中，可以说俯拾皆是，琳琅满目。

（作者：许晨　摘自《文艺报》）

当代作家张炜、贾平凹等人的创作实践已经证明，作家可以在成名之后，在获得巨大声誉之后，依然可以继续勇于把一切荣誉抛掷脑后，开拓出新的文学疆域，写出新的优秀作品。沂蒙山的文学依然需要不断传承与创新，在传承中创新，在裂变中实现新的生长。厉彦林先生是令人敬重的优秀作家，其对文学的无比热爱、对作品的精雕细琢、对艺术质地和思想品质的极高要求，已经创作出来一系列优美、抒情、清新、隽永的优秀作品，产生了很大影响力。我期待厉彦林先生在沂蒙山历史、文化和风物的书写中，能够打造出具有体系性、标志性、独创性、深邃性的当代新沂蒙文学，创新性发展具有历史、乡土、地域、人文等审美元素的当代沂蒙文化。从沂蒙山文学走向城市文学书写、大地与人民性书写，厉彦林先生已经这样一路走来了，已经展现并将继续展现这位独特生命体验、深厚人文情怀的作家对故乡、大地、历史和人民的无比深沉的生命之爱与文学之美。

（作者：张丽军　摘自《博览群书》）

　　厉彦林散文的"灵性"极具分寸感和张力美，即使落叶飞花、一时一事的感悟，也能随意撷取，点化为美文。如，风淡云轻、月光如洗，秋虫低吟浅唱，抒发生命的自由与从容；被狂风撕碎的法桐叶，铺在青春记忆的门口，涌动着人生的多彩与单调、迷茫与执著；卑微是高贵的基石，把人和事物抬高垫高，任何高贵都站在卑微之上；幸福不能用物质金钱垒砌，而是内心的淡定、从容、满足；人这一辈子就像一壶茶，苦一阵子，不会苦一辈子；只有品味世态炎凉，体味人间风雨雪霜，人生才会趋于完美，也才会着上成熟的颜色。

　　厉彦林散文的"灵性"取源于物、取源于心、取源于道，习惯于就人与人、人与物、人与心之间关系，从"上下""左右""前后""内外""分合""主次""正反"等多角度思考与感悟，旨在阐释人生价值、世界本源、美学精神等深层次问题。但他散文中的"灵性"生发于具象之中，渗透着实物的信息，读来毫不虚无、毫不牵强，意在笔内而境在墨外。述人、谈己、阅世，广博之处让人悲悯天下苍生，精深之处让人体味成败得失，不自觉让读者心扉洞开，让心空出来、静下来，在具象与意象的神奇幻化中，得到美的享受。

（作者：邱健　摘自《文艺报》）

有个教材编辑在选编厉彦林的散文《回家吃顿娘做的饭》时，被感动得热泪盈眶。擦罢眼泪才记起已经有几个月没给老家的母亲打电话了。

对艰苦勤劳、正直善良的秉性的欣赏，浸润在他的字里行间，有教育者认为这些文字和细节对学生品质的砥砺大有益处。譬如只认识自己名字的爷爷的家训，每逢下地干活，爷爷一定要把鞋脱掉，"爷爷说，地是通人性的，不能用鞋踏的。如果踏了，地就喘不动气了，庄稼也不爱长了"。厉彦林将此话牢记在心，即使工作后，他回村下地，也必先脱掉鞋袜。

在曾经担任过两年高中语文老师的厉彦林看来，目前语文教育存在的种种缺失不可小视："目前语文教学过于程式化，口号太多，缺乏对学生的引导，很多学生的文章内容干巴，拼凑痕迹明显。"

"'作文人格'会影响'做人人格'，如果一代人甚至几代人都在这种双重人格中生存，那是相当危险的。"长期研究中小学阅读教育的张在军感触颇深。

"要形成'说真话、抒真情'的文风，就要把对身边事物最真实的感受写进去。"厉彦林说。

写了20年，写尽了故乡的风土人情，有人曾问厉彦林，"会不会写够了、没得写了？"不料却得到他笃定的答复："能写的东西实在是太多了。"他无时无刻不在回望的那个村庄犹如一座富矿，取之不尽，用之不竭。

如他所言，"我唯一欣慰的是，我继承了父辈的品德，把艰辛的劳作看作是生命的必要、不可推卸的责任；即使没有收获，也心平气和地耕种、忙活"。

（作者：邢婷　摘自《中国青年报》）

厉彦林本以诗著称，把诗性注入散文，便会产生点石成金、化腐朽为神奇的艺术效果，营造情理之中、意料之外的境界和魅力，从而也形成诗人散文与学者散文及其他散文不同的艺术风格。古今中外脍炙人口的散文名篇，许多出自诗人之手。彦林虽然很少将诗的形态直接植入散文，但他的散文中时常跳跃着诗的音符和诗的灵性，这就使得他的散文具有更高的美学层面和绵长的抒情韵味。比如，他写村庄里"弯弯的小河"：像一面波光粼粼的镜子，又宛若华丽的绿绸缎，月亮在河水中荡漾，在波浪上跳动；他写"娘的满头白发"：不知不觉，娘老了，腰弯了，变矮了，满头黑发悄悄变白了，像一团白云盘上头顶；他写儿时的"煤油灯"：虽然柔弱，却很执著，虽然昏暗，却很璀璨，虽然娇小，却很持久；他写"沂蒙地瓜"：掏钱称上热腾腾的烤地瓜，像是他乡遇见故交、听到乡音，感觉把一种亲切的幸福感攥在了手里……这样诗化的句子，像一串闪光的珍珠，在彦林散文中俯拾即是。正是诗意与散文的结缘，使他的散文既简约凝练，惜字如金，又灵气跃动，意境深邃，有春秋之法，呈大家气象。

（作者：张金豹　摘自《青年商旅报》）

厉彦林的散文，读后感到乡情、亲情浓似酒，令人沉醉，使人怀想，让人感动。

作者描绘了一幅幅山村生活的民俗画：每逢春节来临，家家户户赶集上店、置办年货、张贴春联、刷墙祭灶、杀猪宰鱼、煮饺蒸糕，过个团圆年，祈盼来年生活美满步步高……每当傍晚时分，夕阳就把田园、山村涂抹得金灿灿，各家各户屋顶升起了炊烟，饭食香味弥漫在晚风之中。农人荷锄归来，牛羊吃饱了肚子回圈。家家柴门打开，村边响起母亲唤儿回家吃饭的声音。锅碗瓢盆齐奏，上演着安详平和的山乡黄昏曲……

人在童年爱吃的东西，会影响着他一辈子的饮食偏好。我们从鲁迅《朝花夕拾》中，可以看到他离开故乡后常常回忆起儿时吃的蔬菜、瓜果……菱角、罗汉豆、茭白、香瓜，觉得鲜美可口，是使他思乡的蛊惑。

关于沂蒙山的吃食，本书就有《沂蒙地瓜》《种萝卜》《家有半分菜园》等朴素的题目。作者满怀深情地说："因为父母的辛劳，我们才有这个口福，才经常吃上地道、稀罕的土菜。这样的菜放心只是一个方面，更重要的是享受着父母的关心和疼爱。"

一个人有生之年，应该找时间常回家看看，见见双亲，听听乡音，尝尝美食。这个在地理上让你无法割舍的家乡宝地，永远是你心灵的栖息之所。

（作者：张守仁　摘自《散文选刊》中旬刊）

厉彦林的散文既有文学性，又有思想性。纵观厉彦林的作品，内容涉及了理想、关爱、自信、爱国、勇气、合作、宽容、尊重、教育、诚实、毅力、勤劳、环保、挫折、智慧、故乡、友情、亲情、童心、童趣、春夏秋冬、花草树木、鸟兽虫鱼、山山水水、风风雨雨。文章的主题几乎涵盖了生活的方方面面。这些内容对于丰富学生的学识，陶冶情操，开阔视野，提高综合素质，特别是人文素质，很有好处。

厉彦林书写的是自己熟悉并挚爱的农村生活，开创出鲜明风格，在乡土散文这个领域做出了可喜的成绩，其思想、其性情、其文笔、其为人，已超然出群，虽居深林，总现以鸿鹄之羽，读其片言只字足让人仰首以视，笔者在此也不过是抛砖引玉，以期更多关注他的有识之士，将他文笔的精美之处剖露出来，以助鉴赏，让这清泉流水之音，传送到山河内外。亦希望厉彦林先生不避劳烦，倾情笔耕，进一步运用具有诗质内韵的文笔，写出更多优秀的作品，给这个浮躁的社会带来越来越多的质朴、清纯。

当我们用欣赏的目光看待厉彦林每篇文章中的真、善、美，当我们在厉彦林笔下美妙的文字间穿行，感觉如蝴蝶飞过花丛，我们的心灵也会变得芳香、洁净，我们的生命也会变得圣洁、从容。合上他的文字，我们会用热情拥抱生活，用激情点燃希望，我们会感恩着，古今中外那千百万个像厉彦林先生那样的一篇篇散发着墨香的精彩篇章。

（作者：张在军　摘自《教育前沿》）

中国当代散文史上，以乡土为题材的散文作家数不胜数，但写得有特色，坚持不懈地写的作家并不多。新疆的刘亮程，山东的厉彦林是其中的佼佼者。

厉彦林离开村庄到城市谋生近三十年了，他写乡土散文也有二十多年了。他的"城市史"跟其"乡土散文史"几乎是同等长度。村庄，是他生命的起点，是他精神的皈依；村庄，是他不竭的写作源泉，是他创作的灵魂基地。故乡，写了二十多年的故乡，总也写不够，总也写不厌，他表示还要继续写下去。我关注厉彦林的乡土散文是近年的事。我所熟知的《散文选刊》(中旬刊) 2011年第1期,以《厉彦林乡土散文选》大篇幅选发了他的散文,今年第一期的《北京文学》又以《故乡啊,故乡!》编发了他的乡土散文,引起较大的反响。也因此,我对他的乡土散文产生浓厚的兴趣,想方设法找出他的散文来阅读。

纵观厉彦林的乡土散文,感情真挚、深厚,文笔细腻、优美,字里行间无不渗透着对故土的眷恋,对乡情的热爱,还有对故乡沦陷的忧虑,对村庄消失的忧心,对故乡建设的关注。在他的乡土散文里,你看到了真,感悟到了善,观照到了美。你看到一个有良知作家高度的社会责任感,悲天悯人的忧患意识。

(作者:陈华清 摘自国际华人作家网)

在阅读厉彦林的《故乡啊,故乡!》的这一刻,我想起了法国作家蒙田和他的《随笔集》,同样平易通畅的语言,同样亲切活泼的表述,同样充满了对人类感情的冷静观察。在《故乡啊,故乡!》这篇散文里,厉彦林把目光转向了对人的自身局限性的思考,转向了对人类精神家园的守望。他不仅仅是像《春天住在我的村庄》里那样诗意的描写那些记忆久远的村庄、亲人、河水……在他的笔下,故乡成为一个审视、衡量物化现实的价值尺度,成为一个拷量人类精神、灵魂的文化形态。

(摘自新浪博客《八十八亩水田》文)

故乡的一物一事都牵动着游子的情思,"正月瑞雪飘舞,五月豌豆花开,六月小麦金黄,九月高粱艳红,十月忙着颗粒归仓。普通的农家小院,青石砌到顶,栅栏门、牵牛花、压水井、老黄牛、弯把犁、八仙桌、老烧酒……"而当从千里之外奔来,"站到村头巷屋，那熟悉的乡音土语，那终生难忘的土腥味、牛粪味、灶烟味扑面而来……我胸口涌起一股暖流，甚至泪水在眼眶里打转。"(《乡情如酒》)书中呈现出一幅幅沂蒙山乡村风景画和风俗画，这些画卷饱含着深情却又朴素自然。作者生怕掩盖了故乡本身的色彩和光芒，不煽情，不炫技，甚至不做过分的艺术提升，更不屑虚构，所选取的多是日常生活情景，用的是心里流出来的语言，但这正表明了一个散文作家的成熟。

散文的魅力全在一个"真"字，一粉饰就成了纸扎的花。作者还写了父母双亲、爷爷等人物，写人物时善于刻画细节。如写"我"在外读书，父亲搭乘一辆拖拉机来送煎饼和鸡蛋，在蜿蜒崎岖的山路上奔波四五个小时，全身冻麻木，下拖拉机时腿都站不稳，可是见到"我"，没说几句话就要返回，迈着蹒跚的步子消失在寒风中。(《父爱》)父母年龄越来越大，责任田转包了出去，"我"料想他们的日子可能比较悠闲，谁知有一次回老家，却看到母亲"顶着凉飕飕的北风，正在别人刚收过的地里用镢头翻地瓜……满头白发被风唤起，像一团白云，斜阳从她背后照过来，把弯曲孤单的黑色剪影叠印在地垄上。"(《仰望弯腰驼背的娘》)这些细节体现了沂蒙山人勤劳、勇敢、坚韧的性格，具有典型意义，但又都是原汁原味的，一点没有人工斧痕。散文佳构应该具有这样纯正的质地，这样的质地看似平淡，实则如清泉一样甘洌，陈酒一样醇厚。

（作者：邱华栋　摘自《解放军报》）